中國道教文化研究

二 編

第 **17** 冊

《聊齋誌異》中神祇形象研究

梅 光 宇 著

花木蘭文化事業有限公司

國家圖書館出版品預行編目資料

《聊齋誌異》中神祇形象研究／梅光宇 著 — 初版 — 新北市：
花木蘭文化事業有限公司，2020〔民 109〕
目 4+196 面；19×26 公分
（中國道教文化研究 二編；第 17 冊）
ISBN 978-986-322-909-4（精裝）
1.聊齋誌異　2.研究考訂
820.8　　　　　　　　　　　　　　　　　103014145

ISBN-978-986-322-909-4

中國道教文化研究
二　編　第十七冊　　　　　　ISBN：978-986-322-909-4

《聊齋誌異》中神祇形象研究

作　　者　梅光宇
總 編 輯　杜潔祥
副總編輯　楊嘉樂
編　　輯　許郁翎、張雅淋　美術編輯　陳逸婷
出　　版　花木蘭文化事業有限公司
發 行 人　高小娟
聯絡地址　235 新北市中和區中安街七二號十三樓
　　　　　電話：02-2923-1455／傳眞：02-2923-1452
網　　址　http://www.huamulan.tw 信箱 hml810518@gmail.com
印　　刷　普羅文化出版廣告事業
初　　版　2020 年 3 月
全書字數　157901 字
定　　價　二編 21 冊（精裝）台幣 42,000 元

《聊齋誌異》中神祇形象研究

梅光宇 著

作者簡介

梅光宇，國立中正大學法律系學士暨中國文學研究所碩士。好求知但不求甚解，喜愛遊戲、閱讀、創作與翻譯，主要譯作包括《戰鎚 Online》、《魔獸世界》、《星海爭霸》等遊戲主線劇情及相關小說。現任台灣華胥文創有限公司總監、上海巨兔網絡科技股份有限公司董事長，從事電子書與遊戲的開發設計工作。

提　　要

　　蒲松齡在〈聊齋自誌〉中說：「披蘿帶荔，三閭氏感而為騷；牛鬼蛇神，長爪郎吟而成癖。……知我者，其在青林黑塞間乎！」這些話充分表現出他以鬼神寄託思想的創作意旨。《聊齋》神祇故事包含許多貫串全書的主題意識，故筆者認為，以神祇為《聊齋》研究的切入點是十分能探究作者思想與創作本意的方式。

　　本論文彙整了《聊齋》諸位神祇的形象，並與其他領域裡的神祇形象對比，發現在《聊齋》的世界裡有一位代表形而上的「天」，崇高而至善的至上神「帝」。在祂之下，有著源自人鬼系統的官僚化神和超自然神。官僚化神有善有惡，超自然神則多為善神。這樣的區別源自於人欲和神性的鬥爭。透過這樣的系統，《聊齋》表達出善惡鬥爭的主題，卻也表達出人類若能堅守神聖善性，哪怕只一念為善，不僅能感動俠客與真神，更能以此凌駕邪惡鬼神，使之畏懼，創造了一個「天人感應、善惡有報」的理想世界。透過《聊齋》，蒲松齡不僅反映現實、諷刺貪暴，同時肯定天、神、人、善四者本是同一，人定與天定為一體兩面，天道與人志能互相感通的世界觀與價值理念。正如其在〈會天意序〉中所言：「所以天地之常變，人事之得失，兩相征驗」。

第一章 緒 論

第一節 研究動機與目的

　　華夏民族，源遠流長，在這悠久歷史、廣大國土之中，出現了無數神祇。祂們有來自原始神話；有源於宗教的創造、融合與演變；有來自文學創作或者民間傳說、信仰。從諸多不同的領域來源，各種獨特神祇形成獨特影響，激發後世文學創作者的想像。

　　神話和文學，自來關係密切。神話學大師坎伯（Joseph Campbell）在《神話的智慧》一書中說：「神話的素材就是我們的生活、我們的身體與周遭的環境」；〔註1〕在同書序文裡，李亦園闡釋說：「神話其實並不是神仙的故事，而是人類自己的故事。人類各民族在神話中所表達的真正主題，並不在於神仙世界的秩序與感情，而是人類自身的處境、以及他們對自然世界以至於宇宙存在的看法。」〔註2〕所以神話的內涵包括人類對周遭事件的紀錄，與對物質環境的解釋；透過這記錄和解釋的過程，也表達出述說神話者對世界的觀點，與其身處該世界中所培養出來的思想與性格。影響所及，不同地區或民族的神話，也往往表現出迥然不同的個性。希臘羅馬神話學大師愛迪絲・艾米爾頓就在著作《希臘羅馬神話》的最後一章〈北歐神話〉中說，北歐神話敘述的是一個受超神巨人環伺，還有巨狼、大蛇侵襲的世界，主神奧丁因預知滅

〔註 1〕 喬瑟夫・坎伯著，李子寧譯，《神話的智慧：時空變遷中的神話》，頁 2。
〔註 2〕 李亦園，〈序 1：時空變遷中的神話〉，收錄於：坎伯，《神話的智慧：時空變遷中的神話》。

亡命運而終日憂心，而人類夾在灼熱與冰封的兩個地域間，生活困苦；和希臘神話中高位、不死、歡愉、縱情聲樂的奧林帕斯諸神相比，兩者是從根本意識上便有所不同的。創造北歐神話的民族生長在嚴苛荒涼的環境中，神話的思維也前所未有地陰鬱，建立在注定壯烈犧牲的根基上。他們所謂英雄的證明唯有死亡。善的定義則是面對必然的失敗奮戰不懈。相對來說，希臘優美豐饒的環境就孕育出充滿藝術性質的希臘諸神。這就是神話與民族思想個性牢不可分的原因。〔註3〕

同樣地，記錄現實與表達情感是文學的重要功能，從這種意義來說，文學和神話從根本上就有著相同的內涵。黃石在《神話研究》中說：

> 另採一個立足地去看神話，也有很高貴的藝術價值。這一點文學家早有定評，用不著我費詞多說，我這裡只須概括地述幾句就夠了。第一，神話不單是原人的文學，也是最有趣味的文學；其設想的奇妙，表現的美麗，情節之離奇，恐怕後世最佳的浪漫派作品，也趕不上呢！〔註4〕

可見神話不僅與文學有相似內涵，甚至可以說它就是原人時代的文學。同時，神話最主要的內涵是在解釋、記錄周圍的世界，述說者不見得會有意識地表現自身情感，但神話的思維仍會隱晦地留在後世文學中。喬瑟夫‧坎伯流傳的名言：「神話是眾人的夢，夢是私人的神話」，可見神話對文學的影響首先就源自民族共同生活、情感所產生的共通性。《神話研究》中也說：

> 我們現代人只把古代的神話，當作一種文學，但是神話與普通所謂之文學作品卻有一個分別，就是後者是個人——一個小說家或詩人的創作，是用個人的筆調寫下來的。神話卻不是個人的作品，而是民眾的心理的結晶。〔註5〕

文學創作者身為群體的一份子，其意識和由群體孕育出的神話不斷對話交流，形成神話影響文學作品的痕跡。相對於夢與潛意識，若文學可視為創作者用意識編織出的夢境，那當一名作者意圖表現和神話中感情、理念相類似或可對照的內容時，神話中的神祇與情節，就可能基於意識或潛意識兩個層面的影響，以典故、原型、隱喻等形式在作品中現身。

〔註3〕詳見愛迪絲‧漢米爾頓所著《希臘羅馬神話》末章〈北歐神話〉。
〔註4〕黃石，《神話研究》，頁71。
〔註5〕黃石，《神話研究》，頁5。

　　相較於神話，宗教對文學的影響更顯直接。若神話對文學的影響來自一個深層、隱性的人類共通思維，那麼宗教對文學則具有一種直接、明顯的思想上的規範。

　　呂大吉在《宗教學通論》中說：「宗教如此深入廣泛地影響藝術的原因首先在於，宗教是一種具有世界觀、人生觀意義的社會意識形式。……任何意識形式都不能不包含某種世界觀、人生觀為其核心，藝術也不例外。」〔註6〕依據他後續的解釋，所謂藝術包含了「詩歌、小說、戲劇、音樂、繪畫、雕塑」〔註7〕等等。他在書中論述宗教對藝術的影響，是因為「宗教……作為社會生活的一部分，才成為藝術表現的內容之一」。〔註8〕因此，宗教最少以兩種形式呈現文學中：其一是作為客觀社會現象、生活的一部分而得到紀錄；其次是作為作者主觀情感與思想的一部份而被表達。當然，經過長遠時間流傳，宗教思維也可能和神話一樣形成眾人共通的情感、思考，進而對文學造成隱性影響。

　　民間文學也是文學創作的重要材料來源。民間文學在英文中的用詞即是「Folk Literature」，日本及俄國則根據其表達方式翻譯為「口承文學」與「口頭創作」，這是因為大部分相關著作，包含民間文學的專書和各式民俗學的著作，對民間文學下定義時都採用「口頭性」作為其定義的中心。在曾永義《俗文學概論》一書的總論之中，整理了大陸與台灣兩地諸多民間文學論著，比較俗文學與民間文學之間的名實問題。〔註9〕可以看出，不論使用哪種稱呼，「口頭性」是多數學者一致認同的民間文學要件。另外在《世界民俗學》書中收錄了佛朗西斯·李·厄特利所著〈民間文學：一個實用定義〉這篇文章，裡面用數學統計的方式整理出二十一條著名美國學者對民間文學的定義，其中「口頭性」、「講述」、「語言的」、「非書面的」、「非書寫的」等類似關鍵詞共出現十三條。因此該文同樣認為「口頭性」在民間文學中占有中心的地位。〔註10〕故一般來說，只要符合「口頭性」的要件，敘事詩、史詩、神話、仙人故事、傳說、故事等不同內容、體裁，都可算在民間文學的領域之內。

　　眾所周知，中國古典文學一向與民間文學淵源深厚，文人不斷以民間文

〔註6〕 呂大吉，《宗教學通論》，頁904。
〔註7〕 同前註，頁903。
〔註8〕 呂大吉，《宗教學通論》，頁919。
〔註9〕 曾永義，《俗文學概論》，頁3～24。
〔註10〕 阿蘭·鄧迪斯編，陳建憲、彭海斌譯，《世界民俗學》，該文收錄於頁10～36。

學爲活水源頭，吸取其中豐富的生命力，使中國文學的發展史，儼然就是精緻化與通俗化兩條循環的道路。譚達先在《民間文學概論》裡說：

> 一切文學都起源於民間。民間文學從思想內容，直到體裁、格式、結構、表現手法、韻律、選詞等，都是中國古典文學發展的基礎，如書面作家文學提供了豐富的養分。在封建社會裡，富有生命力的民間文學一旦被封建士大夫作獵奇式的欣賞、使之脫離民間的土壤，成爲有閒者的點綴品時，它的這種生命力就會衰竭；新的民間文學又代之而起，給作家文學以新的哺養。整個中國文學發展史，就是這樣地貫串著民間文學哺育作家文學的歷史。〔註11〕

魯迅也曾說：「歌、詩、詞、曲，我以爲原是民間物，文人取爲己有」，〔註12〕這些都說明民間文學對文學體裁的影響。小說、志怪類的作品，受民間文學影響很大，魯迅就在《中國小說史略》中認爲：「志怪之作……探其本根，則亦猶他民族然，在於神話與傳說」。〔註13〕可見民間文學裡的口述神話、傳說、故事等，都在文學中提供了豐富的題材和人物形象。另外還有民間信仰，如同神話、宗教對文學與文人的影響一般，也間接影響文學的內容，或透過對創作者的直接影響呈現在文學中。

《聊齋誌異》是清代文言短篇小說中的傑出代表作，其藝術成就，首推故事素材的多面向。《聊齋》故事素材來源，大致上可分爲四類：一、傳聞。二、身歷。三、承先。四、創作。〔註14〕傳聞是作者聽說自他人口中，正是以口頭性爲要件的民間文學；承先是對前人作品的再創作，無可避免地接受神話、宗教文獻與文學創作的影響；創作雖屬作者自創，反映出作者的價值觀。但這樣「有意識的私我神話」，往往最能表現出作者受神話、宗教影響的創作意識；身歷是作者記錄自身經驗，可說是創作，亦可算是記錄第一手資料的民間文學。這樣分析下來，《聊齋》一書與神話、宗教、民間文學、民間信仰等領域的關係、脈絡是多麼複雜而密切！

在神話、宗教、民間文學等廣闊而獨立的領域裡，神祇是少數爲它們共

〔註11〕譚達先，《中國民間文學概論》，頁251。

〔註12〕魯迅，《魯迅書信集》，原文收錄在〈至姚克信〉信中。

〔註13〕魯迅，《中國小說史略》，《魯迅小說史論文集：中國小說史略及其他》，頁18。

〔註14〕這裡的分類主要採自羅敬之，《蒲松齡及其聊齋誌異》，頁108～133。其他的分類參考尚有李靈年，《蒲松齡與聊齋誌異》，頁54～61。以及雷群明，《蒲松齡與聊齋誌異》，頁28～31。

有的角色。不論是身為信仰、崇拜的對象，或是作為紀錄、弘旨的工具，神祇都在其中佔有一席之地，並如同橋樑般交通，在領域間互滲交流，從而將文學化為神祇的另一個活躍場地，自成獨特領域。

　　如果說文學創作是「有意識的夢（私我神話）」，那神祇就是夢中主角之一。蒲松齡在〈聊齋自誌〉中寫：「披蘿帶荔，三閭氏感而為騷；牛鬼蛇神，長爪郎吟而成癖。自鳴天籟，不擇好音……狂固難辭……癡且不諱」，〔註15〕這些話，除了表現出他的創作意旨和態度，同時也揭示了兩個意義：一、神祇與文學創作有密切關係；二、神祇創作含有作者情感思想所寄。故儘管《聊齋》匯集領域各異的龐雜題材資料，卻不會流於類書般的記錄囤積。書中神祇乃至鬼狐精妖都是形象鮮明又前有所承、和大眾記憶匯通，並非單一時代觀念或個人、宗教理念可以概括。這現象的主要原因就是作者將自己的理念貫串其中，在神祇鬼怪裡寄託感情。的確，在研究《聊齋》神祇故事時，筆者發現許多可以貫串全書的主題意識，對照〈聊齋自誌〉裡的記述，筆者相信，以神祇作為《聊齋》研究的切入點，是十分能探究作者思想與創作本意的方式，這就是本論文最重要的研究動機。

　　以宗教研究本身的觀點，《聊齋》神祇也具有很強的研究價值。來源的多樣性與創作的「個人性」，讓文學中的神祇充滿了獨特面貌與獨立研究價值。所謂「個人性」，係相對於民間文學和神話的共通特點之一「集體性」〔註16〕而來。「集體性」讓多位作者的觀念鎔鑄在同一個故事裡，不像宗教中神祇的面貌經常由嚴密的教義系統控制，面貌較為一致。文學中的神祇，其形象往往取決於單一作者的主觀。祂們的形象不是前述三塊領域的總和平均，不同作者會因為對這些領域有不同的接觸與瞭解，塑造出不同的文學式神祇。一個對道教系統有研究和信仰的作者，可能會寫出《八仙得道》那樣系統嚴謹的純道教小說，〔註17〕而一個謹守儒家理念並注重寫實的作者則可能構成《閱

〔註15〕蒲松齡，〈聊齋自誌〉，收錄於《聊齋誌異會校會註會評本》，頁1。
〔註16〕所謂集體性，是指民間文學的創作可以經過多數的作者在口傳的過程中不斷地翻新與創作、再創作，因此在當下所看到的一個民間文學作品，通常是一個經過無數作者修改後的集體合體。許多民間文學學者都承認集體性的存在，。在最近出的《俗文學概論》一書中也記錄了許多學者的見解。
〔註17〕〔清〕無垢道人，《八仙得道》、台北：文化圖書公司，民國83年。這本書裡記錄了大量的民間故事與神話、宗教傳說，但通篇以道教的「緣法」之說為中樞，將這些傳說故事貫串成一個時間軸長至數千年，結構嚴謹的長篇小說。全書主要從二龍出世寫到八仙和二龍鬥法勝利為止，書中甚至記錄不少泰西

微草堂筆記》這樣謹守筆記敘事風格的志怪小說。〔註18〕《聊齋》中的神祇，可說是研究神話、宗教、民間文學在文學創作中交流互滲現象的最好素材。

　　《聊齋誌異》的藝術成就，從前人研究著作中可以看出幾個大方向，包括：一、情節，二、語言，三、人物、四、結構，五、敘事，六、風格意境，七、內容思想等等。在韓國研究學者朴桂花編製之分類目錄《蒲松齡研究論文索引（1980～1995）》中，從第四項到第十一項分別是：《聊齋誌異》的藝術（總論、藝術構思）、《聊齋誌異》的人物塑造、《聊齋誌異》的結構藝術和敘事藝術、《聊齋誌異》的情節藝術、《聊齋誌異》的語言藝術、《聊齋誌異》的藝術描寫、《聊齋誌異》的文體、《聊齋誌異》的創作方法等。〔註19〕而在張稔穰《聊齋誌異藝術研究》中，上篇依章節寫人物論、情節論、意境論、語言論、美感論。〔註20〕唐富齡《文言小說高峰的回歸——聊齋誌異縱橫研究》一書中，其第二、三、四、五、六、十一章寫的是書中的內容與思想，第七、八章寫的是情節與結構，第九章寫的是人物形象，第十章寫的是風格意境。〔註21〕其他如羅敬之還提出了句型、詞品；〔註22〕馬瑞芳提出了環境、人物出場〔註23〕等額外的觀點與分析角度。其他著作與諸多博碩士論文中，大體不出這幾個範圍。

　　在這些研究當中，人物形象是兼具藝術與內容的研究。關於《聊齋》中人物形象研究的成果，大陸學者黃霖在《中國小說研究史》中整理出知識份子形象、官吏形象、女性形象、考生形象、商賈形象、狐男形象、兒童形象等，〔註24〕可說多采多姿。但除了官吏形象中可能會有兼論冥官者之外，獨獨欠缺神祇形象。

　　　　科技，全都由作者以道教觀點做出一番「新奇的」解釋。創作構思十分連貫，一般認爲作者是對道教有相當研究的信徒。

〔註18〕〔清〕紀曉嵐，《閱微草堂筆記》、台北：錦繡出版社，民國 81 年。《閱微草堂筆記》的創作意旨正好與《聊齋》相對。紀曉嵐批評《聊齋》兼具「傳記」與「小說」的體例，是「才子之筆，非著書者之筆也」。其門人盛時彦則說《閱微草堂筆記》體例精嚴：「灼然與才子之筆，分路而揚鑣。」

〔註19〕朴桂花，《蒲松齡研究論文索引（1980～1995）》，收錄於《蒲松齡研究》1996年第三期。

〔註20〕見張稔穰，《聊齋誌異藝術研究》、山東：山東教育出版社，1995 年 12 月。

〔註21〕見唐富齡，《文言小說高峰的回歸——聊齋誌異縱橫研究》、武昌：武漢大學出版社，1990 年。

〔註22〕見羅敬之，《蒲松齡及其聊齋誌異》、台北：國立編譯館，1986 年 2 月。

〔註23〕見馬瑞芳，《聊齋誌異創作論》、山東：山東大學出版社，1990 年。

〔註24〕黃霖，《中國小說研究史》，頁 358～376。

　　若是進一步檢視，可以發現《聊齋》人物形象研究以往多集中在鬼狐花妖等角色，關於神祇的研究極少。具體的例子如羅敬之《蒲松齡及其聊齋誌異》一書在介紹《聊齋》人物的形質時提到：「所謂『人物』，非專指僅具形質的人類，而是包括作者所賦予已經『人格化』的鬼狐仙怪等異類」，〔註25〕在稍後幾行又提到「神怪」這個字眼。由此可以證明各類神祇也都包含在此處所稱的「人物」裡面。然而，在後面文中所舉例子，共提到《嬰寧》中的嬰寧、王子服；《蓮香》中的蓮香、李氏女；《青鳳》中的耿生、青鳳；《紅玉》中的馮生、紅玉、衛氏女、御史；《織成》中的織成、柳生；《西湖主》中的陳生、公主；《香玉》中的香玉、絳雪與生；《黃英》中的馬子才、黃英；《阿寶》中的孫子楚；《水莽草》中的祝生、寇三娘；《竹青》中的魚容、竹青；《續黃梁》中的曾孝廉；《辛十四娘》中的楚銀臺公子；《羅剎海市》的羅剎國相國；《梅女》中的典史；《司文郎》、《餓鬼》、《考弊司》中的學官；《田七郎》中的田七郎；《斫蟒》中的樵夫；《于江》、《牧豎》中的幼子；《俠女》中的俠女；《妾擊賊》中的妾；《農婦》中的農婦；《長清僧》中的僧；《金和尚》中的和尚；《番僧》中的番僧；《白于玉》、《郭秀才》中的秀才；《老饕》中的邢德；《蕙芳》中的蕙芳、馬某；《夜叉國》裡的夜叉；《雨錢》裡的胡養真。〔註26〕近五十個人物的舉例中，只有竹青、蕙芳算得上具有神女、仙女的身份，蒲松齡自己認定的神，或一般廣受信仰的神祇連一個都沒有，所佔篇幅甚至不如在「人物形質」小節之後面另立一節討論的「動物」。

　　其他各書中的分析舉例，大致也是如此，如張稔穰《聊齋誌異藝術研究》中只舉了《席方平》中的三級冥官；〔註27〕馬瑞芳《聊齋誌異創作論》裡舉了《畫壁》中的散花天女、《考弊司》中的主簿吏、《陸判》中的陸判與《織女》中的織女。〔註28〕唐富齡《文言小說高峰的回歸──聊齋誌異縱橫研究》中舉了陸判和織女。〔註29〕在僅有的幾個例子之中，可以看出大多是針對諷刺現實題材中的少數冥官，以及戀愛題材中的神女或仙女。其他諸書，有些甚至完全沒有舉用神祇的例子。

　　同樣在博碩士論文中，關於人物的有郭金燕《聊齋志異動物故事研究》、

〔註25〕羅敬之，《蒲松齡及其聊齋誌異》，頁 302。
〔註26〕羅敬之，《蒲松齡及其聊齋誌異》，頁 302～312。
〔註27〕張稔穰，《聊齋誌異藝術研究》，頁 51。
〔註28〕羅敬之，《蒲松齡及其聊齋誌異》，頁 191～348。
〔註29〕唐富齡，《文言小說高峰的回歸──聊齋誌異縱橫研究》，頁 230～269。

張嘉惠《聊齋誌異女妖故事研究》、蘇靖媚《聊齋志異僧道角色研究》、蔡怡君《搜「人」記——聊齋誌異的「文人」探究》、劉惠華《聊齋志異女性人物研究》、周正娟《聊齋誌異婦女形象研究》、楊惠娟《聊齋志異畸人故事及其喜劇精神》等，除了研究僧道角色中有兼論到仙的部分，尚沒有其他關於神祇形象的論文。

　　針對《聊齋》神祇本身的研究，則是以通論和兼論較多，也幾乎以冥王、城隍等特定冥官的篇章為最主要。例如馬瑞芳《聊齋誌異創作論》與《幽冥人生——蒲松齡和聊齋誌異》裡有專章討論神仙、冥司與人間的問題。而在郭玉雯《聊齋誌異的幻夢世界》中用他界遊的觀點討論了冥界與仙鄉兩個境界，但對於神祇較少討論。博碩士論文中則是有金仁喆《聊齋誌異之宿命論與果報觀研究》、劉岱旼《蒲松齡地獄思想研究》、吳淑雅《聊齋誌異》勸善懲惡之研究、張雅文《聊齋誌異》果報故事研究等，各文都有兼論到神祇之事，但依舊缺乏一個全面的神祇與神祇形象研究。雖然造成這種情況的主要原因還是在人鬼狐妖等人物與諷刺現實、戀愛題材在《聊齋》中較受重視、具有代表性、評價較高，但依然能反映出《聊齋》中神祇角色確實不受重視。

　　專論有顏清洋《蒲松齡的宗教世界》一書，從宗教概念、宗教行為與宗教信仰三個層面討論蒲松齡的宗教世界。該書在宗教概念一章中討論了蒲松齡的神靈觀與神靈體系，可說是目前研究《聊齋》神祇最完整的文獻。但該書重點主要在整理蒲氏的神靈觀與神靈世界的架構，對於神祇作為文學中角色所展現出的形象及其在全書中代表的定位、意義討論較少。

　　其實，在《聊齋誌異》四百九十篇的文章中，有神祇、鬼吏或仙人出現的就有一百六十八篇之多，去除仙人與鬼吏也有一百三十篇之譜，佔三成比例，可說為數不低，包含狐妖、狐怪，關於鬼狐的故事共計兩百篇左右，只多出一成多的篇幅。但若考慮到兩種題材出產的研究，受重視的程度就顯得不成比例。綜合這些研究現狀，《聊齋誌異》中神祇形象與後續研究，可說是一塊具有價值卻又尚未完全開發的領域。

　　本論文之研究目的為希望先直接根據蒲松齡的敘述忠實地整理、建構出《聊齋誌異》中神祇的形象，兼而比較《聊齋誌異》神祇形象與其他領域的異同；其次歸納作者神祇故事的意涵，找出《聊齋誌異》神祇形象的特徵與這些形象、故事在《聊齋》一書中有無特殊意義。

第二節　研究範圍與研究方法

本論文以清代蒲松齡所著之《聊齋誌異》爲研究範圍，使用版本爲里仁書局出版的《聊齋誌異：會校會註會評本》。研究對象爲《聊齋》中的神祇。

到目前爲止，宗教學對神祇並沒有一個很統一明確的定義。一般來說，神祇在定義上有幾個要點：受崇拜或信仰、超自然、神聖化、人格化，〔註30〕但套用這樣的定義在對《聊齋》或任何文本進行分析時會面臨不小困難。首先，這些定義主要是宗教學對實際宗教現象彙整分析的結果，同樣的現象並不一定會出現在單一文學作品中。如前節所述，文學具有相當程度的個人主觀性質，神祇的性質、形象本來就會隨著作者的觀念或意志而改變，所以在文學中的神祇根本不一定要完全配合宗教學上對神祇的每一項定義。其次，文學的目的原本就不在於表現神祇的性質，作爲一個角色，神祇在文學中除了不需要符合宗教學中的性質定義，同時也根本不需要表現出那麼多的特質，因爲某些角色在一般的印象或是在宗教之中就已經被認定爲神祇，作者並不需要多此一舉去指出祂是一位神祇或祂符合了哪些宗教學上的神祇定義。甚至，文學中的一個角色，只需要在文中被作者指稱爲神，就應當視爲一名神祇來分析。這裡面牽涉到的是文學作品中作者的宗教觀念與立意的問題，而不應該是一個具普遍性之宗教學觀念的問題。

因此，本論文不擬遵循任何一家的定義來作爲研究對象選取上的標準，只將之用來作爲輔助參考的標準。但這不代表本論文將在此使用主觀的判斷，本論文將依循作者本意挑選研究對象，包括：

一、在文中直接被指稱爲「神」者。

二、根據情節分析，對照作者思想可以認定爲神者。

蒲松齡對神的定義可以從收錄在聊齋文集中的〈關帝廟碑記〉看出大略。文中寫「今夫至靈之謂神。誰神之？人神之也。何神之？以其不容已於人者神之也……其慈悲我者則尸祝之耳……故佛道中惟觀自在，仙道中惟純陽子，神道中惟伏魔帝，此三聖願力宏大……」〔註31〕所以關於神的定義，蒲松齡自己是認爲「至靈之謂神」，靈感、靈驗的存在即是。同時這些至靈的存

〔註30〕如呂大吉《宗教學通論》；吳洲《中國宗教學概論》；陳百希《宗教學》；許大同《宗教學》；陳齡書、陳霞主編《宗教學原理》等書，對「神」的意義都有不同方向的解釋，但大致上可以整理出這幾個切入點。

〔註31〕見聊齋文集〈關帝廟碑記〉，路大荒整理，《蒲松齡集》第一冊，頁43。

在是「人神之」，亦即照護人類並因而受人祀敬者即可稱神。

在這些「神」裡，蒲松齡又做出「佛道」、「仙道」、「神道」的區別。《聊齋》雖然沒有描繪出相當謹嚴的外在天庭形象，但也有天帝存在，並經常提到神祇的官員地位和官僚結構。同時顏清洋在《蒲松齡的宗教世界》裡提到《聊齋》的靈魂觀是人生時有魂魄，死後肉體潰散、靈魂不朽便變成鬼。〔註32〕鬼魂在故事中經常因獲授官職成為神，蒲松齡在〈于去惡〉中便直說：「蓋陰之有諸神，猶陽之有守、令也」，〔註33〕構成一個以人為中心的神祇世界。從蒲松齡將伏魔帝歸於神道的分類來看，這類經由人鬼神靈魂體系產生的神祇就是所謂「神道」，也是本論文最主要的分析對象。又以此推衍出來，書中常見只寫出某名鬼魂被冊封為某官某職的橋段，對照蒲氏的神道觀念也可推論為神。

而佛道與仙道，在《聊齋》中其實有靈蹟者極多，但全部加入分析又顯得過於龐雜。例如有奇術的勞山道士或和尚，雖然可能是修仙、修佛有成者，但不是明顯受人祀敬者，便先不列入本論文「神祇」研究對象之列。的確，仙人信仰是中國特有的現象，雖然某部分的仙人是受到百姓的崇拜和信仰，因此被視同神祇，但「仙」本身是獨立於「神」以外的概念，在本質上是人類或物種自主地從凡人「必朽者」（mortal）轉化為「不朽者」（immortal）的結果。如果由人而鬼是代表了宗教中所認知的「自然現象」，則由人而仙就代表了和鬼相對的一個概念，而和神的概念並沒有絕對的因果關連。因此成「仙」並不一定成「神」，就如同人成鬼卻不一定成神一樣。《聊齋》中對於仙雖然有天庭記有「仙籍」的描述，並沒有提到是否得道成仙即可進入天庭的「仙籍」？是否受到各篇中所說天仙、地仙、鬼仙的地位差別影響？是否進入仙籍就是他所謂仙道至靈之神？道士、僧侶修行到怎樣的程度才可稱為「仙佛」或者「至靈」？這些都沒有定論。因此除卻觀音菩薩、呂祖這類被蒲松齡直稱為神、毫無疑義者，其他未提及地位的道士仙人、靈感僧侶，本論文都暫不列入研究對象。當然，若某仙在文中被作者直稱為神，本論文也將以作者觀念為主，納入研究範圍內。因為仙與神兩者定義並不互斥。

採用上述以作者觀念、敘述為主的選擇方式，比較能避免在選擇研究對象與分析時，用了太多的外部資料，如當代乃至非當代的宗教觀念來評斷文章角色，反而忽略了文章裡現實的狀況。雖然影響可能不大，本論文還是希

〔註32〕顏清洋，《蒲松齡的宗教世界》，頁47。

〔註33〕〔清〕蒲松齡，《聊齋誌異：會校會註會評本》，頁1167。

望避免因此刪除作者獨特的意涵，或衍伸出偏離作者本意的結論。

　　本論文之研究步驟方法主要可分成以下幾點：

　　一、篩檢資料：首先篩檢出《聊齋誌異》中所有曾經出現神祇角色的篇章，確定研究之對象，並以表格方式整理分類。

　　二、形象分析：依照形象理論，整理、分析各神祇之形象。

　　三、歸納比較：歸納出形象分析的結果，比較神祇間形象之同異，並探討聊齋神祇的獨特之處以及其可能意涵。

第二章 《聊齋誌異》的神祇類型（上）
——至上神

　　《聊齋》書中出場神祇眾多，但並非每位都有足夠資料可供分析，因此本論文在第二、三章中，主要針對敘事篇幅較多，相對來講參考性較大的幾位神祇作詳細討論。其他神祇，可留待後章做整體分析。

　　在〈于去惡〉中作者提出一個重要概念：「蓋陰之有諸神，猶陽之有守、令也」，[註1] 這句話歸結了《聊齋》的神祇世界觀。簡單來說，《聊齋》的世界是以「人」為中心：人死為鬼，鬼獲官職即為神。

　　這是個官僚特色鮮明的架構。以此為標準，可為《聊齋》中的神祇分出三個重要類別：

　　第一類稱「至上神」，在《聊齋》中就是兼具帝王與形上天形象的「帝」，或稱「上帝」、「天帝」、「玉帝」。在帝之下有其他兩類神祇，形成一個掌管鬼神兩界的龐大體系。

　　第二類，本論文稱作「官僚神」，包含東嶽、冥王、城隍、土地等冥官，以及諸多受天庭策封官職的神祇，包括雹神、蝗神、瘟神、月老、福神、財星等屬於自然力量或某種職能的超自然化身的神祇。由於祂們在書中形成極完整的行政系統，並擁有很強的官僚形象，便以這特色稱呼祂們為官僚神。

　　第三類則是像關聖、觀音菩薩、呂祖、二郎真君、齊天大聖等來自英靈

[註1] 〔清〕蒲松齡，《聊齋誌異：會校會註會評本》、台北：里仁書局，民國80年9月。卷九〈于去惡〉，頁1167。本論文所引原文皆從此版本，由於條目眾多，為方便閱讀和查詢，往後引用《聊齋》原文將僅註明卷數、篇名、頁碼，不另贅述版本。

崇拜、宗教傳說或民間信仰的神祇。祂們以獨特身分為人所知，不一定領有官銜，也不一定有特定職能；執行的工作大多與歷史、傳說、信仰中相關相符，充滿獨特個人形象，與官僚神或職能神有明顯根基於官職的權責的狀況不太相同。由於這些神祇性質各異，有佛有仙，還有英雄神或來自小說與民間信仰結合的神祇，本文姑且將祂們分類為其他。

　　這兩章即按照上述三類神祇的順序，在各節中分析諸多神祇的形象。本章中分析的是至上神「帝」，第三章則分析官僚神與其他。大致上，本論文會依原文直接整理歸納該類神祇在《聊齋》神祇世界中的位階、職權、形象等特點，再與其他宗教傳說中的相同或類似神祇作比較，以觀察《聊齋》諸神的獨特之處。

第一節　《聊齋誌異》中的至上神：帝、上帝、天帝、玉帝

　　在《聊齋》中提到四個名詞：帝、上帝、天帝、玉帝，出現在十八篇故事中。本論文先在表一列出祂們的卷數、篇名、頁數，同時藉此算出每一種名詞在《聊齋》中被使用的頻率。

表一　帝（依名稱區分）

名　稱	卷　數	篇　名	頁　數
帝	卷一	王蘭	第 101 頁
	卷二	陸判	第 145 頁
	卷四	酆都御史	第 498 頁
	卷六	八大王	第 869 頁
	卷七	甄后	第 982 頁
	卷十	真生	第 1303 頁
	卷十	神女	第 1317 頁
	卷十	牛同人	第 1311 頁
	卷十	席方平	第 1345 頁
上帝	卷一	王六郎	第 28 頁
	卷一	雹神	第 52 頁
	卷二	水莽草	第 183 頁

	卷六	考弊司	第 823 頁
	卷八	司文郎	第 1104 頁
	卷九	于去惡	第 1167 頁
	卷十	席方平	第 1345 頁
天帝	卷八	陳錫九	第 1158 頁
玉帝	卷十	牛同人	第 1311 頁

首先要分析的是，這四個名詞是否指稱同一位神祇？

「帝」和「上帝」是最常出現的兩個名詞，前者九次，後者七次。從權力、地位以及作者文字的使用情形來看，這兩者所指稱的應是同一位神祇。

「帝」是位於眾神之上的至上神，主要掌管神祇官職的去留，可以授命某為某神，或是降罪、削除某神神籍。例如〈王蘭〉中寫「奉帝命授為清道使」、〔註2〕〈陸判〉：「承帝命為太華卿」、〔註3〕〈八大王〉：「觸帝怒，謫歸島嶼」、〔註4〕〈甄后〉：「陳思為帝典籍」、〔註5〕〈真生〉：「福神奏帝，削去仙籍」、〔註6〕〈神女〉：「家君南岳都理司，偶失禮於地官，將達帝聽，非本地都人官印信不可解」、〔註7〕〈席方平〉：「冥王者，職膺王爵，身受帝恩」〔註8〕等。且具有帝王的外在形象。

「上帝」同樣可以下敕指導眾神行使職權，也能用直接、間接的方式來策封神位，同樣透露出祂身為眾神帝王的崇高地位。例如〈王六郎〉中寫：「此仁人之心可以通上帝……今授為招遠縣鄔鎮土地」、〔註9〕〈雹神〉：「此上帝玉敕，雹有額數，何能相徇？」、〔註10〕〈水莽草〉：「上帝以我有功人世，策為四瀆牧龍君」、〔註11〕〈司文郎〉：「上帝有命，委宣聖及閻羅王核查劫鬼，上者備諸曹任用，餘者即俾轉輪」、〔註12〕〈于去惡〉：「此上帝慎重之意，無

〔註2〕卷一〈王蘭〉，頁101。
〔註3〕卷一〈陸判〉，頁145。
〔註4〕卷六〈八大王〉，頁869。
〔註5〕卷七〈甄后〉，頁982。
〔註6〕卷十〈真生〉，頁1303。
〔註7〕卷十〈神女〉，頁1317。
〔註8〕卷十〈席方平〉，頁1345。
〔註9〕卷一〈王六郎〉，頁28。
〔註10〕卷一〈雹神〉，頁52。
〔註11〕卷二〈水莽草〉，頁183。
〔註12〕卷八〈司文郎〉，頁823。

論鳥吏鱉官，皆考之」、〔註13〕〈席方平〉：「城隍、郡司，司上帝牛羊之牧」。〔註14〕另外在〈席方平〉裡寫二郎對貪瀆冥官宣讀敕文：「勘得冥王者：職膺王爵，身受帝恩……城隍、郡司爲小民父母之官，司上帝牛羊之牧」。〔註15〕在同一段話中分別使用「帝」和「上帝」兩個名詞，顯示蒲松齡在使用兩者時，指稱的就是同一位神祇。

「天帝」、「玉帝」這兩個名詞都只出現一次，但也各有痕跡能看出祂們的共通性。首先，玉帝和帝兩者是相同的：在〈牛同人〉中，文章寫牛同人因父親遭受狐祟，遷怒關帝不夠盡責，「因作表上玉帝，內微訴關帝之不職」，關帝隨即從天而降將作祟之狐捉去。後來該狐又到別處作祟，牛同人代受害者呈告關帝，「俄傾，見金甲神降於其家……言：『前帝不忍誅，今再犯不赦矣！』……」由此可知蒲松齡使用「帝」和「玉帝」也是指稱同一位神祇。〔註16〕

比較有疑義的是「天帝」一詞，只出現〈陳錫九〉篇中，而且沒有別稱。不過在此篇中，天帝位階在陳錫九父親的「太行總管」之上，同時用一種類似「奇遇」或「運數」的方式，賞賜陳錫九上萬斤黃金。不論在職權、位階、能力哪個層次，都顯示出帝王至上神的形象，這跟「帝」、「上帝」、「玉帝」等名詞在其他篇章中表現出的形象是相同的。

另外，這四個名詞最大的共通性就是「帝」這個字。用在文章中，讓祂本身就包含帝王神的形象。與關聖、文昌、東嶽等具備額外職稱的「帝君」不同，當蒲松齡使用「帝」這個稱謂時，往往不用多加描述，只是讓祂自然擁有諸神之上的位階，自然掌管神職調度甚至人間禍福。這就如同在稱呼人間帝王時可能會用「皇帝」、「皇上」、「聖上」、「天子」等不同稱呼，只是爲了提供文章敘述上的變化，閱讀者可以自然地瞭解它們所稱是同一個對象。這樣看來，蒲松齡在使用這幾個名詞的時候，不僅沒有刻意區分的意思，還帶了一分理所當然。

基於以上原因，本論文將帝、上帝、玉帝、天帝等視爲同一位神祇，合併在同一節中進行分析，並統一以「帝」代稱。若有細部差異，則留待後文提出比較和討論。

〔註13〕卷九〈于去惡〉，頁1167。
〔註14〕卷十〈席方平〉，頁1345。
〔註15〕卷十〈席方平〉，頁1345～1346。
〔註16〕引文見卷十〈牛同人〉，頁1311。

　　無論使用「帝」、「上帝」或「天帝」、「玉帝」之名，《聊齋》出現「帝」這位神祇的篇章總計十五篇，今依序表列如下：

表二　帝（依各篇順序排列）

神　祇	人　名	卷　數	篇　名	頁　數	別　稱
帝	無	卷一	王六郎	第 28 頁	帝天
		卷一	雹神	第 52 頁	上帝
		卷一	王蘭	第 101 頁	帝
		卷二	陸判	第 145 頁	帝
		卷二	水莽草	第 183 頁	上帝
		卷四	酆都御史	第 498 頁	帝
		卷六	考弊司	第 823 頁	上帝
		卷六	八大王	第 869 頁	帝
		卷七	甄后	第 982.984 頁	帝
		卷八	司文郎	第 1104 頁	上帝
		卷八	陳錫九	第 1158 頁	天帝
		卷九	于去惡	第 1166 頁	上帝
		卷十	眞生	第 1303 頁	帝
		卷十	牛同人	第 1311 頁	玉帝
		卷十	神女	第 1317 頁	帝
		卷十	席方平	第 1345 頁	帝

　　從表列這些篇章可以得出第一個結論：帝是《聊齋》諸神中的至上神。因為經過分析，祂具有「位、權、能三位至高」的性質。這表示：
　　一、沒有其他神祇擁有名義上比帝更高的地位。
　　二、帝擁有指揮、號令所有神祇的實權，並且沒有其他任何神祇擁有指揮號令祂的職權。
　　三、帝擁有神異的超自然能力，而這種神力在《聊齋》中幾乎沒有其他神祇能與之相比。
　　祂於位階、職權、能力三個方面都高居眾神之上，在《聊齋》以神為守令的定義架構中，位階與職權的高低幾乎可以等同視為神位的高低，加上祂能力至高，本論文推斷祂可毫無疑義地被稱為至上神。

在「位」的方面，帝的至高位階可經由比較來證實。直接表現出位階高低的篇章出現在〈考弊司〉、〈陳錫九〉、〈神女〉、〈席方平〉等四篇中。

卷六〈考弊司〉寫聞生見虛肚鬼王割肉求賄陋習，忿然而出：

> 生少年負義，憤不自持，大呼曰：「慘慘如此，成何世界！」鬼王
> 驚起，暫命止割，蹻履逆生。生忿然已出，徧告市人，將控上帝。
> 〔註17〕

既然聞生有意向帝控訴鬼王的暴虐，表示祂的地位一定較鬼王為高，而且有施加懲處的職權。

卷八〈陳錫九〉寫錫九的父親死後擔任「太行總管」，儀仗盛大與人間官府類似。〔註18〕但祂的妻子用臣子的謙卑口吻來稱呼帝。文中寫：

> 母曰：「辛苦跋涉而來，為父骨耳。汝不歸；初志為何也？況汝孝行
> 已達天帝，賜汝金萬斤，夫妻享受正遠，何言不歸？」〔註19〕

稱「達」，稱「賞賜」，表示尊貴的太行總管與其家人是以臣子身份侍奉更高高在上的「帝」。

卷十〈神女〉寫神女的父親為「南岳都理司」，當屬五嶽神之一，地位崇高。但文中寫神女憂心忡忡地向米生求助，自稱：

> 家君為南岳都理司，偶失禮於地官，將達帝聽，非本地都人官印信，
> 不可解也。〔註20〕

以南岳神的地位，一旦偶然失禮的罪行將傳達給帝，便舉家惶然，甚至低聲下氣地尋求一介書生的幫助，可見帝的位階崇高。

卷十〈席方平〉裡，寫二郎神審判貪瀆的冥王、城隍、郡司等三級神官，該篇中二郎神的判決文寫：

> 勘得冥王者：職膺王爵，深受帝恩。自應貞潔以率臣僚，不當貪墨
> 以速官謗。……城隍、郡司，為小民父母之官，司上帝牛羊之牧。
> 雖則職居下列，而盡瘁者不辭折腰；即或勢逼大僚，而有志者亦應
> 強項。」〔註21〕

〔註17〕 卷六〈考弊司〉，頁823。
〔註18〕 卷八〈陳錫九〉，「忽共驚曰：『何處官府至矣！』釋手寂然。俄有車馬至。」，頁1157。
〔註19〕 卷八〈陳錫九〉，頁1158。
〔註20〕 卷十〈神女〉，頁1317。
〔註21〕 卷十〈席方平〉，頁1345～1346。

這段判決，寫出這三級冥官或是爲帝所封（冥王），或是在帝的權威下做事（城隍、郡司），都直接表示帝的位階在祂們之上。同時，二郎神使用的是訓誡同僚的口吻，斥責祂們應對帝孜孜矻矻、貞潔盡忠，也揭示二郎神自認與冥王、城隍、郡司一樣都是帝的臣屬，「帝」的崇高位階更加可見。

從職權也可以看出帝的崇高位階，祂掌管諸界的崇高職權表現在封賞、謫罰、號令諸神的三種職權中。雖然理論上擁有這些職權不代表他一定具備較高的地位，但帝在行使這三種職權的時候，形象是兼具前述位階崇高之特色的。祂常使用一種上對下發號施令的方式，表現出不可違抗改變的氣質，因此可明確看出祂的職權與位階都在諸神之上。更重要的是，沒有任何神祇擁有針對帝的賞罰號令職權，這也說明祂至上神的位置。〔註22〕

而在「能力」部分，《聊齋》之神，包括帝在內，並不常表現出自有的超自然能力，而是大多使用根源自官僚架構的「權能」。但在某些篇章中，帝的形象似乎和形上的天出現一些混同，多少表現出神奇的能力。這些能力大多是控制轉生、自然、定數等不可見因子的巨大能力，像在〈陳錫九〉中，陳錫九不是經由官僚化的神祇體制，如福神、財神這類職能神領取黃金，而是透過天生注定般的奇遇獲得這應許的賞賜，爲帝帶來操控世間凡人意志命數，神力崇高的形象。當然，就算這萬金賞賜是透過屬下官僚神祇來發放，也依舊能顯出祂的位階至高，只是沒有表現出祂本身的能力而已。這種能力與其他神祇相比，可以間接顯出祂的位階至高。

第二節　《聊齋誌異》中「帝」的職權與能力

《聊齋》中的帝沒有表現出實質必要執行的職務，他的職權集中在控管天庭官僚體系的層面上，多具有針對屬下神祇的性質。這些職權可以簡單分爲三類：封賞、謫罰、號令。

若不討論將掌管自然能力官僚化形成的「權能」，單論神祇的超自然力量，帝的超自然「能力」可以總括爲「掌管宇宙運行之能」，與他高居眾神之上的地位相符。

〔註22〕帝三種職權的詳細內容，因爲篇幅較長，將留待後文分析，並在該處詳論該職權與位階的關係。能力部分亦同。

一、封賞的職權

「帝」擁有封賞的職權，包括「策封神職」以及「賞賜良善」兩個形式。這種職權出現在八篇故事之中，分別是：〈王六郎〉、〈王蘭〉、〈陸判〉、〈水莽草〉、司文郎〉、〈于去惡〉、〈酆都御史〉、〈陳錫九〉。

（一）策封神職

「帝」表現出策封神職之權的篇章如下：

表三　策封神職之權

卷數	篇名	內　文	職權形式
卷一	王六郎	許疑其復有代者。曰：「非也。前一念惻隱，果達帝天。今授爲招遠縣鄔鎮土地，來朝赴任。倘不忘故交，當一往探，勿憚修阻。」〔註23〕	直接任命
卷一	王　蘭	御史怒，笞而牒於神。夜夢金甲人告曰：「查王蘭無辜而死，今爲鬼仙。醫亦神術，不可律以妖魅。今奉帝命，授爲清道使。賀才邪蕩，已罰竄鐵圍山。張某無罪，當宥之。」〔註24〕	直接任命
卷二	陸判	又一夕來，謂夫人曰：「今與卿永訣矣。」問：「何往？」曰：「承帝命爲太華卿，行將遠赴。」〔註25〕	直接任命
卷二	水莽草	「上帝以我有功人世，策爲『四瀆牧龍君』。今行矣。」〔註26〕	直接任命
卷八	司文郎	「去年上帝有命，委宣聖及閻羅王核查劫鬼，上者備諸曹任用，餘者即俾轉輪。」〔註27〕	委付考核
卷九	于去惡	「此上帝慎重之意，無論烏吏鱉官，皆考之。能文者以內廉用，不通者不得與焉。」〔註28〕	委付考核

首先，帝可以透過「直接任命」的方式來授與神職，這點也是祂至上神地位的證明。因爲對帝來說，不需要任何監察同意機制就可任命諸神，權力地位甚至比人間地位至上的皇帝更加絕對。

帝曾經直接任命的神祇包含了：〈王六郎〉中的土地神王六郎、〈王蘭〉

〔註23〕卷一〈王六郎〉，頁 28。
〔註24〕卷一〈王蘭〉，頁 101～102。
〔註25〕卷二〈陸判〉，頁 145。
〔註26〕卷二〈水莽草〉，頁 183。
〔註27〕卷八〈司文郎〉，頁 1104。
〔註28〕卷九〈于去惡〉，頁 1166。

中的「清道使」王蘭、陸判中的「太華卿」朱爾旦、以及〈水莽草〉中的「四瀆牧龍君」祝生。

　　除此之外，帝還能委任屬下神祇召開考選機制，算得上一種間接封神的手段，簡稱「委付考核」。

　　在〈司文郎〉中，寫「上帝有命」，委任宣聖孔子與閻羅王從諸多劫鬼中考選能文者來擔任神職。而在〈于去惡〉裡，寫「上帝慎重之意」，召開正式簾官考試來作神職考選。

　　策封神職之權，從神格與體制兩面表現帝的崇高位階。因為策封本身是種上對下的關係，直接任命更代表帝不受左右、獨一無二的崇高。例如帝不僅在〈王六郎〉中直接任命水鬼王六郎為土地神，而且要求「來日」立刻赴任，可見帝的任命沒有任何限制，並帶有不可違抗的強制性。

　　〈王蘭〉中的清道使和其他篇章裡的太華卿、四瀆牧龍君相同，只提出神的官銜，卻不知地位如何。因為太華山地屬西嶽，只能推測太華卿為五嶽神之屬。又根據《禮記・王制》中言：「天子祭天下名山大川，五岳視三公，四瀆視諸侯。」《中國民間諸神》中寫：「宣帝時始在國家祀典中正式以五嶽四瀆為山川神的代表，設立專門的祭祀制度。……以後歷代皇朝皆以五嶽四瀆為山川神的象徵，極為尊崇。」〔註29〕四瀆之崇拜與五嶽一樣悠久，兩者都屬國家級的重要祭典。推想起來太華卿和四瀆牧龍君這兩者的位階應當都不算低。能指派這樣的大神，帝的權位自然都顯得相當崇高。

　　當然，從五岳四瀆對應王公諸侯，與使、卿、君與帝這樣的職銜稱謂來看，帝直接策封鬼魂擔任神職的崇高形象，也很自然與祂身為鬼神帝王的至高位階相符，表現出帝王和至上神合一的形象。

　　同樣地，舉辦考試來授封神職，表示祂的位階比接受考選的鬼，與擔任考官的神祇更高，表現以帝王身份掌管神祇官僚體系的至上神地位。

（二）獎賞良善

　　策封神職常是一種獎賞，如〈王六郎〉、〈王蘭〉、〈水莽草〉等篇中，都是用策封神職當作對德行或功德的獎勵。不過帝也會以賞賜財物或以救難行為作為一種獎賞，而這種獎賞的對象不僅限於神，還包括凡間的人。

〔註29〕呂宗力、欒保群編，《中國民間諸神》上冊，頁383～384。

表四　獎賞良善之權

卷數	篇　名	內　　　　文
卷四	酆都御史	公益懼，固請寬宥。尊官曰：『定數何可逃也！』遂檢一卷示公，上注云：『某月日，某以肉身歸陰。』公覽之，戰慄如濯冰水。念母老子幼，泫然涕流。俄有金甲神人，捧黃帛書至，群拜舞啓讀已，乃賀公曰：「君有回陽之機矣。」公喜致問。曰：「適接帝詔，大赦幽冥，可爲君委折原例耳。」乃示公途而出。〔註30〕
卷八	陳錫九	母曰：「辛苦跋涉而來，爲父骨耳。汝不歸；初志爲何也？況汝孝行已達天帝，賜汝金萬斤，夫妻享受正遠，何言不歸？」〔註31〕

製表：梅光宇

〈酆都御史〉中的帝和其他十幾篇故事相比，形象顯得特別完整。在該篇中，華公的得救奠基在一個重要的依據上，那就是「念母老子幼，泫然涕流」這種掛念老母幼子的孝慈之心。《聊齋》特地在公感念老母幼兒無人照顧而悲傷哭泣的這一段之後，寫出金甲神人突然捧詔出現，加深了篤善純孝之人總能和上帝感應的形象，於是「帝」在這裡的救難行爲，就變成了一種道德意義上的「賞善」。而完成這項道德賞賜的手段，就是祂大赦幽冥的職權。

〈陳錫九〉中，帝賞賜萬金給陳錫九是因爲他的孝心，因此也屬於獎賞良善的職權。

理論上，人間生死財祿也有相對應的神祇掌管，但帝不用透過這種官僚系統，而是對凡人直接使用職權，完成獎賞良善的目的。由此亦可見祂權能是不受限制的，表現出崇高的至上神位階。

二、譴罰的職權

帝還有貶謫、降罪的職權，包含「貶謫神仙」與「懲罰罪惡」兩種，出現在〈八大王〉、〈眞生〉、〈神女〉、〈甄后〉等四篇故事裡：

（一）貶謫神仙

提到帝貶謫神祇的篇章如下：

〔註30〕卷四〈酆都御史〉，頁 497～498。
〔註31〕卷八〈陳錫九〉，頁 1158。

表五　貶謫神祇之權

卷數	篇名	內　　　文
卷六	八大王	「老夫爲令尹時，沈湎尤過於今日。自觸帝怒，謫歸島嶼，力返前轍者，十餘年矣」。〔註32〕
卷十	眞生	眞忽至，握手曰：「君信義人也！別後被福神奏帝，削去仙籍；蒙君博施，今以功德消罪。願勉之，勿替也。」〔註33〕
卷十	神女	「家君爲南岳都理司，偶失禮於地官，將達帝聽，非本地都人官印信，不可解也。」〔註34〕

〈八大王〉裡，寫洮水八大王曾經擔任「南都令尹」的神職，後來因嗜酒而「觸帝怒」，遭到免職。

〈眞生〉裡寫眞生是一名得道的狐仙，卻受到賈思明的欺騙，被賈騙走點金石，點得大量的黃金。文中寫：

> 眞嘆曰：「業如此，復何言。然妄以福祿加人，必遭天譴。如逭我罪，施材百具、絮衣百領，肯之乎？」賈曰：「僕所以欲得錢者，原非欲窖藏之也。君尚視我爲守財虜耶？」眞喜而去。賈得金，且施且賈，不三年施數已滿。眞忽至……〔註35〕

眞生畏懼自己將因濫施財祿而受天譴，這裡天譴指的就是後文所說「別後福神奏帝，削去仙籍」，是帝親自降下的懲罰，由此可以看出掌管人間福祿的福神也是帝的部屬。不僅如此，天庭中還有「仙籍」存在，帝不僅可以貶謫神祇，還可以貶謫仙人，管轄領域又擴大一層。

貶謫神祇的故事不僅表現出帝擁有這種權力，文章還常連帶描述帝不可動搖的至高權威，襯托出兩者之間的位階。例如在〈八大王〉中所謂的「帝怒」，生動描寫帝貶謫神祇時的嚴厲感。又像〈眞生〉之中，狐仙眞生受賈欺騙而點出過多的黃金，當下憂慮嘆息，自認必定會遭到「天譴」。由此可見帝的責罰是相當嚴明，不可逃避。

第三篇〈神女〉雖然沒有明寫被處罰的內容，但文中所謂「不可解也」，指的應該是解脫「即將由帝降下的罪罰」。「南岳都理司」亦是五嶽之神，想

〔註32〕卷六〈八大王〉，頁 869。
〔註33〕卷十〈眞生〉，頁 1303。
〔註34〕卷十〈神女〉，頁 1317。
〔註35〕卷十〈眞生〉，頁 1302～1303。

像起來地位不低，因為偶然失禮將被稟告於帝，便舉家徨然不知所措，甚至低聲下氣地找一名書生幫忙，亦可見帝責罰的嚴屬。

帝貶謫神仙的權力表現出祂絕對的上對下威權，從而顯示出祂的至上位階。〈真生〉中更提及除卻人鬼神之外，所謂「仙籍」也在帝的掌握之中。在面對帝的懲罰時，這些被降罪貶謫的神祇、仙人，除了接受或恐懼，並沒有其他任何對抗的力量。

（二）懲罰罪惡

除了降罪貶謫神、仙的人事職權，「帝」也可以直接決定人鬼的罪罰。而書中提到的懲罰方式只出現在〈甄后〉中，是與掌管人鬼罪罰的冥官體系結合，屬於來生的懲罰。

表六　懲罰罪惡之權

卷數	篇名	內　　　文
卷七	甄后	劉欲買犬杖斃，女不可，曰：「上帝所罰，何得擅誅？」〔註36〕

〈甄后〉中寫女仙甄后與劉生會見，突然被黃犬迎面狂吠，原來那隻黃犬就是曹操。劉生雖想當場殺了這隻黃犬，但甄后立刻用「上帝所罰，何得擅誅」這個理由阻止。

從帝懲罰曹操投生為狗的行為來看，這種職權與帝在〈酆都御史〉等篇中可以號令冥司的崇高權力密切相關。另一方面，帝要曹操作黃犬受罰，連身為女仙的甄后也不敢隨便牴觸，這再次顯示出帝在仙、鬼、人以及冥司之神間的崇高位階，更表示出「帝」的懲罰是具有無比崇高的權威性，不能輕易更動的。

三、號令的職權

號令的職權是說帝能夠差遣、指揮諸多神祇的行動。當然前文提到帝有封賞與謫罰這兩項職權，其中也包含些許號令的意涵。但除了這兩項，《聊齋》寫了不少帝直接對其他神祇發號施令的故事。相關篇章有〈雹神〉、〈酆都御史〉、〈司文郎〉、〈于去惡〉、〈牛同人〉等五篇：

〔註36〕卷七〈甄后〉，頁984。

表七　發號施令之權

卷數	篇名	內　文
卷一	雹神	天師曰：「（雹神）適言奉旨雨雹，故告辭耳。」〔註37〕
卷四	酆都御史	俄有金甲神人，捧黃帛書至，群拜舞啓讀已，（尊官）乃賀公曰：「君有回陽之機矣。」公喜致問。曰：「適接帝詔，大赦幽冥，可爲君委折原例耳。」〔註38〕
卷八	司文郎	「去年上帝有命，委宣聖及閻羅王核查劫鬼」〔註39〕
卷九	于去惡	「文昌奉命都羅國封王，簾官之考遂罷。數十年游神耗鬼，雜入衡文，吾輩寧有望耶？」陶問：「此輩皆誰何人？」曰：「即言之，君亦不識。略舉一二人，大概可知：樂正師曠、司庫和嶠是也。」〔註40〕
卷十	牛同人	（牛父）祟於狐……因作表上玉帝，內微訴關帝之不職。久之，忽聞空中喊嘶聲，則關帝也。〔註41〕

　　帝可以號令的神祇包括了雹神、孔聖、冥王、金甲神人、冥司「尊官」、文昌、關帝等等。

　　在〈雹神〉中，帝以「玉敕」下旨令雹神到人間落雹，還定有額數，即便充滿超自然威能的雹神，或可以使喚雹神的龍虎山天師都不敢隨己意改變。

　　〈司文郎〉寫掌管士子任用的宣聖孔子，以及掌管投生轉輪的閻羅王兩位神祇一同受到帝的委任，從事「核查劫鬼」的任務。

　　〈酆都御史〉還寫御史行台華公在酆都地穴裡見到冥司「尊官」，祂們也必須接受帝的號令。本來華公之死已登記於卷宗，是不可逃的「定數」，但帝突然派金甲神下「詔」大赦幽冥，眾官乃放華公返陽，表示帝擁有直接號令金甲神與地府官員兩者的權力。

　　〈于去惡〉提到文昌、師曠、和嶠先後擔任簾官考試的考官，後兩者是因爲文昌臨時不知奉誰之命到都羅國封王才「雜入衡文」。簾官考試是遵從帝意舉辦的，雖然不知考官是否由帝直接指派，三考官還是可視爲聽帝的號令行事。

　　〈牛同人〉則寫關帝在牛生上表投訴玉帝後，立刻現身爲牛生驅除家中狐祟，顯然是牛生訴狀上達帝聽，帝再號令關聖前來。

〔註37〕卷一〈雹神〉，頁51～52。
〔註38〕卷四〈酆都御史〉，頁497～498。
〔註39〕卷八〈司文郎〉，頁823。
〔註40〕卷九〈于去惡〉，頁1167～1168。
〔註41〕卷十〈牛同人〉，頁1311。

帝號令神祇的職權也與祂帝王至上神的形象結合在一起。像〈雹神〉中的「玉敕」，或是〈酆都御史〉中金甲神帶來的「黃帛書」，讓陰間諸多尊官都迎拜跪地接詔，這些都表現出「帝」身為諸神帝王和至上神的位階。

四、掌管宇宙運行之「能」

帝是《聊齋》裡的至上神，其崇高形象正表現在那無所不管、無所不能的形象裡。前文提到祂具有位、權、能至高的特點，掌理範圍包括整個天地，對象含括人、鬼、神、仙；如此無所不包的權能，就是產生這種形象的主因。

帝與帝王結合的形象，讓祂的能力衍生出兩個層面：一個是與神祇官僚結構結合產生的職權，並經由這種職權官僚體系表現出權力，或者也可以稱做「權能」。第二種能力與這種「權能」是相對的，亦即保留神祈本有超自然形象，更進一步與形上天結合的純粹至上「神能」。

權能部分前文已有描述，像封賞、謫罰與號令就是帝針對人鬼神仙等特定對象的權力。若去除這些對象，還可看出祂在《聊齋》中擁有掌管宇宙運行的能力，詳計有生死、自然、定數三類。

這三類，有時候透過職權官僚體系表現為「權能」，例如祂能號令雹神，規定祂落雹的額數。也就是說，雖然帝自己沒有直接表現落雹的超自然能力，但祂具備掌管落雹的權力，所以可稱為帝擁有控制自然的「權能」。同樣的，祂在〈司文郎〉中號令閻羅王，以及〈酆都御史〉中下詔給冥司尊官，改變了御史華公肉身歸陰的命運，可以看出帝也有掌管生死的權能。

當然，偶爾「帝」也會表現出單純的「能力」，不過祂的能力有時隱藏在權能與超自然能力之間，其他時候則進入操控因果循環的至上神能領域。

例如在〈甄后〉中，「帝」處罰曹操轉生為黃犬，表示祂能控制世間凡人的轉生。在本論文後章對官僚神的分析中，會發現轉生事務主要是冥司、冥王或其他冥官來管轄，因此曹操化犬這件事推想起來與帝在〈酆都御史〉裡派遣金甲神對冥司尊官下詔的權能形象應有關連。雖然如此，〈甄后〉篇中只用一句「上帝所罰，何得擅誅」帶過，並沒有提到冥王的作用，隱約為帝帶來一點變人為犬的「超自然」形象。

另外，在〈酆都御史〉中提到了「定數」這個名詞的存在，這對瞭解帝的至上能力有相當重要的作用。該篇中寫：

> 酆都縣外有洞，深不可測，相傳閻羅天子署……明有御史行臺華公，

按及酆都，聞其説，不以爲信，欲入洞以決其惑。人輒言不可，公弗聽。秉燭而入，以二役從……尊官見公至，降階而迎，笑問曰：「至矣乎？別來無恙否？」公問：「此何處所？」尊官曰：「此冥府也。」公愕然告退。尊官指虛座曰：「此爲君座，哪可復還！」公益懼，固請寬宥。尊官曰：「定數何可逃也！」遂檢一卷示公，上注云：「某月日，某以肉身歸陰。」公覽之，戰慄如濯冰水。念母老子幼，泫然涕流。俄有金甲神人，捧黃帛書至。群拜舞啓讀已，乃賀公曰：「君有回陽之機矣。」公喜致問。曰：「適接帝詔，大赦幽冥，可爲君委折原例耳。」〔註42〕

被作者稱作「酆都御史」的華公原本不信鬼神之事，因此堅持進入酆都縣外的地洞，這應當是很強烈的個人意志，不料他這樣堅持自己信念的行爲卻完全被預測，正好符合卷宗「某月日，某以肉身歸陰」的記載，這現象被尊官們稱爲「定數」。由此可見定數的力量如此強大，甚至將人類自由意志的因素包含在其中加以預測。

文章接著寫酆都中掌管鬼魂職務的尊官也準備好座位給華公，並說他肉身歸陰是「定數」無可逃避，言下之意連身爲神祇尊官的祂們也不可逃避定數的力量。但下一瞬間，帝便表現出祂恰有能力來扭轉；祂派遣金甲神人送來的一紙黃帛書，就讓諸多神祇堅稱「何可逃」的定數被打破了。

在這篇故事裡，「定數」的定位是模糊的。它可以說是一種權，因爲它的內容被紀錄在「卷宗」上由「尊官」奉行，又因爲帝寫在「黃帛書」上的「大赦」命令而不予執行，這些描述都將它的約束力轉化成類似人間帝王號稱「君無戲言」的不可改命令。從這個角度來看，帝不過是掌握了酆都冥司，從而能干涉凡人生死壽命，與他篇描寫沒有什麼不同。

但進一步來看，本篇對定數的描寫是如此神奇。這定數甚至能預測，或是干涉人的思想和行動。帝既然能用一紙詔書解除這神奇無比、冥冥無形的超自然定數之力，想來也具有操控這種冥冥之力的能力。因爲這樣，操弄定數的職權仍塑造出帝具備決定人類命運的強大超自然能力形象。

而在〈陳錫九〉中，「帝」對定數的掌握有了更純粹、更強大的描述。該篇寫陳錫九事母至孝，他的父親陳子言客死異鄉，母親又被與錫九訂有婚約的周家羞辱，幽憤而死。錫九單獨出外乞食想找尋父親遺骨，卻在路上遇見

〔註42〕卷四〈酆都御史〉，頁 497。

父親輿馬。原來他的父親雖死，卻已在冥間擔任「太行總管」一職。於是錫
九隨父親返家，見死去母親也在府內，便表示願留下侍奉父母，不想返家。
陳母卻講錫九應保持初志將父親遺骨攜回安葬，且其孝心感通上帝，將得萬
金賞賜，正好該留在人間享受。原文中寫：

> 母曰：「辛苦跋涉而來，爲父骨耳。汝不歸；初志爲何也？況汝孝行
> 已達天帝，賜汝金萬斤，夫妻享受正遠，何言不歸？」〔註43〕

> ……錫九於村中設童蒙帳，兼自攻苦，每私語曰：「父言天賜黃金，
> 今四堵空空，豈訓讀所能發蹟耶？」〔註44〕

雖然母親這樣說，貧困中攻讀的陳錫九仍不免對帝所應許的萬金賞賜感到疑
惑，不知道會用什麼方法得到？實際上，帝發放這筆賞賜的方法，不是像人
間帝王那樣豪邁地讓錫九將一車車財寶拖回家裡，或像仙人點石成金那樣展
現立即的法力。相反地，祂彷彿在冥冥中注定了全人類的福祿、命運乃至意
志，用所謂「定數」或「奇遇」的方式來施予。

故事後文寫陳錫九突然被誤認爲盜賊並抓入郡縣，官差將錫九拉到太守
之前，卻想不到太守認識錫九和他的父親。太守認爲他是「名士之子，溫文
爾雅」不可能做賊，於是將他放還，還大方餽贈一百金、兩頭騾子，甚至將
他引薦給上級，提供工作的機會。文中寫：

> 一日自塾中歸，遇二人問之曰：「君陳某耶？」錫九曰：「然」。二人
> 即出鐵索縶之，錫九不解其故。少間村人畢集，共詰之，始知郡盜
> 所牽。眾憐其冤，釀錢略役，途中得無苦。至郡見太守，歷述家世。
> 太守愕然曰：「此名士之子，溫文爾雅，烏能作賊！」……贈燈火之
> 費以百金；又以二騾代步，使不時趨郡，以課文藝。轉於各上官游
> 揚其孝，自總制而下，皆有饋遺。錫九乘騾而歸，夫妻慰甚。〔註45〕

和太守所贈百金或引薦給上級的動作相比，這二頭騾子在文中本不是那麼顯
眼，沒想到牠們卻在陳錫九的得金奇遇中扮演了最重要的角色：

> 錫九家雖小有，而垣牆陋敝。一夜，群盜入，僕覺，大號，止竊兩騾
> 而去。後半年餘，錫九夜讀，聞撼門聲，問之寂然。呼僕起視，則門
> 一啓，兩騾躍入，乃向所亡也。直奔櫺下，咻咻汗喘。燭之，各負革

〔註43〕卷八〈陳錫九〉，頁1158。
〔註44〕卷八〈陳錫九〉，頁1160。
〔註45〕卷八〈陳錫九〉，頁1160～1161。

　　囊，解視，則白鏹滿中。大異，不知其所自來。後聞是夜大盜劫周，

　　盈裝出，適防兵追急，委其捆載而去。騾認故主，逕奔至家。〔註46〕

二騾在晚上被盜匪竊走，卻帶了滿滿幾袋的白銀回來，這才知道之前被誤認為盜、送入郡縣，乃至以二騾代步歸家等一波三折，原來都自帶有微妙效用。所謂「帝的賞賜」竟是用這樣神奇的方式來實現。

　　在這裡，帝發放賞賜的方法是透過許多人的命運、定數、行為、意志，讓陳錫九經過奇遇自然得金，而不是直接將萬金塞入他手中。雖然「賞賜」這樣的說法帶有權能感，但對於錫九得金的過程，故事裡完全沒寫出神力的干擾，所有人物都按照自己的意志行事，但也恰好因此善惡賞罰各得其所。這樣一來，「帝」用能力司掌人間定數的感覺就變得非常強烈，表現出掌握一種純粹而冥冥不可見的超自然能力。

　　掌管定數是「帝」最重要，也是最特別的權能。《聊齋》的神祇系統有高度官僚化現象，也因此原本屬於神祇的各種超自然能力，往往都在故事中轉變為權能的型態。最明顯的像是文昌帝君雖然司掌士子文運，但是這項能力卻被轉化為（或轉化給）祂屬下的一個職位「司文郎」。一旦這司文郎由不適任者擔當，便產生「文運由此顛倒」的結果。

　　也因此，超自然能力在某種程度上成為某些高位神祇的專有特色，並因此變成分辨該神在《聊齋》中位階高低的最好方法，如被蒲松齡稱為「願力宏大」的呂祖、關帝和觀音菩薩，就表現出擁有強大超自然能力的形象。關於這幾位神祇，本論文在後章也會專門探討。

　　廣泛掌管生死、自然、定數，控制宇宙運行的形象代表帝不僅本身擁有極高的權位，更是屬下諸神權與能的來源。諸神雖然各有職務之「權」，或神力之「能」，但都必須以「帝」的命令為依歸，這就是《聊齋》神仙體系官僚化的結果。如「願力宏大」地位崇高的伏魔帝關聖、〈雹神〉中的雹神李左軍等神祇都有很明顯的超自然形象，〔註47〕但仍忠貞聽命於帝。而文昌、閻羅雖然有掌管凡人福祿、生死、命運的職權，但是帝依舊可以用詔書或玉敕等方式對祂們下達各種命令。滿天神祇擁有的權、能，都只是為帝代管或必須受帝管轄，真正源頭始終來自那一位至上的「帝」。

　　帝掌握「定數」的至上權能，從官僚體系的權力面以及茫茫不可知的神

〔註46〕卷八〈陳錫九〉，頁1161～1162。
〔註47〕關於關帝等其他神祇的神力，詳見第三章專節的分析，在此暫時略過。

秘面，同時約束著宇宙中的所有存在，包括了人、物，與同樣有部分屬於神秘世界的神祇們。它讓帝的形象不侷限於人間的帝王形象的模擬，帝和諸神的關係也不僅僅是人間君臣、官僚體系的翻版，而是將帝轉化為更神秘、更超自然的存在，一個和形上之「天」有所連結的神祇，〔註48〕使祂成為天地之間唯一的至上神。

最後，若單就對象來看，帝權能所及的範圍，主要是人、鬼、神、仙等四類，在某些篇章中也包含妖或是動物等類。

種族	職權	卷數	篇　名	頁　數	對　　象
人	封賞	卷八	陳錫九	第 1158 頁	陳錫九
	號令	卷一	雹神	第 52 頁	龍虎山張天師
		卷一	王蘭	第 101 頁	巡方御史
		卷四	酆都御史	第 498 頁	華公
鬼	封賞	卷一	王六郎	第 28 頁	水鬼王六郎
		卷二	陸判	第 145 頁	鬼魂朱爾旦
		卷二	水莽草	第 183 頁	鬼魂祝生
		卷八	司文郎	第 1104 頁	諸多劫鬼
	譴罰	卷一	王蘭	第 101 頁	賀才
		卷七	甄后	第 982 頁	曹操
神	封賞	卷一	王六郎	第 28 頁	「土地神」王六郎
		卷二	陸判	第 145 頁	「太華卿」朱爾旦
		卷二	水莽草	第 183 頁	「四瀆牧龍君」祝生
		卷九	于去惡	第 1167 頁	交南巡海使、「鳥吏鱉官」
	譴罰	卷六	八大王	第 869 頁	南都令尹八大王
		卷十	神女	第 1317 頁	南岳都理司
	號令	卷一	雹神	第 52 頁	雹神李左軍
		卷一	王蘭	第 101 頁	金甲神人
		卷四	酆都御史	第 498 頁	閻羅天子（酆都洞內尊官）、金甲神
		卷八	司文郎	第 1104 頁	閻羅王、孔聖
		卷九	于去惡	第 1167 頁	文昌、師曠、和嶠
		卷十	牛同人	第 1311 頁	關帝

〔註48〕關於「帝」人格神與形上天的雙重形象，在稍後會有詳細的論述，在此先行省略。

仙	封賞	卷一	王蘭	第 101 頁	鬼仙王蘭
		卷十	眞生	P1303	狐仙眞生
	謫罰	卷十	眞生	P1303	狐仙眞生
	號令	卷七	甄后	第 982 頁	女仙甄后

　　如果加上〈甄后〉中讓曹操投生為狗，以及〈牛同人〉中審判狐妖等敘述，就連妖與動物都在帝的管轄範圍之內。另外，這裡面有些對象是跨領域的，因為在《聊齋》中，人、鬼、神、仙、動物和妖往往是彼此互通，而非分隔的概念。因為人死為鬼，鬼封官即是神，人、鬼、動物可以修煉成仙，有些動物則是修煉成為妖精。這種情形更加凸顯帝統治天地萬物的權力，可以說上至天際神祇仙人，下至凡間地表的人妖動物，甚至深達黃泉之底的鬼魂冥官，都必須接受帝的管轄。雖然蒲氏並沒有直接地說「帝」就是所有神祇中的至高者，但是綜觀《聊齋誌異》全書，的確沒有比帝地位更高、權力更大、能力更強的神祇。甚至在其他宗教中可稱為至上神的角色，也不曾出現在書中與帝爭輝，這些都表現出祂的至上性。

　　《聊齋》中唯一擁有可與帝比擬之超自然能力，又沒有確實和帝作位階比較的只有「觀音菩薩」。在〈江城〉中寫祂用一口清水化解江城與丈夫的前世因果，讓兩人美滿共渡餘生。這裡所稱因果竟能讓江城性格大變，與預測、規範人類命運的定數頗有異曲同工之意，相對來說祂也因此從超自然能力的層面威脅到帝的至上神位階。

　　不過，儘管《聊齋》不曾寫菩薩接受帝的封賞、號令或責罰，而且在〈湯公〉中替掌管士子生死卻缺乏能力的文昌帝君、孔聖修復湯公腐朽的屍體，隱約表現出超脫天庭官僚職權系統的超自然地位，但祂所為仍屬「協助」這體系運作完美的行為，和帝「統御」這體系的形象有異。和兼具帝王和形上天形象、統御諸神、冥冥掌管天地萬事的「帝」相比，菩薩還是從根本上缺少至上神的形象和特質。這樣說來，《聊齋》以帝為至上神的結論該是確定的。〔註49〕

第三節　《聊齋誌異》中「帝」的特色

　　綜觀《聊齋》之帝的表現，本論文為祂整理出幾個特殊的性質：

〔註49〕關於觀音菩薩的能力和位階，將留待後章詳細分析，在此暫不贅述。

一、近似民間信仰，而非道教中的玉帝形象

　　從前文敘述的形象來看，聊齋中的帝，是比較接近於民間信仰中的天帝，而非道教系統中的玉皇大帝。在《玉皇大帝信仰》一書中寫道：

> 最早見於文獻記載的「玉皇」與「玉帝」，是南朝道士陶弘景的《眞靈位業圖》。……《眞靈位業圖》按茅山宗的觀點排列神仙系統，把道教的神仙分爲七級，每級有一位中位之神，然後分別列左位、右位的輔佐之神。在陶弘景排的座次中，「玉皇」、「玉帝」雖然都排在第一個等級，但卻離主神的尊位甚遠。其中，「玉皇道君」排在玉清三元宮右位第十一；「高上玉帝」排在玉清右位第十九。他們都是道教主神元始天尊的下屬。〔註50〕

> 玉皇大帝在道教神殿中的地位僅在「三清」之下，位居「四御」之首。所謂「四御」，指主宰天地事務的四位天帝，其中除玉皇外，還有勾陳上宮天皇大帝、中天紫微北極大帝、承天效法后土皇地祇。根據道教徒的安排，玉帝爲總執天道之神；天皇上帝協助玉皇執掌南北極和天地人三才，並主宰人間兵戈戰爭；北極大帝協助玉帝執掌天經地緯、日月星辰、統御諸星和四時氣候；后土皇地祇是掌管陰陽生育、萬物之美與大地山河之秀的女神。〔註51〕

　　首先，道教以三清爲至上神，玉帝則位居三清之下，爲四御之首。地位雖高，但和三清相比始終差了一個位階，這點和《聊齋》中的帝截然不同。如前文所述，《聊齋》之「帝」是兼具帝王和形上天性質的至上神，沒有其他神祇在位階上勝過祂，像道教的至上神三清和佛教的如來佛祖甚至不曾在《聊齋》中露臉。

　　還有個差異點就在於，道教將三清推爲至上神，而將天帝設定爲宇宙事務的掌管者，並且分出四個分工合作的天帝，也就是前述的玉皇大帝、勾陳上宮天皇大帝、中天紫微北極大帝、承天效法后土皇地祇。從祂們掌管的事務內容來看，其實就是把四種主要的宇宙人間事務各設一位管轄的天帝。這和《聊齋》中擁有任免諸神的權力，又常常要兼管自然現象、冥司生死事務乃至冥冥天道中「定數」的帝就是一大區別。正如同《道教與中國民間文學》中所寫的：

〔註50〕陳建憲，《玉皇大帝信仰》，頁31～32。
〔註51〕同前註，頁108～109。

那些體現道家哲理而又活動在虛無縹緲的無極太極世界裡的諸位天
尊、天帝，人們感到難以理解。他們只認一位統轄人間天上，具有
至高無上權力的天神，這就是號稱昊天金闕至尊玉皇大帝的玉帝，
他實際上是中國漫長封建社會中皇權的投影。〔註52〕

在《中國百神全書——民間神靈源流》一書中也寫：

在民間信仰中，天帝是宇宙獨尊的神靈……天廷一如封建朝廷，天
帝一如封建帝王，民間信仰、道教信仰、佛教信仰中的重要神靈，
就是文武百官。〔註53〕

更加簡單地說，帝既是皇權的投影，也是眾神之王，這點在《聊齋》中體現
得十分明顯。

二、貼近人間帝王的外在形象

《聊齋》之帝的至上神地位和「帝」這個字密不可分，在大部分的篇章
裡，祂的至高性都不曾明說，卻又顯得理所當然。在這些篇章裡，帝在位階
上所呈現的崇高形象，主要就是透過「帝」這個字本身直接傳達出來。因為
祂是神中之「帝」，而眾神又官僚化得猶如人間公卿守令，所以祂自然而然就
擁有至高的位階。也因此，在某些篇章裡其實不曾特別提到帝和其他神祇位
階的比較，但祂卻很自然地擁有其他神祇的禮敬和遵從。表現在職權上，祂
也就很自然地擁有各種對其他神祇的管轄職權。

「帝」的這種特性表現在文章的描寫之中，就出現近似人間帝王的外在
形象與行文用字。

《聊齋》裡完全沒有對「帝」的直接描寫，祂在這十多篇文章中其實是
完全沒有露過面的，這讓祂擁有另一個特色：與形上天融合的形象（詳後述）。
帝的外在形象只能從下屬那兒表現出來，篇數也不多，但是，只要有提到帝
的儀仗用具，還是宛如人間的帝王一般。例如《酆都御史》中寫到「帝」在
職務上使用的物件包含了「黃帛書」或「詔」，是很樸實地依照人間帝王的物
件來作描寫。同時在〈王蘭〉、〈牛同人〉、〈神女〉等三篇提到了「牒」、「表」
和「印信」三樣東西，但這三樣東西其實都是屬於人間所有。〈王蘭〉中是巡
方御史「牒於神」詢問事務，〈牛同人〉中是牛生直接「作表上玉帝」。〈神女〉

〔註52〕劉守華，《道教與中國民間文學》，頁39。
〔註53〕趙杏根，《中國百神全書——民間神靈源流》，頁2～3。

中更提到「南岳都理司」這位神祇因失禮於地官，需要人官的印信來紓解此事。此一印信完全是人間的物品，卻可與神界事務相通，這種情形不僅代表「帝」擁有和人間一致的帝王形象，更代表了祂不光是諸神帝王，也是掌管人間萬物的那個「天上的帝」、「至高的帝」，人間與神境的物件也爲祂所用，所以彼此形象是相近的。

人世物件和神界的神祇共用在《聊齋》中其實是很常見的現象，這當是人類多憑自身經驗做想像的影響，也在某種程度上表現出《聊齋》人鬼神三者同一及人間神境空間混同的現象。〔註54〕

若是從文中的用字來看，如〈水莽草〉中說「策」爲四瀆牧龍君；〈眞生〉中寫別後福神「奏」帝；〈席方平〉說冥王深受帝「恩」，城隍、郡司「司牛羊之牧」等等，都是用在人間帝王上的字詞，顯示《聊齋》幾乎是完全依照人間帝王的形象來描寫「帝」的。

帝的至高性和祂的帝王形象其實是一體的兩面，只是這個「帝」從人間被搬到了天上。從這些角度來看，《聊齋》中的帝其實較爲貼近民間信仰中的天帝或玉帝，而非宗教中的各種天帝。

三、與民間信仰不同的至善形象

雖然《聊齋》的帝是如此近似於民間信仰中的玉帝，但在另一層面上，祂依舊有其特殊性。民間信仰的玉帝常常會反映民眾的想像和興趣而變得富有人味甚至荒誕不經，因此擁有許多不同的樣貌。在《玉皇大帝信仰》中舉了兩個非常好的例子：

> 宗教爲了討好皇帝而編造玉皇大帝的神聖經歷，民間故事則不同。不少地方的民間傳說中，玉皇大帝是不擇手段攀上至上神寶座的。例如湖北孝感有個故事，說姜子牙封神時，本來是將玉帝的位子留給自己的，但後來他的外甥卻突然從床肚裏拱出來，要求封位。姜太公無奈，將玉帝的位子封給他，自己只好去坐窗戶。據說玉帝當時還對姜太公賭咒說：「我們舅甥倆的話好說，玉皇輪流作，百年一換班。要是我哄了舅舅，日後叫我的閨女也哄我。」後來玉帝貪位不讓，結果他的閨女一個個哄著他溜到外面偷情。還有個故事說玉

〔註54〕意思指人、鬼、神這三者其實來自一樣的存在，與人間神境並非異地，而是處在同一個空間。這兩個情形將在後面的章節中詳述，在此僅約略提過。

帝代如來佛主事，發誓說等如來佛辦完事回來後將帝位還他，如若
不讓，就叫自己的後代成爲盜賊。結果他貪位不讓，他的兒子七郎
眞的成了專幹壞事的強盜。……玉皇大帝從人間太子上升爲天國帝
王，是封建皇權專制的社會現實在宗教中的反映，標誌著皇權和神
權的結合。而民眾心目中的玉皇大帝形象，則對那些竊國大盜們進
行了無情的嘲諷與譴責。〔註55〕

在民間故事中，形容玉帝的皇位是拐騙偷來的，閨女背著他偷情，甚至生了
兒子去做賊等等，除了是對人間爲政者的一種諷刺，也未嘗不是民間對玉帝
龐雜傳說的另一種解釋。不管是哪種，這都是人民將人間政治與人際關係投
射到天上的緣故。這樣的情形在《聊齋》諸多神祇間當然屢見不鮮，但若單
就「帝」來說則並非如此。在《聊齋》中，除卻間接使用的器具，「帝」的人
味相當薄弱，祂不僅是全善，甚至幾乎是無形的。

帝的全善，首先就從祂的行爲動機表現出來。《聊齋》之帝的行爲幾乎無
一不在表現祂的權能，但從祂執行權能的內容來看，會發現帝的行爲通常不
僅僅是爲了展現崇高地位和絕對權力，而是在其中彰顯一種是非道德的標準。

以這種道德層次爲標準，帝的行爲可以分爲兩個層面：賞善與罰惡。這
兩個層次揭示了帝的全善性質。

（一）賞善

賞善指的是「帝」爲了獎賞某種善良德行所做的行爲。這些行爲的內容
就是前面所提過的封賞職權或救難行爲。《聊齋》中關於「帝」賞善的篇章，
包括了〈王六郎〉、〈雹神〉、〈王蘭〉、〈水莽草〉、〈酆都御史〉、〈陳錫九〉、〈眞
生〉、〈牛同人〉，共計八篇。根據篇章中被帝讚許的德行分類，大致可以看出
帝根據著某些標準來進行賞賜，主要有仁德、功德、孝德等三種。

1、賞仁德

賞賜仁德的內容出現在〈王六郎〉、〈雹神〉、〈王蘭〉等三篇中。

〈王六郎〉文中寫到許姓漁夫聽說六郎以一時不忍心，不願意取母子雙
人性命來代替自己時，感嘆地說：

「此仁人之心，可以通上帝矣。」……數日，又來告別。許疑其復
有代者。曰：「非也。前一念惻隱，果達帝天。今授爲招遠縣鄔鎮土

〔註55〕陳建憲，《玉皇大帝信仰》，頁44。

地，來日赴任。倘不忘故交，當一往探，勿憚修阻。」〔註56〕
許姓漁夫說仁人之心可通上帝，果然王六郎就被封爲土地，所謂「一念惻隱，
果達帝天」，讓「帝」表現出即使是一毫小善也可以傳至帝聽的形象。在這裡，
「帝」所賞賜的德行就是王蘭捨己爲人的「仁人之心」。

〈雹神〉文中寫到雹神李左軍離席告辭，將去執行雨雹工作時：

> 天師曰：「適言奉旨雨雹，故告辭耳。」公問：「何處？」曰：「章丘。」
> 公以接壤關切，離席乞免。天師曰：「此上帝玉敕，雹有額數，何能
> 相徇？」公哀不已。天師垂思良久，乃顧而囑曰：「其多降山谷，勿
> 傷禾稼可也。」……公別歸，志其月日，遣人問章丘。是日果大雨
> 雹，溝渠皆滿，而田中僅數枚焉。〔註57〕

雨雹的額數是上帝指定，從「帝」的至高權力來看，當然是不能任意改變的。
因此當公求免時，天師顯得面有難色。但落雹之事，攸關人民的收成，更直
接地影響到人民的生計，因此在公的懇求之下，最後還是技巧性地用多落溝
渠，少落田中的方法減少了百姓的損失。可見上帝的規定縱然嚴格，但仍舊
能夠容忍屬下以道德之事從權。而百姓之得救，和公以接壤關切，苦苦哀免
的仁德之心也有相當大的關係。「帝」在這裡顯示出仁德性質，而本篇中百姓
收成免於損失，也就變成祂對公仁厚之心的「獎賞」。

〈王蘭〉篇文中寫：

> 御史怒，答而牒于神。夜夢金甲人告曰：「查王蘭無辜而死，今爲鬼
> 仙。醫亦神術，不可律以妖魅。今奉帝命，授爲清道使。賀才邪蕩，
> 已罰竄鐵圍山。張某無罪，當宥之。」〔註58〕

王蘭被上帝封爲清道使，部分是爲了他無辜而死，魂魄被鬼卒誤勾的事件。
最主要的原因則是他在得到狐仙金丹成爲鬼仙後，並沒有以私心來使用這份
禮物，反而把金丹拿來作爲醫術救人的手段。這樣的仁心仁術正是他獲得「帝」
之賞賜，將他封爲清道使的原因。

2、賞功德

賞賜功德的內容出現在〈水莽草〉、〈眞生〉兩篇。功德指的是某些實質
的善果，文中角色雖不見得基於善心，甚至基於某種利益交換的心態作了某

〔註56〕卷一〈王六郎〉，頁 28。
〔註57〕卷一〈雹神〉，頁 51～52。
〔註58〕卷一〈王蘭〉，頁 101～102。

件善事，卻仍因他們有實質善「功」而獲得獎賞。這種條件所獲獎賞可大可小，得看文中角色的心態決定。

〈水莽草〉文中寫祝生一日突然對他的兒子說自己因為「有功於人世」而得策封為神，接著便與鬼妻同登輿馬，轉瞬消失。在這裡所說的有功，必須追溯到祝生剛因水莽毒而死，又因為悲憐母親孤單而帶著水莽鬼寇三娘回家侍奉母親之後：

> 一日，村中有中水莽毒者，死而復甦，相傳為異。生曰：「是我活之也。彼為李九所害，我為之驅其鬼而去之。」母曰：「汝何不取人已自代？」曰：「兒深恨此等輩，方將盡驅除之，何屑此為！……」由是中毒者，往往具豐筵，禱諸其庭，輒有效。〔註59〕

〈水莽草〉和〈王六郎〉兩篇故事，在過程上其實有些類似。水莽鬼和水鬼非常相似，前者是溺死的人，後者則是因水莽草中毒而死的人，他們死後都必須不斷尋找甚至「製造」和自己一樣死法的鬼魂來代替自己。這兩篇同樣描述一名鬼魂在摒棄這種害人救己的方式之後得到「帝」的封賞，但其中內涵卻可以看出細緻的不同。〈水莽草〉中祝生助人擺脫水莽草的動機，是基於對水莽鬼害人不義行為的痛恨，因此文章中他的行為形象其實有些不像一般常見的文弱書生，反而非常剛烈。祝生受帝封賞的原因，主要也不僅因為他助人的仁心，而是更進一步肯定他實質上幫助了許多受水莽毒殘害的人民，從而被視為「有功」的緣故。所以這裡所說的「有功」，就是指一種實質上的為善助人，而和〈王六郎〉中的一念之「仁」這種偶然出現在內心的德行有所區別。從這裡可以看出，帝的封賞是相當公正、有準則的。

另一篇表現出「帝」重視功德並加以獎賞的篇章就是〈真生〉。該篇文字寫真生為賈思明所騙，誤贈了過多的黃金之後：

> 真嘆曰：「業如此，復何言。然妄以福祿加人，必遭天譴。如逭我罪，施材百具、絮衣百領，肯之乎？」賈曰：「僕所欲得錢者，原非欲窖藏之也。君尚視我為守錢虜耶？」真喜而去。賈得金，且施且賈，不三年施數已滿。真忽至，握手曰：「君信義人也！別後被福神奏帝，削去仙籍；蒙君博施，今幸以功德消罪。願勉之，勿替也。」〔註60〕

真生請賈思明為他博施以累積功德，賈慨然答允。三年後施數已滿，真生也

〔註59〕卷二〈水莽草〉，頁183。
〔註60〕卷十〈真生〉，頁1303。

因此重新恢復神仙的位籍。從這裡可以看出，眞生雖然因爲妄施財祿而遭到消除仙籍的處罰，但若將這筆財物用來積德行善，也可被認爲「有功」，所以眞生說他是以「功德」之故消罪。帝賞罰分明的全善形象便由此展現。

3、賞孝德

在帝表現出賞善行爲的篇章中，重視「孝」德的總計有〈水莽草〉、〈酆都御史〉、〈陳錫九〉、〈牛同人〉等四篇。

在〈水莽草〉中，除了救助水莽鬼而有功之外，祝生夫婦獲得封賞的原因，祝生的事母至孝也是相當重要的一個原因。該篇裡先是寫：

> 母留孤自哺，劬瘁不堪，朝夕悲啼。一日，方抱兒哭室中，生悄然忽入。母大駭，揮涕問之。答云：「兒地下聞母哭，甚愴於懷，故來奉晨昏耳。兒雖死，已有家室，即同來分母勞，母其勿悲。」〔註61〕

寫祝生回陽的原因，主要就在於感念老母悲傷，於是帶著地下娶的鬼妻回家中幫忙分擔家務。這橋段首先點出祝生的孝順。後來又寫：

> 母曰：「汝何不取人以自代？」曰：「兒深恨此等輩，方將盡驅除之，何屑爲此？且兒事母最樂，不願生也。」〔註62〕

所以祝生留在陽間幫助眾多的水莽鬼的原因，除了是憎恨水莽鬼害人作替死鬼的不義之外，其實還是爲了長期地侍奉母親，甚至因此樂於爲鬼，不樂於投生。祝生的孝雖然不是封神的直接原因，但仍在故事結構間得到肯定。

在〈酆都御史〉中，作者先極力描寫酆都地洞中的黑暗，後寫華公憑自己意志決定入洞，卻在黑暗地洞深處得知自己的決定正是註定他死亡的定數，於是思念老母幼子，泫然涕泣。讀到這裡，故事幾乎一片黑暗，沒有轉圜的餘地了。忽然金甲神人帶著黃帛書前來，彷彿黑暗中帶來一片光亮，但仍讓人猜疑不定。等到謎底公布，是「帝」大赦幽冥，華公回陽有望。這樣的故事結構，使「帝」的出場充滿救人於難的驚喜。不過，公的得救還奠基於一個重要的依據，那就是思念老母幼子的孝慈之心。文中寫他知道自己將死，「戰慄如濯冰水。念母老子幼，泫然涕流。俄有金甲神人，捧黃帛書至……」〔註63〕《聊齋》特地在公爲老母幼兒悲傷哭泣的這一段之後，立刻寫出金甲神人捧詔出現，更加深了篤善純孝之人能和上帝感應的形象。

〔註61〕卷二〈水莽草〉，頁182。
〔註62〕卷二〈水莽草〉，頁182。
〔註63〕卷四〈酆都御史〉，頁497。

　　〈陳錫九〉一篇更是非常明確地指出陳錫九因爲孝德而得到「帝」的賞賜。文中寫陳母說他「孝行已達天帝」，這裡的孝行指的就是陳錫九侍奉母親，又萬里找尋父親屍骨的行爲。〔註64〕

　　〈牛同人〉裡寫表上奏玉帝的狂生牛同人，雖然因爲越級上告而挨了關帝的一頓板子，但是他的奏表竟然也可以得到上帝的回應。文中寫：

> 牛過父室，則翁臥床上未醒，以此知爲狐。怒曰：「狐可忍也，胡敗我倫！關聖號爲『伏魔』，今何在，而任此類橫行！」因作表上玉帝，內微訴關帝之不職。久之，忽聞空中喊嘶聲，則關帝也。〔註65〕

身爲宇宙諸神統治者的「帝」，竟然對一名狂生寫的奏表做出回應，其中原因，當然不是爲了牛同人「作表上玉帝」的狂妄，而是因爲他看到父親爲狐所擾，憤怒中甚至告了關帝一狀的那種孝心。因爲這隱藏其中的「孝」心，牛同人的「狂」便狂得可愛，甚至可以得到帝的重視和回應。文中又寫：

> 濟南游擊女爲狐所惑，百術不能遣。狐語女曰：「我生平所畏惟牛同人而已」……牛不得已，爲之呈告關帝。俄頃，見金甲神降於其家……神言：「前帝不忍誅，今再犯不赦矣！」繫繫馬頸而去。〔註66〕

寫「帝不忍誅」又「百術不能遣」，可見該狐應已有相當長久的修行，這樣的狐竟然說生平只怕牛同人一人，也正是怕他當初竟然斗膽直接上表玉帝，並找來關帝收伏自己。《聊齋》在這裡還很有趣地寫牛同人「不得已」地呈告關帝，想來一方面是畏懼關帝的板子，而當初控告關帝的膽量，實在是因爲憤怒父親遭到狐祟的孝心讓他忘了一切的緣故吧。

（二）罰惡

　　罰惡指的是「帝」懲罰的行爲。在《聊齋》中，會被帝降下懲罰的行爲其實並不一定眞正邪惡，通常還是以些許道德瑕疵居多。尤其這樣的瑕疵若出現在神仙的身上，就特別會受到處罰。歸納起來，這些道德標準其實相當地瑣碎而日常化，例如好賭、濫飲等等。相關的篇章有〈王蘭〉、〈八大王〉、〈眞生〉、〈神女〉、〈甄后〉等篇。

　　在〈王蘭〉中，提到「賀才邪蕩，已罰竄鐵圍山」。在這裡，賀才是一個貪杯好賭又遊手好閒的人。文中寫：

〔註64〕卷八〈陳錫九〉，頁1158。
〔註65〕卷十〈牛同人〉，頁1311。
〔註66〕卷十〈牛同人〉，頁1311。

> 才飲博不事生產，奇貧如丐。聞張得異術，獲金無算，因奔尋之。
> 王勸薄贈令歸。才不改故行，旬日蕩盡，將復覓張。王已知之，曰：
> 「才狂悖，不可與處，只宜略之使去，縱禍猶淺。」……才去，以
> 百金在裹，賭益豪；益之狹邪遊，揮灑如土。……才……斃於塗。
> 魂不忘張，復往依之，因與王會。一日，聚飲於煙墩，才大醉狂呼……
> 適巡方御史過，聞呼搜之……〔註67〕

賀才既好賭，又好飲好嫖，酒品更差，生前已因此被邑官逮捕用刑而傷重死去。想不到作鬼之後更是本性難移，最後被帝流放到鐵圍山。

　　同樣好酒受罰的例子也在〈八大王〉之中出現。該篇中的老黿八大王原本擔任「南都令尹」的神職。但是因為好酒而「觸帝怒」，終於被「謫歸島嶼」，到老都不曾再被任用。其實，八大王的受罰除了好酒之外，酒品不好恐怕是更大的原因。文中寫：

> 馮生……自婿家歸，至恆河之側，日已就昏，見一醉者，從二三僮，
> 顛跛而至。遙見生，便問：「何人？」生漫應：「行道者。」醉人怒
> 曰：「寧無姓名，胡言行道者？」生馳驅心急，置不答，逕過之。醉
> 人益怒，捉袂使不得行，酒臭熏人。生更不耐，然力解不能脫。問：
> 「汝何名？」囁然而對曰：「我南都舊令尹也。將何為？」生曰：「世
> 間有此等令尹，辱奠世界矣！幸是舊令尹；假新令尹，將無殺盡塗
> 人耶？」醉人怒甚，勢將用武。〔註68〕

這裡把醉人的形態，和他纏人不休乃至惱羞成怒的行為描寫得栩栩如生。看到這樣的行為，自然可以想像八大王為什麼會因為「觸帝怒」而遭到貶謫。文中還借八大王之口說出酒醉者失態多是出於故意，並非真正完全不知或遺忘自己的所作所為。文中寫：

> ……促坐懽飲。八大王最豪，連舉數觥。生恐其復醉，再作縈擾，
> 偽醉求寢。八大王已喻其意，笑曰：君得無畏我狂耶？但請勿懼。
> 凡醉人無行，謂隔夜不復記者，欺人耳。酒徒之不德，故犯者十之
> 九。僕雖不齒於儕偶，顧未敢以無賴之行，施之長者，何遽見拒如
> 此？〔註69〕

〔註67〕卷一〈王蘭〉，頁101。
〔註68〕卷六〈八大王〉，頁868。
〔註69〕卷六〈八大王〉，頁869。

不過八大王畢竟是曾經為神，他自稱不敢對長者失態，而且在馮生正容勸諫之後，也願意立刻地戒除杯中之物。同時他知恩圖報，晚年重拾酒杯也是因為自傷潦倒不再遇的緣故，所以在文中不失為一個可愛的人物。在篇末，有著異史氏所作的「酒人賦」，文中寫：

> 異史氏曰：「醒則猶人，而醉則猶鱉，此酒人之大都也。顧鱉雖日習
> 於酒狂乎，而不敢忘恩，不敢無禮於長者，鱉不過人遠哉？若夫己
> 氏則醒不如人，而醉不如鱉矣。……乃作『酒人賦』」〔註70〕

> 此名「酒凶」，不可救拯。唯有一術，可以解酲。厥術為何？祇須一
> 梃。繫其手足，與斬豕等。只困其臀，勿傷其頂，捶至百餘，豁然
> 頓醒。〔註71〕

又說此類人是「人不如鱉」，又寫要像殺豬一樣把他們綁起來，痛打個上百大板，可說是極盡諷刺之能事。也可以看出蒲松齡十分重視酒品這項德行，不但寫了一大篇的酒人賦來寄諷喻之意，還兩度讓「帝」來懲罰酒品不良者。

酒品之外，帝還會降罪不合天庭規範的神仙，這是「帝」在位階與權力上的表現。由於帝和神仙之間牽涉到君臣、職務的關係，所以除卻該神為貪贓枉法、欺壓良善者，其他被責罰的神仙也不一定犯了真正的邪惡，反而多是職務上的小過失。不過這也讓帝帶了一些「勿以惡小而不罰」的至善形象。

像〈神女〉中「失禮於地官」的南岳都理司之神，失禮畢竟只是偶然不慎所致，因此其罪可解，但其罰也令人惶恐。在〈真生〉中不慎妄加福祿的狐仙真生所犯的錯就比較嚴重，福祿的施予牽涉到定數的問題，又這種定數往往和人的德行有關，所以真生立刻受到削除仙籍的處罰，而且等到布施的功德達到將功贖罪的標準之後才重新回復原位。

至於〈甄后〉篇中帝罰曹操作狗的事件，雖然曹操的世世受罰有其歷史文化上的原因，但《聊齋》中還有兩篇文章提到曹操，一篇寫他在陰間每日被閻羅提出鞭打，〔註72〕另一篇說他苦心安排七十二疑塚但主墳終究被人無意挖開，最後屍骨無存。〔註73〕可見在作者心中對曹操評價始終不好，甚至是相當痛恨的。這樣看來，帝罰曹操作狗，也算得上大大的懲罰邪惡。

〔註70〕卷六〈八大王〉，頁872。
〔註71〕卷六〈八大王〉，頁875。
〔註72〕見卷三〈閻羅〉，頁329。
〔註73〕見卷十〈曹操冢〉，頁1403。

　　賞善罰惡是《聊齋》諸多神祇的共通特色之一，表現出神祇本身正義、重視德行的形象。雖然隨著神祇的性質、類別不同，在形象上有所分別。像官僚神就比較容易出現良莠不齊、善惡混具的情況，而帝與關帝、菩薩等個人特色鮮明的神祇，卻擁有很強的全善性質。

　　不過，擁有賞善罰惡的性質只能說這名神祇屬於善神之列，卻不能代表祂就是「全善」，甚至進一步稱為「至善」。真正讓帝足以被稱為至善的原因，主要還是祂那與形上天融合的性質。這個性質讓祂隱隱間成了天道的化身，如此一來，自然就表現出強烈的至善形象。

四、與形上天融合的特殊形象

　　帝的形上天性質，從祂數種不同的稱呼就可看出一些端倪。《聊齋》稱呼帝的字詞包含「帝」、「天帝」、「上帝」、「玉帝」等四種，比較特別的是，唐朝道教開始興盛後出現的主流名稱「玉帝」在文章中是出現最少的，只在〈牛同人〉這篇用了一次。蒲松齡比較常用「帝」、「天帝」、「上帝」這樣近似典籍、比較古樸的名稱，其中又以「帝」最多，「上帝」次之。這種情況想來和蒲松齡的文人背景有關。尤其在〈王六郎〉中先說「可通上帝」，又說「一念惻隱，果達帝天」，改用帝字修飾後面的天，這就可以看出《聊齋》中的「帝」和「天」在本質上有一定相同之處了。

　　根據統計，〈聊齋〉中出現天帝角色的篇章雖然只有十幾篇，但若加上「天命神學」中的「冥冥之天」，則總數將近四十篇，〔註74〕這個冥冥之天所決定的主要就是所謂「數」、「天數」或「定數」。《聊齋》中的帝，在形象上正是和蒲松齡心中的「冥冥之天」一脈相承，所以其形象的根源並非一味援引宗教或民間信仰所塑造的形象。《聊齋》中的帝雖然也擁有統管各界人鬼神佛的崇高帝王之權及形似人間帝王的儀仗用具，具有一定程度的有形性質，但比起來並沒有被刻意描寫成一個外表極端華麗、排場異常闊綽的天上皇帝。

　　實際上，在十六篇「帝」出現的篇章中，祂從來沒有直接以「角色」的身份現身，祂的行為與存在全部是從其他角色口中聽來的。祂的形象可以借用一句話來形容：神龍見首不見尾。讀者只能從這麼多文章中知道有祂的存在，但卻沒有人真正親眼見過。讀者無法得知帝的外型、氣質、穿著，聽不

〔註74〕天命神學與冥冥之天的意涵詳見後文。此一統計採自顏清洋，《蒲松齡的宗教世界》，頁95。

到祂的語言、對話、口氣，更無從得知祂的性格。帝可以說是形象飄忽，甚至接近於無形的，這率先造就祂在《聊齋》中「形上」的性質。

再加上帝擁有主宰定數的能力，例如前述〈酆都御史〉中的「帝」可以改變原本主宰人類活動、號稱不可逃的生死定數；〈眞生〉中將「帝」的責罰說爲「天譴」；以及〈陳錫九〉裡神秘非常，隱然決定人類禍福命運的那一份冥冥天意，更是明顯地變成帝的權能之一。藉由這些表現，帝展露出身爲有形之神，隱約中卻又好似無形天道化身的性質。

帝操弄定數的能力相當的重要，因爲這種能力通常不會歸屬一個有形、經過人格化的神仙所有，而是歸於形而上的天。形上天和有形之神畢竟是不同的，神仙雖然在權力、職務等各種層面上代表自然界的運作之力，但畢竟都受到有形與人格化的影響。一旦祂們向人間汲取材料，就立刻變得有形，一旦有形，神仙們也就和人類一樣出現侷限，變得好像是人類和純粹超自然力的中間過渡型態。

也因此，在很多文學作品中，「天」這個概念往往是和神仙分開的。例如著名的《西遊記》裡，如來佛祖縱使神通廣大，也不能阻止唐僧一行必須歷滿百劫。〔註75〕又如清代一本名叫《八仙得道》的小說，將神仙與天道的關係寫得井井有條，不論是法力多麼高強的神仙，還是只能遵循天道因果來行事。一切遇劫和因緣都是前有所定，連裡面的至上神「元始老君」也只是能知上下前後千萬年事，但並不能操控天道。這種預知天道的能力反而更加顯示出書中神仙受天道操控的情況，如該書中南華帝君一言不愼，當下就知道將來必有劫難，當場自行投胎下凡應劫，這正是神仙與天道被分成兩個獨立概念的最好範例。〔註76〕

在《聊齋》中，還是有許多神祇擁有這種掌握人類命運的權力，像是前面提過文昌、冥王與泰山帝君分別掌管著士子的文運跟生死福祿命運，但是他們的能力是人間化、職權式的，只稱得上一種權能，是冥冥之力的執行者，卻不是擁有者。所以他們常常只掌管著一本「籍錄」，也因此可能會出錯；而祂們最終都必須順從那官僚架構的頂點：帝的命令。只有帝是不受這一切人格化、人世化的形體束縛，展現出冥冥中注定一切的至上能力。

在《蒲松齡的宗教世界》裡也提到《聊齋》裡除卻諸神，還有一個「冥

〔註75〕見〔明〕吳承恩，《西遊記》、台北：聯經出版社，1991 年。
〔註76〕見〔清〕無垢道人，《八仙得道》、台北：文化圖書公司，民國 83 年。

冥之天」的存在：

> 除了上述具體存在的上帝外，蒲松齡還經常談到天、數、天數、定
> 數等，則是代表抽象化的上帝，其意義有如宗教學中「超神論」的
> 神力，亦即先秦時代的「天命」。這種力量之大甚至過於前者，能影
> 響人一生之吉凶禍福……這正是「天命神學」的延續。在《聊齋誌
> 異》中有多篇載及這個「冥冥之天」，人一生大小事件幾皆早已安排
> 妥當。〔註 77〕

該書中列舉《聊齋》中冥冥之天所控管定數的種類，包含財祿；男女關係；
功名禍福、悲歡離合；賞善罰惡等四種。〔註 78〕在這裡面，不管怎麼樣的定
數，都必定具有一個性質，那就是「命定」而「不可逃」。但在所有的神祇之
中，唯一能夠改變定數的，就只有「帝」一者而已。因此，帝至上、無形而
又掌握定數的三個特質匯集起來，造就祂與形上天融合的性質。

形上天的性質讓《聊齋》中的帝沒有人格神的弊病，也就是不會讓祂擁
有過多的人性，從而讓人類的侷限性與惡性滲入「帝」的形象之中。這就是
爲什麼帝在書中表現出很強的至善形象。這種形象當然是蒲松齡的寄託所
在。他在〈會天意序〉中寫道：

> 天地之始終，猶一人一物之始終也……順逆遲速，各有定數；生剋
> 喜惡，皆有常情。是故一造一化，出於自然，而不容已；一治一亂，
> 本乎運速，而不可更。所以天地之常變，人事之得失，兩相徵驗。
>
> 〔註 79〕

「天道無親，常與善人」，或許是文人的理想，但也是人民的強烈渴望。因此
俠客救人之急，神仙濟人於難，兩者懲善罰惡，一在人間，一在天際，完成
善惡有報的終極期許，這是《聊齋》最重要的母題之一。〔註 80〕

《聊齋》中許多故事，或許在仔細思量後，會覺得彷彿只是教忠教孝、
說罰說報的一本善書而已，但作者那種和鄉民百姓同調、對善惡各得其所的
強烈質樸願望，經過他思維的統一，配合他說故事的妙筆，正是他文章能夠
在百年間持續強烈地感染眾人的原因之一。

〔註 77〕顏清洋，《蒲松齡的宗教世界》，頁 98～99。
〔註 78〕同前註。
〔註 79〕劉階平，《聊齋文集》選註，頁 85。
〔註 80〕《聊齋》俠客與神祇的故事有許多共同點，詳細關係將留待後章分析，在此
　　　　暫不贅述。

　　《聊齋》筆下的帝雖然捉摸不定，不常在人民身邊，卻也並不那麼遙遠。因為，儘管天意始終難測，就連《聊齋》也時常在文章中對祂發發牢騷，例如〈考弊司〉裡的「藍蔚蒼蒼，何處覓上帝而訴之冤也？」，或是〈龍戲蛛〉裡為好人屈死抱不平的「天公如此瞶瞶」，但大體上他仍舊相信積德行善的功效。這種狀況，當然不是一種矛盾。《聊齋》試著描寫天意雖然難測，天帝雖然遙遠，但只要一念為善即如此和善可親。祂雖然不可捉摸，但也透過屬下諸神與冥冥之能關注人間。這樣的形象與世界觀，正是《聊齋》的寄託與渴望。

　　帝的形象貫串《聊齋誌異》的神祇世界與神祇出現的故事中。表現出書中神祇世界有強烈模仿人世的特質，但也有一個冥冥至善之天存在的宇宙觀。

　　所以《聊齋》諸神雖然善惡夾雜，但觀其故事內容，卻有很大的教忠教孝、勸世勸善的意涵。這種意涵進而形成諸神彼此最大的區別，和《聊齋》神祇最大的特色。〔註81〕

〔註81〕獎善罰惡是諸神的基本原則，但神祇本身也有善惡之分，這種分別又與他們的類別有些許關連。簡單來説，官僚神易出惡神，而英靈之神常為善神。這些議題將留在第四章分析，在此先行略過。

第三章 《聊齋誌異》的神祇類型（下）
——官僚神與其他

第一節 《聊齋誌異》中的官僚神

　　《聊齋》中的神祇體系是以帝爲至高點向下推展開來的。除了至上神的身份與形上天的性質外，帝還具有明顯的人間帝王形象。在祂之下的諸神，也往往帶著一份官僚氣味。當然這種性質有強弱之分，像職能神與英靈神就比較不具有官僚特性。但另外有部分在神祇世界中構成了嚴謹完整的行政架構，表現出最強烈的官僚化傾向，形象幾乎與人間的王爵貴族或行政官員無異。

　　官僚式的神祇佔《聊齋》中的絕大部分。土地、城隍、冥王、東嶽、文昌、金甲神、龍君是幾名原本就存在於信仰、傳說，又被納入書中這種官僚體系的神祇。其中東嶽、冥王、城隍、土地這四位神祇，是最主要的「冥官」，也就是負責掌管人、鬼兩界事務的行政機關官員。在《聊齋》中「人」、「鬼」、「神」這三個概念雖然不是相同，但卻是「相通」的。人死爲鬼，鬼獲官職即爲神，因此掌管冥界的神祇幾乎都可以兼管人界，這在書中是一個自然的現象，看得出人間與鬼界是沒有區分的。

　　東嶽大帝本身是帝君級的神祇，在祂之下還有一個龐大的東嶽機關，負責決定所有的人、鬼事務，其中最重要的就是壽算的職權。祂是冥王、城隍、土地的上司，也是所有冥官的長官。

　　冥王的地位在東嶽之下，負責按照壽算拘提鬼魂，審判之後決定賞罰與投生，似乎也具有決定壽算的職權，只是這權力與東嶽帝君的壽算權如何取

決運作，在書中就不曾提及，或許算是祂和東嶽在歷史上爭奪冥間最高者地位的延續。一般來說，冥王也會監管陽世之人，不僅止於管理鬼魂。

城隍也是兼管陰陽的行政長官，有很強的地域性，負責管理一地的人、鬼居民。對於生人，祂監察善惡，上報冥司來增減其福祿壽算，也有直接審判的冥誅之權。對於鬼魂，則和人間官宰對百姓的管理相同。在城隍之下，土地神主要掌管人間事務，祂的地位類似於鄉鎮之長，負責照顧當地百姓。這四種神祇，就是書中出現最多，也是最重要的官僚式神祇。

文昌帝君負責「士子生死錄」和士子的「文運」，在祂之下有部屬幫助祂執行這項公務，因此也形成了類似官僚體系的形象。龍君、湖君則是統領江、湖、海等單一水域，雖然在《聊齋》中對祂職務的描寫不多，但卻具有強烈的貴族王家氣質，因此也歸類在官僚式的神祇之中。

除此之外，《聊齋》中有一些神祇雖然沒有明白地被稱為神，但是擁有一個官職的名稱，文意上又明顯表示其「為神」或「成神」。例如〈神女〉中說「家君為南岳都理司」，以及「帝」策封太華卿、四瀆牧龍君、太行總管等神職。這正是《聊齋》神祇架構具有強烈官僚化的表現。由於這些神祇具備了這麼強的官僚特性，因此祂們也具備了這些人間官僚的劣根性，讓神祇世界中出現了一絲「惡的可能」。

神祇的官僚化其實相當有趣，這現象原本應該是中性的。在現代，提到官僚二字或許很容易直接地聯想到「腐化」這一層面，但若考究到最初的起點，官僚，或者說形成官僚的根源——體制，應該是為維護秩序產生的存在。神祇的官僚化在某種層面上也應當等同賦予神靈維護秩序與審判罪惡的正面職能，代表了百姓對公平正義的渴望。然而，神祇的官僚架構在某些《聊齋》故事中表現出強烈模仿人世與諷喻現實的形象，成為《聊齋》神祇故事的特色之一。

但必須要注意的是，雖然一般論中，對於《聊齋》的神祇故事總是集中談論其強烈的諷刺現實色彩，但經過詳細比較後，可以發現《聊齋》中的惡神竟然少之又少；五通、青蛙等介於神妖之間的民間神祇勉強可以算入，只是前者幾乎被寫成妖怪，後者則是善惡夾雜，形象類似一方土豪。至於最常被用來作為例證的冥王，其實只在〈席方平〉一篇中表現出貪暴的形象，佔了三十五篇中的一篇而已。城隍神也是如此，十六篇當中，只有在〈席方平〉中算是絕對的貪官，在〈小謝〉、〈公孫夏〉中為欺善的小小惡吏，比例上也十分的低。絕大部分的篇章中，冥王和城隍其實都扮演了監察人鬼，獎善罰惡的角色，和祂

們的作惡形象其實是完全相反。這種現象，正是前述神祇官僚化兩面價值的反映，因爲這兩種神祇基本上是「集合性」的：冥王如陽世般更代（見〈上仙〉）或由生人暫時代任（見〈李伯言〉）、城隍各地皆有，還可以由百姓自行推舉（見〈吳令〉）。所以在其中容易出現模擬官僚邪惡性質的典型。

若檢查蒲松齡對神的態度，這情形倒也不算奇異。蒲松齡對於神祇是十分崇敬的，就連在〈土地夫人〉中，將土地夫人傳說爲勾引男人的淫鬼，他都忍不住在文後替土地神辯駁了一番，說「土地雖小亦神也」，怎麼可能讓祂的夫人隨意投奔。從這個角度來看，冥王、城隍中有惡神，說起來也和鬼卒會誤勾、文昌的天聾地啞雙僮是相同的情形。文昌在書中讓聾僮擔任司文郎，導致人間文運顚倒，只是文昌帝君本身畢竟具有良好的形象，不像冥王和城隍會有一些極壞的例子。這些神祇有一些共同的職能，也就是負責掌管人間的事務。若非在祂們之中也有壞神，也會犯錯，又怎麼解釋現實生活中的苦難不公呢？神祇世界中的諷刺現實，其實在另一層面上也代表了作者對現實的解釋。

《聊齋》用神祇故事諷刺現實官僚體制的強烈形象，其實主要來自於〈席方平〉一篇；該篇描寫席方平勇於面對冥王、城隍、郡司等貪暴的冥官，更超越了對死亡的恐懼與生死的界限，表現出人類至高的情操與自主性，和其他故事相比，的確是最叫人印象深刻。同時，儘管《聊齋》並不寫出許多惡神，但是他寫到神也有私心，也有人性，也會犯錯，這就讓書中的神祇們多了一份造惡的可能。兩者串連在一起，神祇的神性還是因此變得淡薄，而人性就變成了其中最重要、最受人注目的部分了。這樣的情形也是在官僚式的神祇中最爲明顯，因爲祂們形象人世化的成分同時包含了人性與官僚兩個層面。這樣獨特的形象，正是本論文特別將祂們歸爲一類來討論的原因。

一、土地神

《聊齋》中土地神的地位不高，正居於神祇官僚系統的底層。但是祂具有仁德正直、和善可親的形象，看得出來是頗受人喜歡的神祇。

神　祇	人　名	卷　數	篇　名	頁　數	別　稱
土地	王六郎	卷一	王六郎	第 28 頁	土地
		卷四	土地夫人	第 578 頁	土地
		卷十二	韓方	第 1664 頁	土地

　　土地神本身出現在〈王六郎〉、〈韓方〉兩篇之中，而〈土地夫人〉中記錄了地方上關於土地神夫人的傳聞。在〈王六郎〉中，土地所管轄的區域為一鎮的範圍。而在〈韓方〉中，土地神係因為誠篤的美德接受「巡環使者」的委任，擔任管理南縣的職務。在〈土地夫人〉的「異史氏曰」一條中說「土地雖小亦神也」，表示土地神的地位不算甚高，大約是縣、鎮之長的角色。這點和一般民間信仰中的情況頗為符合。在《華夏諸神——鬼神卷》中說：

> 土地是地位極低的小神，只管理某一地面、某一地段，也作為村社的守護神……但最初的土地神——社神的級別卻要高得多，也排場得多。……隨著社會的發展，統一王朝出現了，抽象化的大地之神被尊為「后土皇地祇」，后土是與天帝相對應、總司土地的國家一級大神，由皇帝專伺，但在地方、鄉里村社仍奉祀地區性的土地神。這時的土地神地位已大大下降，自然崇拜的色彩已漸漸消失，轉而具有多種社會職能，人格化也日漸明顯。〔註1〕

如上述引文所言，《聊齋》中的土地神已完全脫去自然崇拜的土地味道，成為完全的人格神了。土地神是由人鬼負責擔任的，例如〈王六郎〉中的水鬼王六郎就是一例。又〈韓方〉中寫：

> 嶽帝舉枉死之鬼，其有功人民，或正直不做邪崇者，以城隍、土地用。〔註2〕

更是廣泛指出由人鬼擔任土地神的事實。由於土地神是諸多神祇中最下層，卻也最接近平民百姓者，《聊齋》中的土地神也統一表現出仁德、正直、質樸、和善的形象。例如在〈王六郎〉與〈韓方〉兩篇中就提到了土地神成神的條件，前者說王六郎因為「一念惻隱」而受到帝的任用，後者則提到了誠篤、正直、有功等準則。

　　王六郎以一念之仁被封為土地，這除了是對有德者的賞賜之外，更表示土地的職位也必須由有仁德者任之。

> 數日又來告別，許疑其復有代者，曰：「非也。前一念惻隱，果達帝天。今授為招遠縣鄔鎮土地，來日赴任。倘不忘故交，當一往探，勿憚修阻。」許賀曰：「君正直為神，甚慰人心。」〔註3〕

〔註1〕 馬書田，《華夏諸神——鬼神卷》，頁 57, 60。
〔註2〕 卷十二〈韓方〉，頁 1664。
〔註3〕 卷一〈王六郎〉，頁 28。

出村，有羊角風起，隨行十餘里。許再拜曰：「六郎珍重！勿勞遠涉。
君心仁愛，自能造福一方，無庸故人囑也。」〔註4〕

從六郎的正直成神，可以看出土地神的成神條件主要是以德行作爲評判標
準。將德行設爲成神的要件，也包含了考量其能力是否足以適任的意味，因
此許姓說六郎心懷仁愛，必定能造福一方百姓。另外，土地神的仁德正直還
從他忠於職務與重視報德的兩個方面表現出來。《聊齋》中寫：

夜夢少年來，衣冠楚楚，大異平時。謝曰：「遠勞顧問，喜淚交并。
但任微職，不便會面，咫尺河山，甚愴于懷。居人薄有所贈，聊酬
夙好。歸如有期，尚當走送。」〔註5〕

許和六郎的結識，起源於許姓捕魚時，常常以酒酹祭江中水鬼。於是六郎在
當水鬼時，就常爲許趕魚作爲報答。在這裡他說自己囑託鄔鎮居民招待許姓，
原因是爲了「聊酬夙好」，表現出一飯之德終身不忘的報德形象。但儘管兩人
已有深厚的情誼，六郎仍然避諱著只能在夢中，或以羊角風的形式相見，更
表現出忠於職務的耿直。這些都可算是成爲土地神需要的條件。而在〈韓方〉
中，除了正直成神的準則之外，土地也表現出施恩不求回報的德行：

其人曰：「孤石之神不在於此，禱之何益？僕有小術，可以一試。」
韓喜，詰其姓字。其人曰：「我不求報，何必通鄉貫乎？」……韓恐
不驗，堅求移趾。其人曰：「實告子：我非人也。巡環使者以我誠篤，
俾爲南縣土地。感君孝，指授此術。」〔註6〕

韓方詢問土地神的名字，神以不求回報之故，不願意告知。直到韓害怕其術
不成，堅持祂跟自己一起回家時，才不得不透露出自己是土地神的事實，顯
得正直仁愛而又樸誠可親。祂說感念韓方的孝心因此教他這個方法，也表現
出仁德獎善的性格。

或許土地神擁有仁德正直的形象，便使祂在一般老百姓的心中顯得相當
和善可親。〈韓方〉中的土地神，言詞有禮、態度謙和。祂先是在韓方禱於孤
石之廟時，來到他身邊關切問訊，以「僕」爲自稱也讓他顯得溫和有禮。又
在韓方堅持之下，不得不說「實告子」，都讓土地神的形象顯得溫良可愛。〈王
六郎〉中的土地神更是一朝有求於百姓，全鎮的人民爭相呼應。文中寫許姓

〔註4〕卷一〈王六郎〉，頁29。
〔註5〕卷一〈王六郎〉，頁29。
〔註6〕卷十二〈韓方〉，頁1664。

和六郎約定而不顧家人的反對，前去遙遠的鄔鎮探訪已經成神的六郎：

> 許不聽，竟抵招遠。問之居人，果有鄔鎮。尋至其處，息肩逆旅，問
> 祠所在。主人驚曰：「得無客姓為許？」許曰：「然。何見知？」又曰：
> 「得無客邑為淄？」曰：「然。何見知？」主人不答遽出。俄而丈夫
> 抱子，媳女窺門，雜沓而來，環如牆堵。許益驚。眾乃告曰：「數夜
> 前夢神言：淄川許友當即來，可助一資斧。祇候已久。」〔註7〕
>
> 居數日，許欲歸，眾留殷懇，朝請暮邀，日更數主。許堅辭欲行。
> 眾乃折束抱血，爭來致贐，不終朝，饋遺盈橐。蒼頭稚子，畢集祖
> 送。〔註8〕

土地神托夢請眾民代為款待好友，百姓們便摩肩擦踵，爭相執行。顯示在老百姓心中，土地神實在是非常和藹可親又十分重要的一位神祇。文中用許姓兩次提問「何見知」，主人卻不答遽出的無禮，烘托出居民在一瞬間「環如牆堵」又「朝請暮邀，日更數主」、「蒼頭稚子，畢集祖送」的熱情盛大景況，都充分表現出土地神的親民魅力。

土地是個小神，相當於一名縣鎮之長，因此在祂的形象中，「官員」的成分就相當地淡薄。或許因為這個原因，加上祂是百姓平時最依靠的神祇，《聊齋》中的土地神還表現出了一些小小的神奇能力。像是王六郎可以托夢給全村百姓，或是入人的夢中會面、化身為旋風等等。〈韓方〉中的土地神更是擁有一些驅鬼的方法。

《聊齋》中土地神特別的地方在於祂們都是由特定的角色擔任，反而沒有民間信仰中那樣一個形象共通的「土地公」。《華夏諸神——鬼神卷》講：

> 不過，在中國廣大的土地上，數不清的土地神中，有名有實的土地
> 爺畢竟佔極少數，絕大多數是通用的。〔註9〕

大多數百姓對土地神的印象，往往都是一個和藹的土地公公，在各地的土地祠裡，土地神並不一定會有特定的姓名或由什麼人擔任該神的傳說，這就是祂在民間信仰中獨特的地方。不過《聊齋》中的土地神，就和其他諸神一樣，會由特定的鬼魂擔任，也有專屬的拔擢方式，表現出祂身為神祇體系一份子的形象。這當然是《聊齋》神祇官僚化的影響。

〔註7〕卷一〈王六郎〉，頁29。
〔註8〕卷一〈王六郎〉，頁29。
〔註9〕馬書田，《華夏諸神——鬼神卷》，頁57。

不過在〈土地夫人〉中紀錄了一個獨特的事件。文中寫：

> 過橋王炳者出村，見土地祠中出一美人，顧盼甚殷。試挑之，歡然
> 樂受。……時炳與妻共榻，美人亦必來與交，妻亦不覺其有人。炳
> 訝問之。美人曰：「我土地夫人也。」炳大駭，亟欲絕之，而百計不
> 能阻。因循半載，病憊不起。美人來更頻，家人都見之。未幾，炳
> 果卒。美人猶日一至，炳妻叱之曰：「淫鬼不自羞！人已死矣，復來
> 何為？」美人遂去，不返。〔註10〕

土地夫人也是一神之妻，竟然自投已有妻室的男人家中與之交合，不但「日
一至」，還「百計不能阻」。這樣的土地神不但不能約束妻子，恐怕連自身德
行都有問題。神的形象完全掃地，昏庸不謹。有趣的是，蒲松齡雖然記錄了
這個故事，卻在文章背後忍不住要加上一筆，他說：

> 土地雖小亦神也，豈有任婦自奔者？不知何物淫昏，遂使千古下謂
> 此村有污賤不謹之神。冤哉！〔註11〕

推論雖不無道理，但他寫城隍、冥王等神貪污腐化就下筆不留餘地，痛加斥
責，在這裡卻急切地用紙筆來為土地神擊鼓鳴冤，想來土地神的形象在他心
中應該是相當親切正直的吧。

二、城　隍

神　祇	人　名	卷　數	篇　名	頁　數	別　稱
城隍	宋燾	卷一	考城隍	第 1 頁	城隍
		卷二	廟鬼	第 138 頁	城隍
	某公	卷二	吳令	第 265 頁	城隍
		卷三	李司鑑	第 426 頁	城隍
		卷五	布客	第 624 頁	城隍
		卷五	章阿端	第 631 頁	城隍
		卷六	小謝	第 776 頁	城隍
		卷九	皂隸	第 1220 頁	城隍
		卷十	席方平	第 1341 頁	城隍
		卷十	龍飛相公	第 1405 頁	城隍

〔註10〕卷四〈土地夫人〉，頁 578。
〔註11〕卷四〈土地夫人〉，頁 578。

卷十一	王大	第 1535 頁	城隍
卷十一	老龍舡戶	第 1610 頁	城隍
卷十二	劉全	第 1650 頁	城隍
卷十二	公孫夏	第 1660 頁	城隍
卷十二	韓方	第 1664 頁	城隍

　　通論以為城隍神的原型來自護城的城牆和溝渠，因此城隍神基本上是社會產物化成的神祇。城隍神的前身，可能就是古代八蠟中受到祭祀的坊與水庸。〔註 12〕因此，在早期的城隍傳說中，祂具有著很強的「護城」形象。像是〈中國百神全書〉引用了《北齊書‧慕容儼傳》中一個城隍護城的事件：

> 城中先有神祠一所，俗號城隍神。公私每有祈禱。於是順士卒之心，
> 乃相率祈請，冀獲冥佑。須臾，衝風颷起，驚濤湧激，漂斷荻洪。
> 〔註 13〕

這可以說是城隍傳說的原狀，卻也可以說是祂「城牆」、「溝渠」原型所具護城特性的殘留。只是，在《聊齋》中，這樣與原型結合的性質卻已經不可見了，城隍的形象不像戰爭中的護城者，反而近似維持秩序的行政官。

（一）強烈的人形人性

　　首先，《聊齋》中的城隍職位係由人鬼擔任，屬於完全的人格神。如〈考城隍〉中，宋燾死後便通過考試獲得城隍職位。〈吳令〉中的吳令某公因為剛直而被百姓奉為城隍神。卷十二〈公孫夏〉寫文學士某死前事先買得冥間城隍缺，招搖附任，不料半路上遇見關聖出巡，被關聖痛斥一番撤職。卷十二〈韓方〉寫韓方遇見南鄉土地神對他說嶽帝正舉用枉死之鬼，只要是正直有功者，就授與城隍、土地的職務。

　　其次，《聊齋》中對城隍的描述也表現出強烈的人形人性。從〈吳令〉中的吳令某公說「城隍實主一邑」；〈公孫夏〉中稱為「守」、「區區一郡」；以及〈席方平〉中說祂「司上帝牛羊之牧」的描述來看，祂在書中擔任著地方官員的角色，因此形象上也常常和人間的官員相等。例如在〈考城隍〉中：

> 移時入府廨，宮室壯麗。上坐十餘官，都不知何人，惟關壯繆可識。
> 檐下設几、墩各二，先有一秀才坐其末，公便與連肩。几上各有筆

〔註 12〕詳見：趙杏根，《中國百神全書——民間神靈源流》，頁 193。
〔註 13〕同前註，頁 195。

札。俄題紙飛下，視之，八字云：「一人二人，有心無心。」二公文
成，呈殿上。〔註14〕

河南缺一城隍，君稱其職。〔註15〕

關帝曰：「不妨令張生攝篆九年，瓜代可也。」乃謂公：「應即赴任；
今推仁孝之心，給假九年。及期當復相召。」〔註16〕

有考官監考閱卷，還有考桌、一起應考的考生，更有試題試紙，和人間的考
試完全相同。城隍還有缺額和任地，甚至放假、瓜代之說。文中所謂放假，
其實是讓宋公的鬼魂暫回人世奉養老母，卻被轉化為職務上的「放假」，並由
另一名考生暫時代理，將成神完全比擬成官員就職。又在描寫宋公赴任時寫：

忽見公鏤膺朱幘，輿馬甚眾。登其堂，一拜而行。〔註17〕

描寫宋公身邊有旗幟飄揚、有車馬相隨。也是從儀仗上模仿人間。又如〈公
孫夏〉中寫：

三日，客果至。某出資交兌，客即導至部署，見貴官坐殿上，某便
伏拜。貴官略審姓名，便勉以「清廉謹慎」等語。乃取憑文，喚至
案前與之。某稽首出署。自念監生卑賤，非車服炫耀，不足震懾曹
屬。於是益市輿馬，又遣鬼役以彩輿迓其美妾。〔註18〕

城隍上任，要先到部署報到；有貴官審核；要取文憑。又有鬼役代為辦事，
甚至還買了美妾相隨，從結構上整個移植了人間的制度。

　　城隍所處的空間和用具也是和人世相似的。一般來說，城隍都在衙署之
中辦公。如卷十一〈王大〉中寫：

一人奔入，曰：「城隍老爺親捉博者，今至矣！」……天未明，已至
邑城，門啟而入。至衙署，城隍南面坐，喚人犯上，執籍呼名。呼
已，並令以利斧斫去將指，乃以墨朱各塗兩目，游市三周訖。〔註19〕

有衙署，位於邑城之中，並有掌管鬼犯的籍錄。其下並有鬼役，做押解的工
作，和人世太守無異。同樣的，在〈劉全〉中寫侯方為城隍廟中劉全塑像親
除鳥穢，後來侯因故被招去城隍處訴訟時，因此受到幫助擺脫了城隍皂隸的

〔註14〕卷一〈考城隍〉，頁1。
〔註15〕卷一〈考城隍〉，頁1。
〔註16〕卷一〈考城隍〉，頁2。
〔註17〕卷一〈考城隍〉，頁2。
〔註18〕卷十二〈公孫夏〉，頁1660～1661。
〔註19〕卷十一〈王大〉，頁1535。

糾纏。文中寫：

> 後數年，病臥，被二皂攝去。至官衙前，……聞鼓聲如雷。綠衣
> 人曰：「早衙矣。」遂與俱入，令立墀下，曰：「姑立此，我爲汝
> 問之。」遂上堂點手，招一吏人下，略道數語。吏人見侯拱手曰：
> 「侯大哥來耶？汝亦無甚大事，有一馬相訟，一質便可復返。」
> 遂別而去。〔註20〕

> 劉曰：「君數已盡，勾牒出矣。勾役欲相招，我禁使弗須。君可歸治
> 後事，三日後，我來同君行。地下代買小缺，亦無苦也。」遂去。
>
> 〔註21〕

城隍手下有勾役、皂隸，辦公有衙署、勾牒、擊鼓與早衙的制度，很清楚地
描繪出城隍衙署的形象。關於「牒」，在〈皂隸〉中也有提到：

> 萬歷間，歷城令夢城隍索人服役，即以皂隸八人書姓名於牒，焚廟
> 中；至夜八人皆死。〔註22〕

表示城隍不但用牒，還可以和人間官府所用的通用，只是需要經由一個火化
的動作來傳遞。這點在〈老龍舡戶〉中也有類似記載：

> 公駭異惻怛，籌思廢寢。遍訪僚屬，迄少方略。於是潔誠熏沐，致
> 檄城隍之神。〔註23〕

稱爲「致檄」，也是和人間等。除此之外，城隍所用的刑具亦與人間相同。如
〈席方平〉與〈王大〉中：

> 至郡……仍批城隍覆案。席至邑，備受械梏，慘冤不能自舒。〔註24〕

> ……城隍南面坐，喚人犯上，執籍呼名。呼已，并令以利斧斫去將
> 指，乃以墨朱各涂兩目，游市三周訖。〔註25〕

寫冥間懲罰也用械梏、利斧、墨朱。其他像是〈龍飛相公〉中，城隍收龍飛
爲幕客；〈秋容〉中的投狀紙給城隍；〈皂隸〉中的向人間索皂隸服役，都表
現出祂官員的形象。

〔註20〕卷十二〈劉全〉，頁1650。

〔註21〕卷十二〈劉全〉，頁1651～1652。

〔註22〕卷九〈皂隸〉，頁1220。

〔註23〕卷十一〈老龍舡戶〉，頁1610。

〔註24〕卷十〈席方平〉，頁1341～1342。

〔註25〕卷十一〈王大〉，頁1535。

（二）官僚化、兼管陰陽的職權，與部分超自然能力

城隍神擬人的官僚形象，也同樣從祂的職權中表現出來。然而，雖然城隍大多以官員形象執行這些職權，但也因為兼管陰陽的權限，使祂不時在人間表現出一些神異、超自然的形象。

《聊齋》中的城隍職權，和民間信仰中的城隍相當一致。在民間信仰中，城隍除了護城佑民的功能外，最日常的權責，其實是在於「鑒察司民」這個部分。從明初開始，城隍就受到朝廷的封號，依照京都、府、州、縣的等級，分別授封為「承天鑒國司民福明靈王」、「鑒察司民城隍威靈公」、「鑒察司民城隍靈佑侯」、「鑒察司民城隍顯佑伯」四品。所有的封號都提到祂「鑒察司民」的功能。在《中國百神全書》中寫：

> 明初以後，直到城隍信仰消失，「鑒察司民」一直是城隍神最主要、最普通的職能，而祂固有的保護神的職能，則幾乎被人們忘卻了。⋯⋯
> 「鑒察司民」，即鑒察人們的善惡，施以賞罰，來實行管理⋯⋯〔註26〕

不過要鑒察司民，也就要有相對應的權力，因此城隍就擁有了掌管冥籍的權能。在《中國百神全書──民間神靈源流》中舉出太平廣記的例子，認為城隍掌管冥籍的權力從唐代就已現端倪。在《中國神話──人物篇》中則寫：

> 續道藏收有一部「太上老君說城隍感應消災集福妙經」，經上稱城隍為護國保寧佑聖王威靈公感應尊神，中有「設作福作威之柄，造注生注死之權」之語，並且列舉出兩廊一十八司曹案官班聖眾，主管天下人生死案判官，主管長生注命案判官的名稱來，這些都是城隍部下的冥官。由於掌管人的壽命生死，早已不只是城池守護神，而完全變成幽冥之神了。〔註27〕

可見祂的這種能力，甚至在道教中被系統化了。對應到《聊齋》中來，城隍的職權大抵不脫這兩者。

《聊齋》城隍鑒察司民的職權出現在卷二〈廟鬼〉、卷三〈李司鑑〉、卷六〈小謝〉、卷十一〈王大〉、卷十一〈老龍舡戶〉等篇中。從這幾篇的內容來看，城隍的職權是兼管人鬼、陰陽不分的。例如在〈廟鬼〉中，王啓後被一女鬼所擾，得到顛病。文中寫：

> 一日，忽見武士縋鎖而入，怒叱曰：「樸誠者汝何敢擾！」即縶婦項，

〔註26〕趙杏根，《中國百神全書──民間神靈源流》，頁215。
〔註27〕王世禎，《中國神話──人物篇》，頁71。

> 自櫺中出。才至窗外，婦不復人形，目電閃，口血赤如盆。憶城隍
> 廟中有泥鬼四，絕類其一焉。於是病若失。〔註28〕

城隍廟中的泥鬼，自然也是被城隍手下的武士帶走。武士裝備有鎖鍊，形象
上宛如官差。城隍的形象也如同地方官員，派遣屬下負責救難保安的工作。
又在〈李司鑑〉中，李司鑑因殺妻待查審，來到府前時，忽然跑到城隍廟中
以屠刀自殘，並口中自稱神罰。文中寫：

> 忽於肉架下，奪一屠刀，奔入城隍廟，登戲台上，對神而跪。自言：
> 「神責我不當聽信奸人，在鄉黨顛倒是非，著我割耳。」遂將左耳
> 割落，拋臺下。又言：「神責我不應騙人銀錢，著我剁指。」遂將左
> 指剁去。又言：「神責我不當姦淫婦女，使我割腎。」遂自閹，昏迷
> 僵仆。時總督朱雲門題參革褫究擬，已奉俞旨，而司鑑已伏冥誅矣。
>
> 〔註29〕

雖然在這篇裡城隍冥誅的權能讓祂表現出很強的超自然形象，不過冥誅本身
也屬於鑒察安民的職權之一。同樣地，在卷十一〈老龍舡戶〉中，朱公任粵
東時，遇到連續的商旅命案，由於積案已久，竟毫無頭緒。於是公沐浴求教
於城隍之神。文中寫：

> 公駭異惻怛，籌思廢寢。遍訪僚屬，迄少方略。於是潔誠熏沐，致
> 檄城隍之神。已而齋寢，恍惚見一官僚，搢笏而入。問：「何官？」
> 答云：「城隍劉某。」「將何言？」曰：「鬢邊垂雪，天際生雲，水中
> 漂木，壁上安門。」言已而退。既醒，隱謎不解。輾轉終宵，忽悟
> 曰：「垂雪者，老也；生雲者，龍也；水上木為舡；壁上門為戶；豈
> 非『老龍舡戶』耶！」〔註30〕

文中寫城隍的外貌是一官僚，且持笏而入，讓城隍在服制上表現出官員的形
象。而朱公沐浴齋戒向城隍求疑案的解答，也表現出城隍鑒察安民的形象。
在以上諸篇，城隍的職權是向陽世執行，祂管理的是陽世的民眾。不過，在
陰間的鬼魂也必須接受城隍的管理。在〈廟鬼〉中，泥鬼被城隍武士綁走，
固然救的是陽間的王啓後，但也代表祂管理鬼魂的權力。〈布客〉中寫長清布
客某結識東嶽隸役，得知自己陽壽已盡。布客聽從隸的勸告，回家辦理後事，

〔註28〕 卷二〈廟鬼〉，頁138。
〔註29〕 卷三〈李司鑑〉，頁426。
〔註30〕 卷十一〈老龍舡戶〉，頁1610。

並布施建橋以求小益，同時等待隸來勾攝自己去陰間。

> 久之，鬼竟不至，心竊疑之。一日，鬼忽來曰：「我已以建橋事上報
> 城隍，轉達冥司矣。謂此一節可延壽命。今牒名已除，敬以報命。」
> 某喜感謝。〔註31〕

可以看出城隍和東嶽兩者形成一個冥官的系統，祂們底下還有著許多隸役接受祂的管理。隸役是由鬼魂擔任，自然也表現出祂管理陰間的官員形象。又在〈小謝〉中寫：

> 忽小謝至，愴惋欲絕，言：「秋容歸，經由城隍祠，被西廊黑判強攝
> 去，逼充御媵。秋容不屈，今亦幽囚。秋容久錮，妾以狀投城隍，
> 又被按閣不得入，且復奈何？」〔註32〕

所以鬼魂有冤，也是去找城隍來判決，形同陰間的官宰。這樣的形象在〈席方平〉更是明顯。該篇寫席方平去找城隍訴訟的過程：

> 值城隍早衙，喊冤以投。……城隍以所告無據，頗不直席。……至
> 郡……仍批城隍覆案。〔註33〕

詳細地寫出從城隍到郡司，再回到城隍的訴訟流程，表現出很強烈的模仿人間官僚與訴訟的形象，同時寫出城隍做為陰間鬼魂官宰的形象。

城隍兼審陰陽的官宰形象以〈王大〉中寫的最為清楚。該篇寫李信、周子明與已死的鬼友王大聚賭，正好遇上城隍出巡捕捉賭博者，於是接受審判。其中周子明因為借錢賭博，積欠主人不還，又二度接受城隍的審問：

> 無何至邑，入見城隍。城隍呵曰：『無賴賊！塗眼猶在，又賴債耶！』
> 周曰：『黃公子出利債誘某博賭，遂被懲創。』城隍喚黃家僕上，
> 怒曰：『汝主人開場誘賭，尚討債耶？』僕曰：『取貲時，公子不
> 知其賭。公子家燕子谷，捉獲博徒在觀音廟，相去十餘里。公子
> 從無設局場之事。』城隍顧周曰：『取資悍不還，反被捏造！人之
> 無良，至汝而極！』欲笞之。周又訴其息重，城隍曰：『償幾分矣？』
> 答云：『實尚未有所償。』城隍怒曰：『本資尚欠，而論息耶？』
> 答三十，立押償主。〔註34〕

〔註31〕卷五〈布客〉，頁624。
〔註32〕卷六〈小謝〉，頁776。
〔註33〕卷十〈席方平〉，頁1341～1342。
〔註34〕卷十一〈王大〉，頁1537。

在這裡，城隍兩相詰問，正確地判案用刑，言語中也顯現出相當的判斷邏輯。形象上雖然嚴屬，卻也相當的公平正直。但也正因為祂不用神力查案，而是這樣兩相詰問，讓祂形象恍如人間的官宰一般。城隍出巡捕捉罪犯，是他鑒察安民的職權之一，但是周子民、王大等人雖然一個是人，一個是鬼，祂卻毫不遲疑地一起審判，表示城隍的確是兼管陰陽。這一點也表現在祂掌管冥籍的權力當中。像是〈布客〉中提到東嶽的隸役將某建橋的功德上報城隍，由城隍報告冥司來增加壽命。又在〈皂隸〉中寫：

> 萬歷間，歷城令夢城隍索人服役，即以皂隸八人書姓名於牒，焚廟中；至夜八人皆死……令肖八像於廟，諸役得差，皆先酬之乃行；不然，必遭笞譴。〔註35〕

城隍殺人以得役，可說聞所未聞。然而一夕之間，八人一同斃命，表現出城隍掌管陽世人生死的力量。在這裡城隍需要隸役，並和人間的官令用牒文往來，形象上是近似於官員，但是祂掌管冥籍，任意取人性命於無形之間，又表現出很強的超自然形象。

《聊齋》中的城隍，形象相當複雜，有時候表現出特異的超自然能力，有時候卻平凡宛如陽間的官僚。這些都是因為祂由不同人鬼任職，又具有強烈官員形象的關係。影響所及，也使祂有時候顯得正直、公平，是一個眷顧良善、親近有德的善神，偶爾又是貪污腐敗，欺壓人民的惡神。

（三）以公正剛直等德行為選拔的條件

一般來說，城隍是必須由有德者擔任的，但也必須具有相當的能力。例如〈考城隍〉中，宋燾公固然因為孝心而得以暫時離開城隍的職位，返回陽世侍奉母親，但是祂通過城隍考試的原因卻是文章中對於「有心無心」的詮釋受到讚賞，可見城隍還應該要具備有獨到、公正的判斷力與美德。而在〈韓方〉中也提到必須是正直有功之人，方可擔任城隍。又在〈吳令〉一開頭便寫：

> 吳令某公，忘其姓字，剛介有聲。〔註36〕

這一句話，不但揭示了某公剛直的形象，更為之後的笞神與封神先做了準備。接著，《聊齋》寫了一整段形容壽節鋪張浪費的敘述。並說這樣的情形「習以為俗，歲無敢懈。」

> ……習以為俗，歲無敢懈。公出，適相值，止而問之，居民以告；又

〔註35〕卷九〈皂隸〉，頁1220。
〔註36〕卷二〈吳令〉，頁265。

> 詰知所費頗奢。公怒，指神而責之曰：「城隍實主一邑。如冥頑無靈，
> 則淫昏之鬼，無足奉事。其有靈，則物力宜惜，何得以無益之費，耗
> 民脂膏？」言已，曳神于地，笞之二十。從此習俗頓革。〔註37〕

在這裡某公接續著首句，表現出剛介正直的形象。這點可以從他聽到城隍壽節
花費巨大而「怒」，進而指神而罵，曳神而笞。用這種違背常人想像，絕對不敢
做的事情，顯示出他超乎想像的剛直。甚至到了死後都還可以與神大戰一番：

> 公清正無私，惟少年好戲。居年餘，偶於廨中梯檐探雀巢，失足而
> 墮，折股，尋卒。人聞城隍祠中，公大聲喧怒，似與神爭，數日不
> 止。〔註38〕

某公之死，不知道是因為探雀巢夭其壽算，還是城隍報私怨的緣故。但是人
既已鬼，受冥官管轄理所當然，竟然還能與之爭執，更進一步地表達出他的
剛烈。不過，某公的剛直，背後仍然有著道德的基礎作為後盾。從他責神的
對話裡，可以看出其節約護民的價值觀念。因為這樣的德行與剛直，在最後
讓他得到老百姓的崇敬而封為另一名城隍：

> 吳人不忘公德，集群祝而解之，別建一祠祠公，聲乃息。祠亦以城
> 隍名，春秋祀之，較故神尤著。吳至今有二城隍云。〔註39〕

城隍是同時具有官員與神祇兩種形象的，這樣的封神方式，會不會算是民主
的思想提前在神祇的世界裡發芽了呢？

　　在這裡顯示出城隍的成神條件，除了德行剛直，還有可能經由人民的懷
念與崇敬進而被推封為神。以德行剛直為條件，想來主要是與祂鑒察司民職
權有關，因為有鑒察之職，公正自然是最優先的責任。又「小人之德草」，君
子的德行和百姓的推崇當然是一體的兩面，〈吳令〉裡的情節表現出神祇的事
不一定光在神界解決，和人民其實也密切相關。

（四）善惡各半的城隍形象

　　雖然理論上城隍需要有德者來擔當，但在《聊齋》中卻不時出現反證。
城隍本身會做出有貪贓枉法的行為，像是〈小謝〉中秋容寫被黑判官抓走，
小謝狀告城隍卻得不到回應。生大怒，揚言要踏毀黑判塑像，面斥城隍縱容
部屬之非，結果隔日秋容便被放回。文中寫：

〔註37〕卷二〈吳令〉，頁265。
〔註38〕卷二〈吳令〉，頁265。
〔註39〕卷二〈吳令〉，頁265。

> 生忿曰：「黑老魅何敢如此！明日仆其像，踐踏為泥，數城隍而責之；
> 案下吏暴橫如此，渠在醉夢中耶！」悲憤相對，不覺四漏將殘，秋
> 容飄然忽至。兩人驚喜，急問。秋容泣下曰：「今為郎萬苦矣！判日
> 以刀杖相逼，今夕忽放妾歸，曰：『我無他意，原亦愛故；既不願，
> 固亦不曾污玷。煩告陶秋曹，勿見譴責。』」〔註40〕

城隍底下的判官，竟然是個強搶民女的大惡霸，城隍不僅不加聞問，面對人
民的訴狀還按下不管，毫無回應。城隍神的形象，顯得如同人世間包庇部屬，
儒弱顢頇的昏官。等到陶生一怒之下，揚言要推倒判官像，數城隍之不是，
秋容就就立刻被放了回來，還拜託秋容請陶生不要見怪，這甚至連一個惡霸
的樣子都沒有，城隍一司可說面子掃地。而〈席方平〉中，席父被仇家鬼魂
所害而死，席方平為父赴陰間申冤，見獄吏收受仇家賄賂，殘虐席父，一怒
之下狀告城隍，但城隍卻也收受仇家賄賂，不予理會。文中寫：

> 值城隍早衙，喊冤以投。羊懼，內外賄通，始出質理。城隍以所告
> 無據，頗不直席。……至郡……仍批城隍覆案。席至邑，備受械梏，
> 慘冤不能自舒。城隍恐其再訟，遣役押送歸家。〔註41〕

城隍之神竟能以金錢賄之，神的顏面完全掃地。不僅如此，還報復性地用刑
拷問，甚至害怕席方平再訴提訟。城隍的形象顯得貪暴、儒弱又無能。

當然，《聊齋》中與城隍神有關的事蹟，大部分是比較正面的，除了發揮
察鑒司民的職權之外，還具備有超自然的神異形象。其中最強大者就是祂冥
誅的能力。城隍擁有著控制人類的不可知力量「冥誅」，讓祂身為超自然之「神」
的形象相當強烈，同時也實現了人間難以完成的正義。城隍也常和人間的官
府配合，解決犯罪的問題，像是〈老龍舡戶〉中，城隍在公的夢裡出現，卻
又不明說犯罪者，改用偈語的方式來說明，都為祂帶來神秘的氣氛。同時寫
公齋戒沐浴請神協助，也表現出城隍作為神的莊嚴。

三、冥　王

神　祇	人　名	卷　數	篇　名	頁　數	別　稱
冥王		卷一	僧孽	P66	冥王
		卷一	三生	P72	冥王

〔註40〕卷六〈小謝〉，頁776。
〔註41〕卷十〈席方平〉，頁1341～1342。

		卷一	王蘭	P99	閻王
		卷二	某公	P208	冥王
		卷二	阿寶	P237	冥王
		卷二	林四娘	P289	冥王
		卷三	李伯言	P313	閻羅
	李中之	卷三	閻羅	P329	閻羅
		卷四	酆都御史	P497	閻羅天子
		卷四	續黃梁	P524	王者
		卷四	碁鬼	P533	閻摩王
		卷五	章阿端	P628	閻摩天子
		卷五	花姑子	P640	閻摩王
		卷五	閻王	P658	閻王
		卷五	上仙	P692	閻羅
		卷六	庫將軍	P738	冥王
		卷六	小謝	P776	冥王
		卷六	考弊司	P823	閻羅
		卷六	閻羅	P826	閻羅王
		卷七	劉姓	P880	南面者
		卷七	閻羅薨	P957	閻羅
		卷七	僧術	P968	冥中主
		卷七	閻羅宴	P1017	王者
		卷八	鍾生	P1039	王者
		卷八	褚生	P1084	地府主
		卷八	司文郎	P1104	閻羅王
		卷九	岳神	P1209	閻羅王
		卷九	郭安	P1247	閻羅
		卷十	三生	P1330	閻羅
		卷十	席方平	P1341	冥王
		卷十	龍飛相公	P1405	轉輪王
		卷十一	齊天大聖	P1460	閻羅
		卷十一	汪可受	P1531	冥王
		卷十一	王十	P1559	閻王
		卷十一	元少先生	P1620	王者

　　冥王是全本《聊齋》中出現最多的神祇，一共出現在三十五篇的故事中。在中國，最有系統的閻羅王記述當屬「十殿閻羅」。根據《玉曆寶鈔》、《閻王經》的紀錄，十殿閻羅從第一殿到第十殿分別為：秦廣王蔣、楚江王歷、宋帝王余、五官王呂、閻羅天子包、卞城王畢、泰山王董、都市王黃、平等王陸、轉輪王薛。在這套閻羅系統裡，主要宣傳著地獄天堂與因果報應的說法。在《華夏諸神——鬼神卷》中寫：

> 其實，漢化的十殿閻羅不過是古代人間官府衙門的翻版，只是完全「鬼」化了。人們在現實生活中很難得到公正，於是極希望陰間之主閻王爺能鐵面無私，主持正義，故隋唐以後，民間就流行某些剛正之人死後為冥王的說法，所謂「人之正直，死為冥官」。這些各代閻羅王不可數計，但最有名、影響廣泛者，也不過只有幾位。〔註42〕

十殿閻羅與後世閻羅王的官僚化傾向，是閻羅王形象上的重點。在《聊齋》中，冥王也表現出很強的官僚形象。

（一）強烈官僚化與王者形象

　　一般來說，冥王居於宮殿之上；身邊有簿記，負責監察善惡生死的籍錄；使用與人間相同的刑具，屬下有鬼卒隸役負責勾攝人魂，執行刑罰，都是模仿人世的官衙。例如〈李伯言〉中寫李伯言初死，隨導引者前去辦公之處的時候：

> 騶從導去，入一宮殿，進冕服，隸胥祗候甚肅。案上簿書叢沓。
> 〔註43〕

有宮殿與閻羅專用的冕服，有隸胥、並有記錄生死善惡的簿書，很完整地表達出冥王的形象。《聊齋》對冥王處所的描寫比較簡略，大多是從旁描寫其中的器物與刑具，對空間本身反而沒什麼敘述。不過，冥王的處所大抵上跟宮殿都脫不了關係。像是稱「殿」者有卷二〈某公〉、卷三〈李伯言〉，在卷四〈鄷都御史〉中也寫有「廣殿十餘間」。稱「宮殿」的有卷四〈續黃粱〉、卷九〈郭安〉；稱「殿閣」者有卷十二〈元少先生〉，以及卷五〈閻王〉中寫的「路旁有廣第，殿閣弘麗」，以及卷七〈閻羅宴〉的「殿閣樓台」。這樣的情形可以看出冥王在《聊齋》中「王」的身份。

　　冥王雖然身為冥官體制中的一員，但他並不像城隍一樣以地方官員的形象為主，反而具備一種王者的身份。在《聊齋》中有時並不僅使用「冥王」、

〔註42〕馬書田，《華夏諸神——鬼神卷》，頁30。
〔註43〕卷三〈李伯言〉，頁313。

「閻羅」等通稱，還會像用卷七〈劉姓〉中「南面者」、或〈續黃粱〉、〈閻羅宴〉、〈鍾生〉中「王者」等比較隱諱的代稱，為冥王帶來明顯的王者形象。

除了宮殿之外，在卷七〈劉姓〉中，寫到劉姓被帶到一處「官府」，而在卷七〈閻羅薨〉中，擔任閻羅的魏姓就在巡撫某公的賓廨之中執行審判的公務，也可以看出冥王雖是王者，但仍然帶有官長的形象。

（二）冥王的職權

冥王的職權，主要就在於施行刑罰。根據《華夏諸神──鬼神卷》中所說，在十殿閻羅之中，第一殿秦廣王專司人間生死壽夭，並負責評判亡魂的善惡，決定是發配第十殿轉生，或是發入地獄受刑。第十殿轉輪王，則是專司各殿解到鬼魂，依善惡等級發配投生。除此之外的其他八殿閻王，都是專司一種刑罰地獄。祂們各掌管一個大地獄和諸多小獄，從第二殿到第九殿，大地獄的名稱分別為：剝衣亭寒冰地獄、黑繩大地獄、剝戮血池地獄、叫喚大地獄、大叫喚大地獄、熱惱地獄、大熱惱大地獄、酆都城鐵網阿鼻地獄。其中第六殿卞城王除了大叫喚大地獄之外，並兼管往死城。可以看出，十殿閻羅的分工是相當細密，分工合作而成為一個完整的冥府體系的。不過，《聊齋》中的冥王卻並非如此。在書中並沒有特別提到十殿閻羅的名稱，而且每一篇中的冥王都是獨自兼管壽夭、評善惡、施刑罰等工作的。例如卷一〈三生〉中，同一冥王不但有籍錄可以查詢人的善惡，又具有轉生的職權，和十殿閻羅的分工合作有著很大的不同。

依照內容來區分，冥王的職權可以分為：一、掌管人世功名壽籍；二、審判善惡並使用刑罰；三、發配投生。若依對象分，可以分為對陰間的管理，與對陽世的管理。

1、對陰間的管理

冥王掌管的對象主要為已死者的生魂，所用職權則集中在刑罰與投生兩項。祂會依照簿記考校鬼魂生前的善惡，然後做出刑罰的判決。刑罰又可分為直接對鬼魂的刑罰與留待來生的刑罰二者。某些生魂罪刑較大者，會暫時不予投生，而先在地獄中實施刑罰。此類刑罰多由鬼役加以執行。如卷四〈續黃粱〉，寫曾孝廉夢中拜相，作惡多端，死後墮入地獄接受刑罰：

> ……萬鬼群和，聲如雷霆。即有巨鬼捽至墀下，見鼎高七尺已來，
> 四圍熾炭，鼎足皆赤。曾觳觫哀啼，竄跡無路。鬼以左手抓髮，右

手握踝，拋置鼎中。覺塊然一身，隨油波而上下，皮肉焦灼，痛徹於心；沸油入口，煎烹肺腑。念欲速死，而萬計不能得死。約食時，鬼方以巨叉取曾出，復伏堂下。〔註44〕

見一山，不甚廣闊；而峻削壁立，利刃縱橫，亂如密筍。先有數人困腸刺腹於其上，呼號之聲，慘絕心目。鬼促曾上，曾大哭退縮。鬼以毒錐刺腦，曾負痛乞憐。鬼怒，捉曾起，望空力擲。覺身在雲霄之上，暈然一落，刃交於胸，痛苦不可言狀。又移時，身驅重贅，刀孔漸闊，忽焉脫落，四支蠖屈。〔註45〕

少間，取金錢堆階上如丘陵，漸入鐵釜，熔以烈火。鬼使數輩，更以杓灌其口，流頤則皮膚臭裂，入喉則臟腑騰沸。生時患此物之少，是時患此物之多也！半日方盡。〔註46〕

文中極力描寫出油鍋、刀山以及熱銅灌口的嚴酷刑罰，共分三個層面描寫。首先是看到刑罰的場所，寫油鼎，是熾熱火紅；寫刀山，是利刃縱橫；寫熱銅，是錢如丘陵；從視覺描繪出令人恐懼的形象。其次寫鬼役用各種無情嚴苛的方法，將人犯逼去受刑，由直接、間接的兩個層面，描繪出鬼役的嚴苛與犯人的恐懼。最後再寫犯人受刑時主觀的感受，痛苦與結局。層層推進，描寫出冥王刑罰的恐怖殘酷。冥王的刑罰與判決也營造出強烈的報復主義形象。文中寫：

魂方駭疑，即有二鬼來反接其手，驅之行。行逾數刻，入一都會。項之，睹宮殿，殿上一獰形王者，憑几決罪福。曾前匐伏請命，王者閱卷，才數行，即震怒曰：「此欺君誤國之罪，宜置油鼎！」〔註47〕

王又檢冊籍，怒曰：「倚勢凌人，合受刀山獄！」鬼復捽去。〔註48〕

鬼又逐以見王。王命會計生平賣爵鬻名，枉法霸產，所得金錢幾何。即有長鬚人持籌握算，曰：「二百二十一萬。」王曰：「彼既積來，還令飲去！」〔註49〕

〔註44〕卷四〈續黃粱〉，頁524。
〔註45〕卷四〈續黃粱〉，頁524。
〔註46〕卷四〈續黃粱〉，頁525。
〔註47〕卷四〈續黃粱〉，頁523～524。
〔註48〕卷四〈續黃粱〉，頁524。
〔註49〕卷四〈續黃粱〉註2，頁524～525。

從冥王的判決來看，對人犯罪行的判決完全集中在使用刑罰上，再加上用刑如此嚴酷，表現出強烈的報復主義形象。另外，當王檢閱曾犯過的所有罪行時，一讀一怒，並用嚴刑懲罰，表現出冥王嚴厲而注重德性的形象。

留待來生的刑罰，即是判該魂入畜生道，則來世為畜生，以贖罪孽。如卷一〈三生〉中劉孝廉第一世多行不義，卻以壽終。冥王在不知情的狀況下，尊敬其為長者，以鄉先生禮對待，表現出謙恭有禮的一面；然而一旦發現劉某之惡，冥王立刻變得嚴厲而憤怒，間接地表現出其中德行的標準。他先被判作馬，因為不食而死，被責為規避，又判作狗。表示冥王的判決是不可任意改變的。

不過投生的職權是中性的，並不一定只作為處罰的用途上。人死之時，魂魄都會被勾攝至冥司。在《聊齋》中具有這類勾攝鬼魂職權的冥官就只有冥王和東嶽。雖然城隍也具有掌管人間福祿壽籍，但是那種權力主要是起著一種監察人世善惡的作用。另外，城隍掌管陰間鬼魂的職權，也主要表現為「陰間居民官宰」的形式。祂的這兩種權力都和冥王勾攝亡魂、發配投生這種管理生死秩序的職權有所不同。參照其他篇章來看，除了水鬼、水莽鬼以及某些枉死之鬼，所有的鬼魂都需要投生，此亦由陰司管理。其他各路歸去來之魂靈，自也在陰司權限之內。投生的優劣，往往就代表該鬼魂在人世時善惡表現的評價。因此前述〈三生〉中劉公的墮入畜生道，就變成一種處罰的手段。若是如同篇後段所述：

> ……遂矢志不殘生類，飢吞木實。積年餘，每思自盡不可，害人而死又不可，欲求一善死之策而未得也。一日臥草中，聞車過，遽出當路，車馳壓之，斷為兩。冥王訝其速至，因蒲伏自剖。冥王以無罪見殺原之，准其滿限復為人，是為劉公。〔註50〕

在這裡投生為人就變成了一種獎賞。其他像是卷三〈林四娘〉，寫林四娘為鬼，誦經不斷，冥王憐其前生虔誠不作惡事，所以准許她投生為人，不必再當孤魂野鬼，投生這件事本身也變成一種獎賞了。

2、對陽間的管理

冥王對陽世的職權，主要是管理生死壽籍以及「冥譴」這兩個方面。如卷八〈鍾生〉，寫有鍾慶餘有孝德，為見母最後一面放棄科舉考試，但後來不

〔註50〕卷一〈三生〉，頁73～74。

僅高中，母親更得到冥王延壽：

> 母搖首止之，執手喜曰：「適夢之陰司，見王者顏色和霽。謂稽爾生
> 平，無大罪惡；今念汝子純孝，賜壽一紀。」生亦喜。歷數日，果
> 平健如故。〔註51〕

又如〈鄷都御史〉中，寫某公在鄷都見地洞，走入其中，遇見數名官員，給
某公看簿記，上面寫「某月日，某以肉身歸陰」，後遇到天帝大赦，才得以返
陽。文中說某公之死爲不可逃的定數，這也表示人間的壽命是嚴格控制在冥
王的手中，除了權能的根源「帝」之外，是沒有人可以改變的。

冥王對陽壽未盡的活人也有干預的權限，即所謂「冥譴」。冥王的冥譴和
城隍的方式又有些許的不同。冥王的冥譴和他的刑罰結合在一起，處罰的雖
然是陽間的人類，但被處罰的對象通常是處在類似夢中離魂的狀態。如卷一
〈僧孽〉寫張某被誤抓入冥，見到自己爲僧的哥哥正受到嚴刑懲罰，原來他
將募來的金錢全部都供作自己淫賭之用，因此遭到冥司的懲罰。文中寫：

> 張姓暴卒，隨鬼使去，見冥王。王稽簿，怒鬼使悞捉，責令送歸。……
> 張下，私浼鬼使求觀冥獄。鬼導歷九幽，刀山、劍樹，一一指點。
> 末至一處，有一僧扎股穿繩而倒懸之，號痛欲絕。近視，則其兄
> 也。……時其兄居興福寺，因往探之。入門便聞其號痛聲。入室，
> 見瘡生股間，膿血崩潰，挂足壁上，宛然冥司倒懸狀。駭問其故。
> 曰：「挂之稍可，不則痛徹心腑。」〔註52〕

卷十一〈庫將軍〉，寫庫大有負義背叛官長，夜夢受油燙刑。文中寫：

> 庫大有，字君實，漢中洋縣人，以武舉隸祖述舜麾下。祖厚遇之，
> 屢蒙拔擢，遷偏周總戎。後覺大勢既去，潛以兵乘祖。祖格拒傷手，
> 因就縛之，納款於總督蔡。至都，夢至冥司，冥王怒其不義，命鬼
> 以沸湯澆其足。既醒，足痛不可忍。後腫潰，指盡墮。又益之瘧。
> 輒呼曰「我誠負義！」遂死。〔註53〕

又卷三〈李伯言〉，寫李伯言因陰司閻羅有缺，受召暫代，死去數日。並在陰
間審判同鄉書生：

> ……至是王暴卒。越日其友周生遇於途，知爲鬼，奔避齋中。王亦

〔註51〕卷八〈鍾生〉，頁1039。
〔註52〕卷一〈僧孽〉，頁66。
〔註53〕卷十一〈庫將軍〉，頁738。

從入。周懼而祝，問所欲爲。王曰：「煩作見証於冥司耳。」驚問：
「何事？」曰：「余婢實價購之，今被誤控，此事君親見之，惟借季
路一言，無他説也。」周固拒之，王出曰：「恐不由君耳。」未幾周
果死，同赴閻羅質審。〔註54〕

如王所，王猶憊臥。見李，肅然起敬，申謝佑庇。李曰：「法律不能
寬假。今幸無恙乎？」王云：「已無他症，但笞瘡膿潰耳。」又二十
餘日始痊；臀肉腐落，瘢痕如杖者。〔註55〕

可以看出，冥王審判陽世人類，所用刑罰其實和人間無異，只是一般冥王審
判的是死後被拘提的鬼魂，而冥譴的對象是未死者的人魂。在《聊齋》中，
鬼跟魂的觀念是同一的，鬼就是人死後失去身體的魂，在身體未曾死去腐敗
之前，魂也有可能會離開身體，冥王的拘提就是其中一項。從這個角度來看，
冥王對陰間之鬼和陽世人魂的權責，在本質上是連貫的。因此魂受刑罰，肉
體也反映出傷害，這主要是魂與肉體依舊擁有聯繫的緣故。但其特殊之處在
於總是要將亡鬼或生魂提到一個不易查見的冥間去加以處置，和城隍在某幾
篇中直接對陽間人產生影響的超自然能力有所不同。

冥譴的權責爲冥王帶來超自然形象，尤其是冥府刑罰會反映在陽間肉體
身上這一點。因爲只有冥王能夠直接捉來生人的魂魄加以處罰，因此其在陽
間顯現的傷痕，正代表了身爲陰間之神的冥王，具有完全介入陽世事務，並
且掌握人類魂魄與生死的權柄。

《聊齋》中的冥王，雖然也和世傳冥王一樣主要由人鬼擔任，但是較有
名的冥王也只有幾位而已。《聊齋》對於冥王，要就是用各類統稱，不然就由
名不見經傳的人物來擔任，形成一篇獨特的故事。這是《聊齋》的一個特色，
或許是因爲保留口傳資料的關係，一些不太可能廣泛流傳或加以歸類的獨特
冥王傳說，就保留在《聊齋》之中。這樣的情形，理當是更加接近民間傳說
的原狀。

在《聊齋》中，冥王雖然主要由鬼擔任，但是也可以由生人暫代，這樣
的情形，也是冥王獨有的。例如〈李伯言〉中寫：

李生伯言，沂水人，抗直有肝膽。忽暴病，家人進藥，卻之曰：「吾
病非藥餌可療。陰司閻羅缺，欲吾暫攝其篆耳。死勿埋我，宜待之。」

〔註54〕卷三〈李伯言〉，頁314。
〔註55〕卷三〈李伯言〉，頁315。

是日果死。〔註56〕

又在卷三〈閻羅〉中：

> 萊蕪秀才李中之，性直諒不阿。每數日，輒死去，僵然如尸，三四
> 日始醒。或問所見，則隱秘不泄。時邑有張生者，亦數日一死。語
> 人曰：「李中之，閻羅也，余至陰司亦其屬曹。」〔註57〕

卷六〈閻羅〉：

> 沂州徐公星，自言夜作閻羅王。州有馬生亦然。徐公聞之，訪諸其
> 家，問馬昨夕冥中處分何事？馬言：「無他事，但送左蘿石升天。天
> 上墮蓮花，朵大如屋」云。〔註58〕

卷七〈閻羅薨〉：

> 公一夜夢父來，顏色慘憷，告曰：「我生平無多孽愆，只有鎮師一旅，
> 不應調而誤調之，途逢海寇，全軍盡覆。今訟於閻君，刑獄酷毒，
> 實可畏凜。閻羅非他，明日有經歷解糧至，魏姓者是也。當代哀之，
> 勿忘！」〔註59〕

從這幾篇來看，除了〈閻羅薨〉中的魏姓是留在陽世空間外，卷六〈閻羅〉
裡，提到徐、馬兩位閻羅是在「冥中」斷案。而在〈李伯言〉、卷三〈閻羅〉
兩篇，就明顯地提到擔任閻羅的活人是在死去之後到陰間去擔任閻羅。這樣
的情況，和人鬼擔任冥王的通例是一致的。

（三）德行公正為要，嚴厲慈藹兼具的形象

生人擔任冥王的篇章裡，通常會提到這些人具有特殊的德行，所以可以
暫時代任。像是李伯言「抗直有肝膽」，李中之「性直諒不阿」。不過因為由
人或鬼擔任的緣故，冥王的形象也和城隍神差不多，會在不同篇章中顯得十
分極端。在形象正面的篇章中，冥王具有寬嚴兼具又注重德行的形象。對待
作惡者，祂的形象是極端嚴苛可怖的，但是對待有德者，祂又顯得十分慈藹
親和，和一般強調兇惡的冥王有些許的不同。例如卷一〈三生〉中，冥王在
不知劉公前世善惡時，先「待如鄉先生禮，賜坐，飲以茶」，顯出尊敬長者的
和善形象。

〔註56〕卷三〈李伯言〉，頁313。
〔註57〕卷三〈閻羅〉，頁329。
〔註58〕卷六〈閻羅〉，頁826。
〔註59〕卷七〈閻羅薨〉，頁957。

〈阿寶〉末段寫孫生病卒，妻阿寶也隨之自經。結果孫生已在冥王屬下作事，文中寫：

> 婢覺之，急救而醒，終亦不食。三日，集親黨，將以殮生。聞棺中呻以息，啓之，已復活。自言：「見冥王，以生平樸誠，命作部曹。忽有人白：『孫部曹之妻將至。』王稽鬼錄，言：『此未應便死。』又白：『不食三日矣。』王顧謂：『感汝妻節義，姑賜再生。』因使馭卒控馬送余還。」由此體漸平。〔註60〕

冥王以孫妻陽壽未盡且節義可嘉，延長孫生的壽命讓兩人一同返陽，表示祂重視德行，又心懷仁慈。又如卷二〈林四娘〉中對於無罪之孤魂，也特別給予投生的機會，都表現出冥王寬和照顧良善者的面貌。即使是作惡之人，若有一毫小善，也往往能得到冥王的肯定。如〈某公〉中寫：

> 俄至公，聞冥王曰：「是宜作羊。」鬼取一白羊皮來，捺覆公體。吏白：「是曾拯一人死。」王撿籍覆視，示曰：「免之。惡雖多，此善可贖。」〔註61〕

作惡多端，因此被判爲羊，卻又因爲曾救助一人性命，便足以贖身脫離畜生道，可見冥王十分注重德行與行善。以及卷七〈劉姓〉：

> 踰四五日，見其村中人，傳劉已死，李爲驚嘆。異日他適，見杖而來者，儼然劉也。比至，殷殷問訊，且請顧臨。李逡巡問曰：「日前忽聞凶訃，一何妄也？」劉不答，但挽入村，至其家，羅漿酒焉。乃言：「前日之傳非妄也。曩出門，見二人來，捉見官府。問何事，但言不知。自思出入衙門數十年，非怯見官長者，亦不爲怖。從去，至公廨，見南面者有怒容，曰：「汝即某耶？罪惡貫盈，不自悛悔；又以他人之物，占爲己有。此等橫暴，合置鐺鼎！」一人稽簿曰：「此人有一善，合不死。」南面者閱簿，其色稍霽，便云：「暫送他去。」數十人齊聲呵逐。余曰：「因何事勾我來？又因何事遣我去？還祈明示。」吏持簿下，指一條示之。上記：崇禎十三年，用錢三百，救一人夫婦完聚。吏曰：「非此，則今日命當絕，宜墮畜生道。」……劉自此前行頓改，今七旬猶健。〔註62〕

〔註60〕卷二〈阿寶〉，頁237～238。
〔註61〕卷二〈某公〉，頁208。
〔註62〕卷七〈劉姓〉，頁880～881。

在本文中，冥王一見劉姓便滿臉怒容，斥責劉姓的罪行，更打算對他用鑊鼎之刑，表現出嚴厲而又注重德性的形象。而冥王在看到劉姓救人的善行後，臉色立刻和緩，並以此免去劉姓的刑罰與死罪。像這類冥王以善贖惡的行為，讓祂表現出公正判決、重視道德行善，以及和善可親的形象。在這些篇章裡，祂是公正的化身與實現者。相對地，在面對為惡之人時，冥王便露出嚴厲的面貌，化身為道德的維護者、邪惡的懲罰者與報復者。例如卷一〈三生〉兩次使用了「怒」字，表達冥王嚴厲的形象，不過仔細考校，冥王發怒的時機，一是在發現劉公前世惡行時，一是在劉公所化之犬咬傷主人求死時。在他被罰作馬，因為故意絕食自盡回到陰間時，冥王卻只是「責其規避」。前者屬於道德層面，後者則是規則層面，其中隱隱包含一種以道德為重的態度。除此之外，冥王也被要求必須公正無私心。像〈李伯言〉寫李生「抗直有肝膽」，因此去暫代閻羅職位，文中寫他審判到自己的親戚時：

> 李見王，隱存左袒意。忽見殿上火生，焰燒梁棟。李大駭，側足立。
> 吏急進曰：「陰曹不與人世等，一念之私不可容。急消他念，則火自
> 熄。」李斂神寂慮，火頓滅。已而鞫狀，王與嬸父反覆相苦；問周，
> 周以實對；王以故犯論答。答訖，遣人俱送回生，周與王皆三日而
> 蘇。〔註63〕

> 如王所……李曰：「法律不能寬假。今幸無恙乎？」〔註64〕

寫陰曹殿上有火焰，當李姓所擔任的冥王具有私心，可以感應到而立刻熊熊燃燒起來以示警戒。從吏與李姓兩人所說，都表現出陰曹閻羅必須公正斷案，絕對不可心存私心的形象。又如在〈閻羅薨〉這一篇中：

> 明日，留心審閱，果有魏經歷，轉運初至，即刻傳入，使兩人捿坐，
> 而後起拜，如朝參禮。拜已，長跽漣洏而告以故。魏不自任，公伏
> 地不起。魏乃云：「然，其有之。但陰曹之法，非若陽世懵懵，可以
> 上下其手，即恐不能為力。」公哀之益切。魏不得已，諾之。……
> 至夜，潛伏廡側，見階下囚人，斷頭折臂者，紛雜無數。墀中置火
> 鑊油鑊，數人熾薪其下。俄見魏冠帶出，升座，氣象威猛，迥與曩
> 殊。群鬼一時都伏，齊鳴冤苦。魏曰：「汝等命戕于寇，冤自有主，
> 何得妄告官長？」眾鬼嘩言曰：「例不應調，乃被妄檄前來，遂遭凶

〔註63〕卷三〈李伯言〉，頁314。
〔註64〕卷三〈李伯言〉，頁315。

害，誰貽之冤？」魏又曲爲解脫，眾鬼噪冤，其聲柱動。魏乃喚鬼
役：「可將某官赴油鼎，略入一，於理亦當。」察其意似欲借此以泄
眾忿。言一出，即有牛首阿旁執公父至，即以利叉刺入油鼎。公見
之，中心慘怛，痛不可忍，不覺失聲一號，庭中寂然，萬形俱滅矣。
〔註65〕

公哀求魏姓閻羅爲父開恩，閻羅面有難色，說陰曹之法與陽世不同，不可任
意操作。後來閻羅雖然盡力爲公父開脫，但仍然在眾怒威逼之下對公父用刑，
表現出冥王必須講究公平的形象。但是冥王由生人擔任，終於也免不了徇私，
本來魏姓希望公爲他籌備安靜的場所，應是還有回陽的打算，結果竟然死在
廁中，這理當是因爲魏姓擔任閻羅卻徇私曲解所致，這也表現出閻羅必須保
持公平的形象。冥王有心徇私，這自然是人世形象，或者說「活人」進入了
冥府的緣故。其中的原因，一是人鬼擔任冥王所造成的人性，二是模仿現實
的政治環境。在前兩篇裡，冥王的公正性受到了外力的監督，而絕大部分的
篇章裡，冥王也都顯現出正義的形象，但是這始終無法消除掉冥王徇私的可
能性。因此在《聊齋》中有兩篇關於冥王負面形象的篇章，在這兩篇中，冥
王表現出極端人世化的形象，祂們收受賄賂，濫施刑罰，表現得一點都不像
一名神祇，反而像是人間的貪官酷吏。例如卷七〈僧術〉中，黃生不得發跡，
正好遇見一僧有術能改變黃生的福祿。文中寫僧來訪黃生，和黃相見時：

> 嘆曰：「謂君騰達已久，今尚白苦耶？想福命固薄耳。請爲君賄冥中
> 主者。能置十千否？」……黃不解何術；轉念效否未定，而十千可
> 惜。乃匿其九，而以一千投之。……日暮，僧至，譙讓之曰：「胡不
> 盡投？」黃云：「已盡投矣。」僧曰：「冥中使者止將一千去，何乃
> 妄言？」黃實告之，僧嘆曰：「鄙吝者必非大器。此子之命合以明經
> 終；不然，甲科立致矣。」〔註66〕

冥王竟還有使者負責接收賄款，還以款項大小決定官爵的高低，這和人間買
賣官位的情形其實是一模一樣的。而在卷十〈席方平〉中，城隍與郡司接受
賄賂，不肯替席方平之父申冤，他一狀告上冥王，不料冥王不聽辯詞，將席
生嚴刑拷打：

> 席不肯入，遁赴冥府，訴郡邑之酷貪。冥王立拘質對。二官密遣腹

〔註65〕卷七〈閻羅薨〉，頁957～958。
〔註66〕卷七〈僧術〉，頁968～969。

心，與席關說，許以千金。席不聽。……俄有皂衣人喚入。升堂，
見冥王有怒色，不容置詞，命笞二十。席厲聲問：「小人何罪？」冥
王漠若不聞。席受笞，喊曰：「受笞允當，誰教我無錢也！」冥王益
怒，命置火床。兩鬼捽席下，見東墀有鐵牀，熾火其下，牀面通赤。
鬼脫席衣，掬置其上，反復揉捺之。痛極，骨肉焦黑，苦不得死。
約一時許，鬼曰：「可矣。」遂扶起，促使下床著衣，猶幸跛而能行。
復至堂上，冥王問：「敢再訟乎？」席曰：「大冤未伸，寸心不死，
若言不訟，是欺王也。必訟！」王曰：「訟何詞？」席曰：「身所受
者，皆言之耳。」冥王又怒，命以鋸解其體。二鬼拉去，見立木，
高八九尺許，有木板二，仰置其下，上下凝血模糊。方將就縛，忽
堂上大呼「席某」，二鬼即復押回。冥王又問：「尚敢訟否？」答曰：
「必訟！」冥王命捉去速解。既下，鬼乃以二板夾席，縛木上。鋸
方下，覺頂腦漸闢，痛不可忍，顧亦忍而不號。聞鬼曰：「壯哉此漢！」
鋸隆隆然尋至胸下。又聞一鬼云：「此人大孝無辜，鋸令稍偏，勿損
其心。」遂覺鋸鋒曲折而下，其痛倍苦。俄頃半身闢矣；板解，兩
身俱仆。鬼上堂大聲以報，堂上傳呼，令合身來見。二鬼即推令復
合，曳使行。席覺鋸縫一道，痛欲復裂，半步而踣。一鬼於腰間出
絲帶一條授之，曰：「贈此以報汝孝。」受而束之，一身頓健，殊無
少苦。遂升堂而伏。冥王復問如前；席恐再罹酷毒，便答：「不訟矣。」
冥王立命送還陽界。隸率出北門，指示歸途，反身遂去。〔註67〕

冥王的形象其實和其他篇中一般，用火床、刀鋸等刑具，並有鬼卒執行刑罰，
辦案時一問三怒，氣勢相當嚴酷。但祂職權所用的方向卻完全地相反。不但
不問曲直，任意對席方平用刑，甚至企圖用收買的方式將事件壓下，冥王身
為罪惡報復者的神祇形象蕩然無存，變成一個暴虐無道的貪官。此處冥王的
貪暴和鬼卒仗義徇私幫助席方平的行為比較起來，更顯出冥王以高官身份欺
壓下層百姓的官僚形象。

（四）偏向民眾的冥王形象

從文中官僚化的冥王與普通人所描繪出的衝突可以看出，《聊齋》神祇故
事表現出的道德觀念是偏向民眾較多的。〈席方平〉裡那背「德」的冥王，實

〔註67〕卷十〈席方平〉，頁 1342～1343。

際上是和百姓的需求相違背。在《華夏諸神——鬼神卷》中對十殿閻羅處罰的對象發表評論說：

> 不過，這套理論雖然編造得十分圓滿，但卻有些不講理。例如凡世
> 人怨天尤地，對北大小便和涕泣者，要押到大叫喚地獄和枉死城受
> 苦。由於世道不好，或是天災人禍，乃至老爺們奸惡腐敗，禍國殃
> 民，老百姓發點牢騷何罪之有？連發點牢騷的權利都沒有，這社會
> 黑暗得已如地獄了！而且這套理論也太不合理，太不公平。細觀地
> 獄中無數受苦者，基本都是人間中下層人，看來，地獄也是專為老
> 百姓設置的！中國歷史上出現了多少昏王暴君、奸相佞臣，他們虐
> 殺百姓、無惡不作、禍國殃民，他們本該是應下地獄的！可地獄中
> 不曾提過一句。〔註68〕

十殿閻羅裡的理論，固然也是賦予閻羅許多維護道德、懲罰邪惡的力量，但從這個角度來看，其中所維護的有許多是「大老爺」的道德，閻羅的身份也是「大老爺」的一份子，變成和百姓是對立的。不過，《聊齋》中的冥王卻完全相反。《席方平》中的冥王雖然也是貪暴不仁的「大老爺」，但畢竟只是三十五篇中的一篇。同時該篇也藉由鬼隸吐露出同情席方平的心意。而在卷三〈閻羅〉中寫：

> 語人曰：「李中之，閻羅也……」……或問：「李昨赴陰司何事？」
> 張曰：「不能具述，惟提勘曹操，笞二十。」〔註69〕

讓曹操百世受罰，這自然是民間普遍將曹操視為奸賊的緣故，間接表現出百姓的好惡。又如〈閻羅薨〉中，身為官長的公父行使職務失誤，導致全軍覆沒，閻羅雖有心為之開解，卻因為眾鬼喧嘩抗議而不得不用刑，也和前述專為老百姓而設置的地獄有所不同。《聊齋》中的冥王除了在面對有德者時和藹謙恭，又常以善贖惡，寬恕有罪之人外，在〈王十〉一篇中更寫出祂以百姓角度為依歸的明顯傾向。在該篇中，閻王不將違背法令，但實際上只是求小利餬口的私鹽小販視為不道德：

> 高苑民王十，負鹽于博興，夜為二人所獲。意為土商之邏卒也，舍
> 鹽欲遁；足苦不前，遂被縛。哀之。二人曰：「我非鹽肆中人，乃鬼
> 卒也。」十懼，乞一至家別妻子。不許，曰：「此去亦未便即死，不

〔註68〕卷三〈閻羅〉，頁30。
〔註69〕卷三〈閻羅〉，頁329。

過暫役耳。」十問:「何事?」曰:「冥中新閻王到任,見奈河淤平,
十八獄坑廁俱滿,故捉三等人淘河:小偷、私鑄、私鹽;又一等人
使滌廁,樂戶也。」……十從去,入城郭,至一官署,見閻羅在上,
方稽名籍。鬼稟曰:「捉一私販王十至。」閻羅視之,怒曰:「私鹽
者,上漏國稅,下蠹民生者也。若世之暴官奸商所指爲私鹽者,皆
天下之良民。貧人揭錙銖之本,求升斗之息,何爲私哉!」罰二鬼
市鹽四斗,並十所負,代運至家。〔註70〕

這代表了《聊齋》冥王的典範。《聊齋》中理想的冥王,並不只是單純地維護封
建道德或是以刑罰恫嚇、懲罰違法者而已,他最重要的特質,其實是維護百姓
的權益、實現百姓的公正。祂所重視、所反映的,是百姓心中真實的願望。

四、東嶽與東嶽帝君

神　祇	人　名	卷　數	篇　名	頁　數	別　稱
東嶽		卷一	鷹虎神	P103	東嶽
		卷四	碁鬼	P533	東嶽
		卷五	布客	P624	司君
		卷四	酒狂	P585	東靈
		卷九	岳神	P1209	岳神、東嶽天子
		卷十	席方平	P1347	東嶽
		卷十一	鬼隸	P1558	東嶽
		卷十二	韓方	P1664	嶽帝

(一)冥間最高治鬼單位

東嶽泰山受到膜拜,早在春秋之前就已經開始,不過隨著時代流轉,泰山
影響最大的,卻是它治鬼的傳說。在《中國百神全書——民間神靈源流》中寫:

泰山對民間影響最大的,是他「主生死、收人魂」的職能。……泰
山之治鬼,包括派員收取人魂、據生前之善惡對鬼魂施行賞罰、管
轄眾鬼、送鬼投生等等,也就是說,泰山神總管所有的鬼魂之事。
〔註71〕

〔註70〕卷十一〈王十〉,頁 1559~1560。
〔註71〕趙杏根,《中國百神全書——民間神靈源流》,頁 101。

泰山神並隨著治鬼的傳說，逐漸增加了相關的權能，甚至坐上冥官諸神的最高寶座：

> 執掌人世臣民貴賤高下之分、祿科厚薄之事、地獄各案簿籍、七十
> 五司生死修短之期，權勢極大……儘管閻王爺後來在中國民間影響
> 極大，深入人心，但還是壓不過東嶽大帝。在東嶽廟中，東嶽大帝
> 作為十殿閻王的上司，端坐在正殿中央。〔註72〕

在《聊齋》之中，情況大抵與上述相同。在書中，也是以東嶽大帝居冥官的最高位，下領冥王、城隍、土地諸神，是彷彿冥間帝王的神祇。例如卷四〈碁鬼〉，用「嶽帝」稱呼東嶽，還有蓋鳳樓與寫碑記等活動，表現出帝王的形象。該篇寫梁公屬下馬成，常入幽冥擔任閻摩王的勾役，負責勾攝與梁公相識的一名書生鬼魂。文中寫：

> 閻摩王以書生不德，促其年壽，罰入餓鬼獄，於今七年矣。會東嶽
> 鳳樓成，下牒諸府，徵文人作碑記。王出之獄中，使應召自贖。不
> 意中道遷延，大忤限期。嶽帝使直曹問罪於王。王怒，使小人輩羅
> 搜之。〔註73〕

東嶽下牒諸府徵召文人，一旦耽誤期限，就派人向冥王問罪，可見地位遠在閻王之上。另外，在〈韓方〉篇中寫「嶽帝舉枉死之鬼，其有功人民，或正直不作邪祟者，以城隍、土地用」，既然可以任意賦予城隍與土地的神職，其地位自然也在這兩者之上了。

（二）機關形象遮蓋個人形象

在職權的結構上，東嶽是冥王、城隍等神祇的上司，祂和冥王一樣具有根據生人壽數勾攝魂魄的權柄，並派遣隸役代為執行。不過東嶽在《聊齋》中作為一名神祇的形象，其實是比較薄弱的，因為除了在卷四〈碁鬼〉、卷九〈嶽神〉、卷十二〈韓方〉這三篇中，東嶽勉強算是有以個人身份出場之外，在其他篇章中，「東嶽」這個名詞，都是以作為冥間最高行政機關的形象較為鮮明。東嶽機關的職務，主要在於彙整城隍對陽世監察的報告，並按照壽籍的紀錄執行。例如卷五〈布客〉寫長清布客某在泰安執業，向術人問命數竟然得大惡，因此畏懼返家，接著：

> 途中遇一短衣人，似是隸胥。……某問所幹營，答曰：「將適長清，

〔註72〕馬書田，《華夏諸神——鬼神卷》，頁12～13。
〔註73〕卷四〈碁鬼〉，頁533。

有所勾致。」問爲何人，短衣人出牒，示令自審，第一即己姓名。駭曰：「何事見勾？」短衣人曰：「我非生人，乃蒿里山東四司隸役。想子壽數盡矣。」某出涕求救。鬼曰：「不能。然牒上名多，拘集尚需時日。子速歸，處置後事，我最後相招，此即所以報交好耳。」〔註74〕

……久之，鬼竟不至，心竊疑之。一日，鬼忽來曰：「我已以建橋事上報城隍，轉達冥司矣。謂此一節可延壽命。今牒名已除，敬以報命。」〔註75〕

某喜感謝。後再至泰山，不忘鬼德，敬齎楮錠，呼名酬奠。既出，見短衣人匆遽而來曰：「子幾禍我！適司君方蒞事，幸不聞知。不然，奈何！」〔註76〕

在本篇中，其實沒有直接提及嶽帝，但卻說出東嶽結構中的「蒿里山東四司」。蒿里山爲泰山之一部份，〔註77〕顏師古也有蒿里爲死人里之說，蒿里山東四司則是東嶽體系下的一司。其中有「司君」，並有隸役持牒到當地勾攝人魂，已經具備了完整的官衙形象。文中城隍與東嶽，前者監察人間，向冥司提報加減壽算，後者則負責按照壽籍執行，關聯成一個秩序井嚴的行政體系。由於嶽帝的缺席，只寫出蒿里山東四司，東嶽的形象也彷彿是一處大型的行政機關。

又如〈席方平〉中寫二郎懲罰了城隍、郡司、冥王等受羊氏賄賂的官員，判決文中說：

籍羊氏之家，以賞席生之孝，即押赴東嶽施行。〔註78〕

從此席家日漸富裕，而羊氏子孫式微，財產全歸席家所有。可以看出，東嶽的位階在城隍、郡司、冥王之上，同時擁有掌管人間福祿壽籍的職權。在這裡二郎說「即押赴東嶽施行」，因此東嶽指的是一個機關或地點，而非單指嶽帝這一名神祇。同樣地，在卷十一〈鬼隸〉文中寫：

途遇二人，裝飾亦類公役……二人云：「實相告：我城隍鬼隸也。今

〔註74〕卷五〈布客〉，頁623。
〔註75〕卷五〈布客〉，頁624。
〔註76〕卷五〈布客〉，頁624。
〔註77〕卷五〈布客〉，「蒿里山」句下呂註：「顧寧人山東考古錄：泰安州西南二里，俗名蒿里山者，高里山之訛也。見封禪書及武帝紀。乃若蒿里之名，見於古挽歌，不言其地。自陸基泰山吟，始以梁父、蒿里並列，誤。」
〔註78〕卷十〈席方平〉，頁1347。

將以公文投東嶽。」隸問「公文何事？」答云：「濟南大劫，所報者，
殺人之名數也。」……未幾北兵大至，屠濟南，扛尸百萬。二人亡
匿得免。〔註79〕

這裡顯示東嶽的職權包含了掌管人命壽籍，這樣的職權表現爲「大劫」的模
式，並經由預言的筆法寫出，渲染得頗爲神異。寫城隍鬼隸服飾如一般公役，
和東嶽有公文的往來，展現出一個模仿人世的官僚系統形象。「公文投東嶽」
的說法，也是將東嶽指爲一個機關來看待的。

五、文　昌

神　祇	人　名	卷　數	篇　名	頁　數	別　稱
文　昌		卷三	湯公	第 327 頁	文昌
		卷七	梓潼令	第 944 頁	文昌
		卷八	司文郎	第 1104 頁	梓潼
		卷九	于去惡	第 1167 頁	文昌

（一）官僚化的形象與掌管士子的職權

《聊齋》中的文昌神也是近似於官僚的神祇，這樣的形象首先就來自於
文中對祂稱謂、外貌和所在處所的描寫。這樣的文章有卷三〈湯公〉、卷七〈梓
桐令〉、卷八〈司文郎〉等三篇。

一般來說，「文昌」是最常見的稱呼，其次則有「梓潼」，這些都是比較
中性，並不含特殊的形象在內。不過在〈湯公〉裡有湯聘鬼魂直接面見文昌
的描述，《聊齋》在文中用「帝君」來稱呼文昌神，已經首先設定了文昌的帝
王形象。後來更直接地描寫文昌的面貌，說祂：

果有神人，如世所傳帝君像。〔註80〕

由此將文昌的面貌和人間的帝君神像以及王者形象作了連結。而在〈梓潼令〉
中，雖然沒有描寫文昌的面貌，但是說：

前一夜夢文昌投刺，拔籤得梓潼令。〔註81〕

從「投刺」、「拔籤」等行爲中，塑造出文昌的官員形象。文昌的處所，根據

〔註79〕卷十一〈鬼隸〉，頁 1558。
〔註80〕卷三〈湯公〉，頁 327。
〔註81〕卷七〈梓潼令〉，頁 944。

〈湯公〉中的描寫，是彷彿「王者居」的「殿閣」。在本篇中，湯聘彌留而後死亡，鬼魂得到孔聖的指引前去面見文昌：

> 宣聖言：「名籍之落，仍得帝君。」因指以路，公又趨之。見一殿閣如王者居〔註82〕

說文昌的居所為一「殿閣」，「如王者居」，用模仿人間物件的描寫方式來寫文昌，更進一步地塑造出文昌的王者形象。

文昌的權力往往是和士子有關的。例如在〈湯公〉中，文昌管的是「士子生死錄」，負責決定士子的壽命生死。這樣的權力在近代的民間信仰中似乎並不常見，因為根據大部分書籍的統計，文昌主要還是掌管科名、官位、祿籍之神。不過在早期文昌信仰中，文昌的確是有「司命」的功能。在《中國百神全書——民間神靈源流》中有提到：

> 文昌乃星名。《史記·天宮書》云：「斗魁戴匡六星，曰文昌宮：一曰上將，二曰次將，三曰貴相，四曰司命，五曰司中，六曰司祿。」……
> 漢人之祀文昌，重祀司命，以司命掌壽之長短也。〔註83〕

所以這裡司命的功能主要來自文昌作為「星體」的原型以及星命學上的解釋。等到唐宋科舉取士之後，文昌司祿的功能才漸漸受到重視，成為文昌崇拜中的主體，而祂司命的功能，也隨著東嶽、冥王等冥間大神的興盛而漸漸被遺忘了。《聊齋》中掌管士子生死錄的文昌，或許就是文昌司命信仰的一種殘留與折衷。

〈湯公〉中寫湯聘彌留而後死亡，死後徬徨路旁，受到一僧人指點前去尋找孔聖與文昌帝君：

> ……僧曰：「凡士子生死錄，文昌及孔聖司之，必兩處銷名，乃可他適。」……無幾，至聖廟，見宣聖南面坐，拜禱如前。宣聖言：「名籍之落，仍得帝君。」因指以路，公又趨之。……帝君檢名曰：「汝心誠正，宜復有生理。但皮囊腐矣，非菩薩莫能為力。」因指示令急往，公從其教。」〔註84〕

文昌的職權，從文中一路說來的「生死錄」、「銷名」、「名籍」以及帝君「檢名」的動作來看，主要是集中在士子生死名籍的紀錄與管理，而且不僅可以紀錄，更有審核士子，決定其生死的權力。但是原本掌管人類生死的能力轉變成管理

〔註82〕卷三〈湯公〉，頁327。
〔註83〕趙杏根，《中國百神全書——民間神靈源流》，頁28。
〔註84〕卷三〈湯公〉，頁327。

名籍的職權，這樣的情況已經表現出一種模擬人間官員的形象。甚至，文昌連這種掌管生死命運的「能力」都被抽離，變成只有掌管名籍的「權力」。帝君只有管理的權責，一旦屍體腐朽卻也無能為力，這雖然是為了襯托接下來出場的菩薩角色，但也為帝君的超自然能力打了大大的折扣。這種描述使文昌神的形象形同神界的官吏，有「權」卻無「能」，「官員」的形象更加強烈。

在〈司文郎〉中，這樣的情形更加明顯。文中寫鬼魂宋生說：

> 「梓潼府中缺一司文郎，暫令聾僮署篆，文運所以顛倒。萬一倖得
> 此秩，當使聖教昌明。」〔註85〕

梓潼為文昌的別稱，從文中可以看出，文昌的職權，在於掌管士子考試的文運，而且這種掌管人類命運的能力，是被「梓潼府」這樣一個模擬人間的官僚系統給瓜分掉了。因此，就連其府中的一名司文郎，都可以對人間士子的文運造成影響。而且，不同的人擔任相同的職位，會對結果產生極大的影響。於是在這樣的描述中，「能力」變成了「權力」的附屬，使文昌表現出強烈的官員形象。

（二）正直良善但偶會出錯的形象

又梓潼府中的司文郎一職，竟然暫時由聾僮代理。關於這名聾僮，卻也不是《聊齋》隨筆所寫，他就是民間信仰中相當有名的「天聾地啞」兩者之一。在〈全像中國三百神〉中寫：

> 在一些文昌祠中，主神文昌帝君的兩側常塑兩位童子像。這兩位侍
> 童，即俗稱天聾地啞是也，在許多文昌帝君的畫像中，也常出現這
> 兩位童子。人們為何在文昌帝君身旁安排這樣兩位一聾一啞的貼身
> 侍從呢？這其中也自有原因。《歷代神仙通鑒》卷十一稱：「《梓潼真
> 君》道號六陽，每出駕白騾，隨二童，曰天聾、地啞。真君為文章
> 之司命，貴賤所繫，故用聾啞於側，使其知者不能言，言者不能知，
> 天機弗泄也。」原來，這是在掌管文人仕途命運的神明身旁，安排
> 了兩個聾啞人，為的是防止向凡人泄露秘密。這其實反映了士子們
> 對考官的極端不信任和對舉場黑幕的憤怒不滿。〔註86〕

原本聾啞二僮的作用，是為了不泄露文運的奧秘，結果在《聊齋》中，竟然把「不能知」的聾僮找來代理司文郎，還因此導致人間文運顛倒，可見文昌的職權雖然崇高，但也並非全知全能，不但近似於人間的官吏，還犯下這樣

〔註85〕卷八〈司文郎〉，頁 1104。
〔註86〕馬書田，《全像中國三百神》，頁 111。

糊塗的大錯，神的形象難免大打折扣。幸好這種情形只是暫時的，司文郎一職最後還是找了適任的人選。這也在某種程度上表現民間信仰對神祇觀點的矛盾性質，《歷代神仙通鑑》作為系統性歸納神仙的書籍，展現的自然以神祇的良善面為主。《聊齋》中文昌的形象，雖然有些不甚完美，表現出對命運以及陽世科舉現狀的諷刺，但根本上來說，《聊齋》對於文昌神還是有著正面的形象與態度，甚至可以說，這樣的橋段，除了是作者和民眾的諷刺之外，也是他們對於人生命運的一種解釋和自我抒解。

就因為如此，雖然文昌會偶犯錯誤，但基本上祂在書中仍是一個重視德行且頗為正直的神祇。例如在〈湯公〉中，文昌審核了湯公的狀況後說：「汝心誠正，宜復有生理」，可見有德之人也是能得到文昌的認同，甚至願意為他延長壽命。同時祂指示湯公菩薩的居所，並令他「急往」，也表現得相當熱心而親切。在這裡祂所重視的德行是「誠正」，所說的是湯公虔誠誦經等事，也因此湯公可以得到菩薩的幫助復生，可以看出在《聊齋》中虔誠敬神的心也往往可以得到獎賞。

而在〈于去惡〉中寫上帝召考簾官，于去惡原本信心滿滿、神采飛揚，不料：

> 一日自外來，有憂色，嘆曰：「僕生而貧賤，自謂死後可免；不謂范框框先生相從地下。」陶請其故，曰：「文昌奉命都羅國封王，簾官之考遂罷。數十年游神耗鬼，雜入衡文，吾輩寧有望耶？」陶問：「此輩皆誰何人？」曰：「即言之，君亦不識。略舉一二人，大概可知：樂正師曠、司庫和嶠是也。僕自念命不可憑，文不可恃，不如休耳。」
> 〔註87〕

祂擔任上帝所辦簾官考試的主考官，表現出身為神祇官僚系統中一員的官員形象。依本篇所寫，文昌赴都羅國封王，導致考場大亂，因此宋生說「自念命不可憑」。原本頗受人期待的簾官考試，一旦主持者文昌離開，竟然成為盲人聾子監考的大笑話，可見有文昌終歸勝過無文昌，文昌帝君的形象依舊是建立在正直、清明的前提上。不過文昌因為離開導致考運與考試淪為笑話，也表現出祂模仿人世官僚而無能為力的一面。

文昌本身偶而也會有一些超自然能力的表現，例如〈梓潼令〉中寫：

> 常進士大忠，太原人。候選在都。前一夜夢文昌投刺，拔籤得粹潼

〔註87〕卷九〈于去惡〉，頁1167～1168。

令，奇之。後丁艱歸，服闋候補，又夢如前。默思豈復任粹潼乎？

已而果然。〔註88〕

文昌在夢中連續兩次預言了常大忠仕進的結果，顯示文昌握有掌管讀書人仕進命運的能力。雖然經由「投刺」與「拔籤」等描寫，文昌的這種能力依舊轉化為某種程度的官員形象。但祂的入夢預言，還是表現出文昌作為一位神明的超自然能力，這點是〈梓潼令〉中的文昌神不同的地方。至於祂，特地到夢中來向即將赴任梓潼成為鄰居的常大用告知，看來文昌雖然掌握了很大的權力，卻也相當親切。

總和來看，《聊齋》中的文昌形象，其實是帝王、官員的形象大於超自然形象的。文昌的職責，在〈湯公〉中是掌管士子的生死錄，而在〈梓桐令〉與〈司文郎〉中，則是掌管士子的仕進與文運，權力的形象相當崇高。但是文昌並非無所不能，在〈湯公〉中只管名籍，卻無能力為之復活。不僅如此，執行職務時甚至會出紕漏，〈司文郎〉中竟然讓一個聾僮暫代梓潼府中司文郎的職位，導致文運顛倒。這樣的描述，讓文昌的形象不像一名具有超人能力的神祇，只像神仙世界中掌管人世職務的官吏。幸好文昌的外貌保留了一個王者應有外貌的形象，同時顯得正直而注重德行，仍然擁有一名高位神祇應有的風範。同時，〈湯公〉文中說祂的外貌就如同一般世傳的帝君神像，可見這種形象是依循著民間信仰中的文昌形象所做出的描寫。

六、湖君、龍君

神　祇	人　名	卷　數	篇　名	頁　數	別　稱
湖神		卷五	西湖主	P647	西湖主、湖君
		卷十一	織成	P1511	洞庭君
龍君		卷四	羅剎海市	P459	龍君
		卷五	西湖主	P651	龍君
		卷十一	晚霞	P1476	龍窩君
		卷十一	白秋練	P1487	龍君

　　湖君或龍君是管理江湖海的神祇，祂們在《聊齋》中，大多是居處某一片水域的王者，沒有特別的職務描寫，只從日常生活和環境表現出強烈的王

〔註88〕卷七〈梓潼令〉，頁944。

官貴族形象。另外，在祂們的貴族形象中，又多出一份超越人世君王的仙人氣質，表現出超越人間的華美面貌。嚴格來講，湖君、龍君不能算成非常官僚化的神祇，祂們的形象以君王為根本，卻又不像城隍、冥王那樣，具備特定的官僚架構和職務。不過看得出來，祂們仍然身處以帝為中心的神祇官僚體制裡，本論文為此仍將祂們歸在官僚神中。

（一）君王的形象

湖君、龍君的形象以君王為根本，因此在描述中祂們會從事與人間君王相似的行為。例如在卷五〈西湖主〉中，湖君有獵場，並讓家人組織隊伍在其中游獵。該篇先寫陳生在西湖上偶然救得一條豬婆龍，後所搭船隻翻覆，生和奴僕飄到一處無人地：

> 聞鳴鏑聲。方疑聽所……則數十騎獵於榛莽，並皆姝麗，裝束若一。生不敢前。有男子步馳，似是馭卒，因就問之。答曰：「此西湖主獵首山也。」生述所來，且告之餒。馭卒解裹糧授之，囑云：「宜即遠避，犯駕當死！」〔註89〕

在這裡從聽覺的鳴鏑，接到視覺的騎獵隊伍、馭卒，最後再藉由對話，點出此地為「西湖主獵首山」，完全描寫為貴族之家赴獵場游獵的情景。馭卒對生說「犯駕」將獲死罪，這種詞語彰顯了湖君的王者形象。

又在卷十一〈晚霞〉中，寫出龍窩君用溺死的童子、美伎組成歌舞隊。該篇一開始就寫出吳越之地的習俗，用童子特技或美伎載到江上表演，並給予表演者的父母酬金，表示落水溺死的話不可後悔。這一段敘述預先為後面的劇情作了伏筆，一個是暗示了阿端與晚霞的見面，另一個是讓文章在後面描繪了大量的龍窩君樂舞的內容。

> 阿端不自知死，有兩人導去，見水中別有天地；回視則流波四繞，屹如壁立。俄入宮殿，見一人兜牟坐。兩人曰：「此龍窩君也。」便使拜伏，龍窩君顏色和霽，曰：「阿端伎巧可入柳條部。」遂引至一所，廣殿四合。趨上東廊，有諸年少出與為禮，率十三四歲。即有老嫗來，眾呼解姥。坐令獻技。已，乃教以「錢塘飛霆」之舞，「洞庭和風」之樂。〔註90〕

〔註89〕卷五〈西湖主〉，頁467。
〔註90〕卷十一〈晚霞〉，頁1476～1477。

明日龍窩君按部，諸部畢集。首按「夜叉部」，龍窩君急止之，命進
「乳鶯部」，皆二八姝麗，笙樂細作，一時清風習習，波聲俱靜，水
漸凝如水晶世界，上下通明。按畢，俱退立西墀下。次按「燕子部」，
皆垂髫人。內一女郎，年十四五已來，振袖傾鬟，作「散花舞」；
翩翩翔起，衿袖襪履間，皆出五色花朵，隨風下，飄泊滿庭。舞畢，
隨其部亦下西墀。阿端旁睨，雅愛好之，問之同部，即晚霞也。無
何，喚「柳條部」。龍窩君特試阿端。端作前舞，喜怒隨腔，俯仰中
節。龍窩君嘉其惠悟，賜五文褲褶，魚須金束髮，上嵌夜光珠。阿
端拜賜下，亦趨西墀，各守其伍。〔註91〕

寫阿端墮水死，被帶入一座宮殿拜見龍窩君，第一步表現出龍窩君的王者形
象。接著寫阿端被編入柳條部，接受樂舞的訓練。在這裡《聊齋》精緻地描
述了「夜叉部」、「乳鶯部」、「燕子部」、「柳條部」、「蛺蝶部」等五部的樂舞
情景，塑造出一種君王之家的華麗排場。

過數日，隨龍窩君往壽吳江王。稱壽已，諸部悉歸，獨留晚霞及乳
鶯部一人在宮中教舞。〔註92〕

留吳江門下數日，宮禁嚴森，晚霞苦不得出，怏怏而返。〔註93〕

在文中好幾處，不斷地使用「宮中」、「宮禁」、「法禁」等字詞，為龍窩君帶
來強烈的王者形象。其他湖君、龍君的居所，也展現出同樣的形象。在《聊
齋》中，祂們都居住在華麗無比的宮殿裡面。如〈西湖主〉中寫湖君的住宅：

茂林中隱有殿閣，謂是蘭若。近臨之，粉垣圍沓，溪水橫流；朱門
半啟，石橋通焉。攀扉一望，則臺榭環雲，擬於上苑，又疑是貴家
園亭。逡巡而入，橫藤礙路，香花撲人。過數折曲欄，又是別一院
宇。〔註94〕

復尋故徑，則重門扃錮矣。跼蹐囷計，返而樓閣亭臺，涉歷幾盡。
〔註95〕

經數十門戶，至一宮殿，碧箔銀鉤。〔註96〕

〔註91〕卷十一〈晚霞〉，頁1477～1478。
〔註92〕卷十一〈晚霞〉，頁1479。
〔註93〕卷十一〈晚霞〉，頁1479。
〔註94〕卷五〈西湖主〉，頁647。
〔註95〕卷五〈西湖主〉，頁649。
〔註96〕卷五〈西湖主〉，頁650。

隨著陳生的視角與行進，層層推衍，從渺無人跡的山野開始出發，帶著落難中驚疑不定的心情，突然遠遠地見到了殿閣，而後是粉牆、朱門、石橋，到達樓台水榭，曲欄院宇的宮殿。超越人世所有的王家居所形象就在這奇遇的進程中一項一項地展現在讀者面前，顯得生動鮮明。

其他如〈晚霞〉中龍窩君召見阿端時的「俄入宮殿」，〈羅刹海市〉中寫到龍君的住宅時是「俄睹宮殿，玳瑁為梁，魴鱗作瓦，四壁晶明，鑒影炫目」〔註97〕也是華美的宮殿建築。

湖君、龍君本身和家人部屬的形象更是具備貴族的氣息。在〈西湖主〉中，寫陳生面對湖君公主和王妃的情形：

> 一女曰：「非是公主射得雁落，幾空勞僕馬也。」〔註98〕

> 女曰：「竊窺宮儀，罪已不赦。念汝儒冠蘊藉，欲以私意相全，今孽乃自作，將何為計！」〔註99〕

> 即有美姬揭簾，唱：「陳郎至。」上一麗者，袍服炫冶。生伏地稽首曰：「萬里孤臣，幸恕生命。」妃急起，自曳之曰：「我非君子，無以有今日。婢輩無知，致迕佳客，罪何可贖！」即設華筵，酌以鏤杯。〔註100〕

> 忽而笙管敎曹，階上悉踐花莍，門堂藩溷，處處皆籠燭。數十妖姬，扶公主交拜。麝蘭之氣，充溢殿庭。〔註101〕

公主與王妃穿著華麗的袍服，隨著笙管音樂的儀仗出場，兩旁有姬人服侍，揭簾扶持，盡皆表現出一種華貴的氣息。文中更直接用「公主」、「王妃」、「大王」等字詞來稱呼湖君及其家人，陳生「伏地稽首」，自稱孤臣，與祂們的互動也像面對著王者與其家屬，而非膜拜神祇的宗教意味。除此之外，「宮儀」、「孤臣」等詞彙，也是這種形象的表現。又如〈織成〉篇中：

> 少間，鼓吹鳴聒。生微醒，聞蘭麝充盈，睨之，見滿船皆佳麗。心知其異，目若瞑。少間，傳呼織成。即有侍兒來，立近頰際，翠襪紫舃，細瘦如指。心好之，隱以齒齧其襪。少間，女子移動，牽曳

〔註97〕卷五〈西湖主〉，頁1477。
〔註98〕卷五〈西湖主〉，頁648。
〔註99〕卷五〈西湖主〉，頁649。
〔註100〕卷五〈西湖主〉，頁650。
〔註101〕卷五〈西湖主〉，頁650～651。

> 傾踣。上問之，因白其故。在上者怒，命即行誅。遂有武士入，捉
> 縛而起。〔註102〕

> 見南面一人，冠類王者……方問對間，一吏捧簿進白：「溺籍告成矣。」
> 問：「人數幾何？」曰：「一百二十八人。」問：「簽差何人矣？」答
> 云：「毛、南二尉。」〔註103〕

> 一人自窗中遞擲金珠珍物甚多，皆妃賜也。〔註104〕

在這裡，《聊齋》稱湖君爲「王者」，並擁有佳麗、侍兒等女眷，武士、吏、
尉、將軍等部屬。他們的裝備物件與行爲也分別表現出華美或是公務人員的
形象。前者如「蘭麝」、「翠襪紫舄」；後者如武士「捉縛」、吏「捧簿」、二尉
「簽差」。湖君的稱謂、職權與屬下的家眷、部屬，都用直接、間接的方法表
現出祂王者的形象。湖君之妻也被稱爲「妃」，其財物珍寶也都具有王家貴族
的氣息。

　　卷四〈羅刹海市〉中則是將龍君寫成了海外的帝王。首先在稱謂上，文
章中用了很多名詞，將龍君與其部屬直接指稱爲王家的人員：

> 一少年乘駿馬來，市人盡奔避，云是「東洋三世子。」……下馬揖
> 入。仰視龍君在上，世子啓奏：「臣游市廛，得中華賢士，引見大王。」
> 生前拜舞。龍君乃言：「先生文學士，必能衒官屈、宋。欲煩椽筆賦
> 『海市』，幸無吝珠玉。」生稽首受命。……授以水晶之硯，龍鬣之
> 毫，紙光似雪，墨氣如蘭。〔註105〕

> 無何，宮女數輩，扶女郎出。佩環聲動，鼓吹暴作。〔註106〕

> 雛女妖鬟，奔入滿側。生起，趨出朝謝。拜爲駙馬都尉。以其賦馳
> 傳諸海。諸海龍君，皆專員來賀；爭折簡招駙馬飲。生衣繡裳，駕
> 青虯，呵殿而出。武士數十騎，背雕弧，荷白，晃耀填擁。馬上彈
> 箏，車中奏玉。三日間，徧歷諸海。由是「龍媒」之名，譟於四海。
> 〔註107〕

〔註102〕卷十一〈織成〉，頁1511。
〔註103〕卷十一〈織成〉，頁1511～1512。
〔註104〕卷十一〈織成〉，頁1514。
〔註105〕卷四〈羅刹海市〉，頁458～459。
〔註106〕卷四〈羅刹海市〉，頁459。
〔註107〕卷四〈羅刹海市〉，頁460。

稱龍君爲大王，其下並有世子、公主，宮女、武士。自稱爲孤臣，行爲上有
啓奏、稽首受命、官拜賦馬都尉等等。都直接將龍君形容爲王者。在文中將
龍君身處的環境與儀仗服飾描繪的十分華貴，如公主出場時的佩環交擊之
聲，用聲音形容了公主一行人身上寶飾之多、之美；並有鼓吹之樂，顯得儀
仗龐大。生拜爲賦馬時，有諸海龍君專員來賀，而所穿之衣，所乘之馬，彈
箏奏玉，並有武士隨行，都展現出龍君王者儀仗的形象。

至於在〈白秋練〉裡，文章中寫：

> 曰：「今不得不實告矣：適所贖，即妾母也。向在洞庭，龍君命司行
> 旅。近宮中欲選嬪妃，妾被浮言者所稱道，遂敕妾母，坐相索。妾
> 母實奏之。龍君不聽，放母於南濱，餓欲死，故罹前難。今難雖免，
> 而罰未釋。君如愛妾，代禱眞君可免。如以異類見憎，請以兒擲還
> 君。妾自去，龍宮之奉，未必不百倍君家也。」〔註108〕

龍君有宮殿，會選嬪妃，並有流放之職權。從白秋練之口中，還得知龍宮財
富珍寶之豐厚百倍於凡間，在高度的權力財富中表現出龍君的王者形象。龍
君之罰，幾乎讓白秋練之母飢餓而死，但追根究底，竟是因爲浮言中傷，龍
君和人間君王一般會爲流言所惑，神的形象也相對變得淡薄了。

（二）仙人的形象

不過，湖君、龍君的王者形象和冥王或其他帝君神祇的形象卻又不同。
冥王的王者形象和祂官衙的形象結合在一起，其他帝君也往往各有職務。湖
君和龍君則是眞正從家人、居處、用具的華美奢貴上表現出君王之家的氣象。
這種華貴的氣質，又往往因爲作者的極力描寫，進一步產生出另一種尊貴超
越人間，歌舞陞平的仙人形象。《聊齋》常常將湖君、龍君及其家人和仙人相
比，同時盡力描寫湖君、龍君那種俗世不可能到達，只在仙家才有的華麗尊
貴。例如在〈西湖主〉裡：

> 穿過小亭，有鞦韆一架，上與雲齊，而闃寂沉沉，杳無人蹟。……
> 無何，紅裝數輩，擁一女郎至亭上坐。禿袖戎裝，年可十四五。鬢
> 多斂霧，腰細驚風，玉蕊瓊英，未足方喻。諸女子獻茗熏香，燦如
> 堆錦。移時，女起，歷階而下。一女曰：「公主鞍馬勞頓，尚能鞦韆
> 否？」公主笑諾。遂有駕肩者，捉臂者，襃裙者，持履者，挽扶而

〔註108〕卷十一〈白秋練〉，頁1487。

上。公主舒皓腕，躡利屣，輕如飛燕，蹴入雲霄。已而扶下，群曰：
「公主真仙人也！」〔註109〕

湖君的仙人形象和王者形象是一體的兩面，在前一段裡，寫公主的衣飾華麗，
而容貌絕美，身邊又有群婢圍繞，隱約已經帶有女仙的氣質。而寫公主鞦韆
一段，說她扶搖直上，如燕翻凌霄，和神仙的逍遙形象有著相當的重疊。因
此，陳生在巾上的題句說：

題巾曰：「雅戲何人擬半仙？分明瓊女散金蓮。廣寒隊里應相妒，莫
信凌波上九天。」〔註110〕

用「仙」字破題，再提出瓊女、廣寒、凌波等諸女仙相較，將公主的女仙形
象塑造出來。而詩句中更進一步寫出，就算是前面所提的這一群女仙，恐怕
也要對這名公主感到嫉妒，甚至不敢置信。經由這樣的描述與讚美，公主的
外貌形象，又何止是所謂的「半仙」？

在文章的後段，陳生娶了湖君公主之後，也展現出仙人的形象。先是公
主曾對陳生說：

妾從龍君得長生訣，願與郎君共之。〔註111〕

習長生之訣，則定是仙人無疑。陳生娶得了公主，想來公主的確實現了她的
諾言，在文章的最後一段寫：

又半載，生忽至，裘馬甚都，囊中寶玉充盈。由此富有巨萬，聲色
豪奢，世家所不能及。七八年間，生子五人。日日宴集賓客，宮室
飲饌之奉，窮極豐盛。〔註112〕

在這個地方，仙人的形象與王者的形象混和在一起。文中雖然寫裘馬、寶玉、
財富等人世間的財寶，卻又極力描寫，寫其財寶「世家所不能及」，用這種人
世化，卻又超越人世想像的描寫，展現出一種仙人仙境的形象。陳生歸家，
除了財富異於常人之外，在行事上也表現出仙人的形象。文中寫陳生的好友
梁在西湖畫舫上遇見陳生，接受陳生豪華的招待。

梁歸，探諸其家，則生方與客飲，益疑。因問：「昨在洞庭，何歸之
速？」答曰：「無之。」梁乃追述所見，一座盡駭。生笑曰：「君誤

─────────────

〔註109〕卷五〈西湖主〉，頁647～648。
〔註110〕卷五〈西湖主〉，頁648。
〔註111〕卷五〈西湖主〉，頁651。
〔註112〕卷五〈西湖主〉，頁652。

矣，僕豈有分身術耶？」眾異之，而究莫解其故。後八十一歲而終。

　　迨殯，訝其棺輕；開視，則空棺耳。〔註113〕

能夠分身，或是千里一瞬來回，而過世之後，更羽化不知所蹤，神仙的形象在此展露無疑。

　　又在〈織成〉中，當柳生輕薄織成被發現，洞庭君立刻要將柳生處死。柳生一邊被武士綑綁一邊發著牢騷：

　　「聞洞庭君爲柳氏，臣亦柳氏；昔洞庭落第，今臣亦落第；洞庭得
　　遇龍女而仙，今臣醉戲一姬而死，何幸不幸之懸殊也！」〔註114〕

說洞庭君因爲遇見龍女而成仙，很直接地把湖君的仙人形象表現出來。接著寫了一些湖君展現神蹟的事件：

　　洞庭湖中，往往有水神借舟。遇有空船，纜忽自解，飄然游行。但
　　聞空中音樂並作，舟人蹲伏一隅，瞑目聽之，莫敢仰視，任所往。
　　游畢，仍泊舊處。〔註115〕

水神借舟，空船的纜繩自動解開，遊行湖中，而有音樂自空中來，一齊並作，則在神異中，添加了一份仙人筵樂的形象。湖君本身也展現出一些神仙形象：

　　忽見羽葆人馬，紛立水面，王者下舟登輿，遂不復見，久之寂然。

　　〔註116〕

不僅是踏波而去，甚至是水上行車。除了表現出湖君水神的神異，也帶有一絲仙人登萍踏水的風味。同樣的，就連湖君底下的侍女、妃子也有類似的能力與形象。

　　既至洞庭，女拔釵擲水，忽見一小舟自湖中出，女躍登，如飛鳥集，
　　轉瞬已杳。生坐船頭，於沒處凝盼之。〔註117〕

　　遙遙一樓船至，既近窗開，忽如一彩禽翔過，則織成至矣。一人自
　　窗中遞擲金珠珍物甚多，皆妃賜也。〔註118〕

寫織成的行動如飛鳥一般，並如「彩禽」般華美輕盈，同時表現出仙人的逍遙形象，更兼有女仙的美麗輕巧。王妃的出現也帶有相當程度的神異形象，

〔註113〕卷五〈西湖主〉，頁653～654。
〔註114〕卷十一〈織成〉，頁1511～1512。
〔註115〕卷十一〈織成〉，頁1511。
〔註116〕卷十一〈織成〉，頁1512～1513。
〔註117〕卷十一〈織成〉，頁1514。
〔註118〕卷十一〈織成〉，頁1514。

包括織成拔釵擲入水中，便突然有小舟與樓船從湖中出現；王妃從船上傳出大量的珠寶財物，都表現出神仙的形象。

　　本篇中也同樣利用了一些人世化卻又超越人間形象的描述，讓神仙的形象在經由比較之中顯現出來：

> 既歸，每向人語其異，言：「舟中侍兒，雖未悉其容貌，而裙下雙鉤，亦人世所無。」〔註119〕

> 遙遙一樓船至，既近窗開，忽如一彩禽翔過，則織成至矣。一人自窗中遞擲金珠珍物甚多，皆妃賜也。自是，歲一兩覲以為常。故生家富有珠寶，每出一物，世家所不識焉。〔註120〕

不寫容貌，光由裙下雙鉤便顯示出織成的超凡脫俗，為「人世所無」。不僅如此，就連娶得織成的柳生，也因為接受王妃的餽贈，擁有無數人間難以辯識的珍寶。用超乎人世的美貌與超乎人世的寶藏，描繪出一個神仙世界的形象。

　　在〈羅剎海市〉中，龍君的宮殿展現出人間所無的華美仙境形象。文中寫：

> 俄睹宮殿，玳瑁為梁，魴鱗作瓦，四壁晶明，鑒影炫目。〔註121〕

> 宮中有玉樹一株，圍可合抱；本瑩澈，如白琉璃；中有心，淡黃色，稍細於臂；葉類碧玉，厚一錢許，細碎有濃陰。常與女嘯詠其下。花開滿樹，狀類食葡。每一瓣落，鏘然作響。拾視之，如赤瑙雕鏤，光明可愛。時有異鳥來鳴，毛金碧色，尾長於身，聲等哀玉，惻人肺腑。〔註122〕

> 珊瑚之床飾以八寶，帳外流蘇綴明珠如斗大，衾褥皆香軟。〔註123〕

文中表現出的已經不僅僅是一般世家或王家的財富，而是超越人世以上，不可思議的仙境景色。龍宮的公主也直接被形容為仙人：

> 龍君顧左右語。無何，宮女數人扶女郎出，佩環聲動，鼓吹暴作，拜竟睇之，實仙人也。〔註124〕

> 因謂女曰：「亡出三年，恩慈間阻，每一念及，涕膺汗背。卿能從我

〔註119〕卷十一〈織成〉，頁 1513。
〔註120〕卷十一〈織成〉，頁 1514。
〔註121〕卷四〈羅剎海市〉，頁 459。
〔註122〕卷四〈羅剎海市〉，頁 460～461。
〔註123〕卷四〈羅剎海市〉，頁 459～460。
〔註124〕卷四〈羅剎海市〉，頁 459。

> 歸乎？」女曰：「仙塵路隔，不能相依。妾亦不忍以魚水之愛，奪膝
> 下之歡。容徐謀之。」〔註125〕

不只表現出女仙華美的氣質。而龍宮公主講仙塵路隔，更是已經自稱爲仙了。

湖君和龍君仙人的形象，也和這幾篇故事的水上遇仙題材有關。在這幾篇故事裡，空間的推移也營造出一種仙境的形象。像是〈西湖主〉中，陳生若不是經過一番奇遇式的船難與漂流，必將無法到達西湖主那彷彿介於人世與仙界之間的居所。陳生的旅途是從船隻沈沒之後才開始的。他「幸扳一竹簏，漂泊終夜，絓木而止」，在經過一段不知方向的漂流之後，好不容易上了岸。到了一個「但見小山聳翠，細柳搖青，行人絕少，無可問途」的地方。描寫出一個毫無行人，周圍卻柳樹青青，表面上沒有人，卻又彷彿有居民的環境。同時寫出遠方的一座小山，以接續稍後的「越山疾行」。等到陳生上山，見數十騎姝麗圍獵，並有步卒，一問之下原來是西湖主的獵場。在這裡遇見湖君公主游獵，爲避免犯駕而「疾趨下山」。一路經過茂林、殿閣、粉垣、朱門，進入則溪水橫流，榆錢自落，花片齊飛，「殆非人世」。到這一句話，便將整個環境的形象，從最開始的荒土、獵場，中途的王者園庭，一同轉化爲仙境的形象。同時帶出公主的出場，寫公主盪鞦韆，如飛燕一般直上雲霄，「真仙人也」，更帶給湖君處所仙居般的寧靜與隱密。

（三）愛才的形象

湖君個人還擁有一種文人愛才的形象，這也和洞庭君柳毅傳說中的落第秀才背景有關。因此湖君一聽是秀才落第，便將柳生喚回，顯示他對同樣際遇的文人表現出親切感。而湖君忍受柳生的碎碎抱怨，還趁機在其中開點小玩笑，對柳生的認真自辯「笑聽之」，與之前要將柳生處刑的怒氣相比，展現出對文人的優待與特殊的喜愛。而當祂見到柳生所作之文，便大悅稱讚，後來更將織成贈與柳生爲妻，都表達出祂愛才憐才的形象。

在〈羅刹海市〉中，生因爲其中華賓客以及書生的身份而在龍宮中飽受禮遇。首先從世子遇見他的時候，立刻邀回龍宮作客，表現出禮賢下士的形象。龍君的形象也是如此：

> 世子過，目生曰：「此非異域人。」即有前馬者來詰鄉籍。生揖道左，
> 具展邦族。世子喜曰：「既蒙辱臨，緣分不淺！」於是授生騎，請與

〔註125〕卷四〈羅刹海市〉，頁 461。

連響。〔註126〕

> 下馬揖入。仰視龍君在上，世子啓奏：「臣游市廛，得中華賢士，引
> 見大王。」生前拜舞。龍君乃言：「先生文學士，必能衙官屈、宋。
> 欲煩椽筆，賦『海市』，幸無吝珠玉。」生稽首受命。〔註127〕

> 生立成千餘言，獻殿上。龍君擊節曰：「先生雄才，有光水國多矣！」
> 遂集諸龍族，宴集采霞宮。酒炙數行，龍君執爵而向客曰：「寡人所
> 憐女，未有良匹，願累先生。先生倘有意乎？」〔註128〕

稱生爲「先生」，語言更顯得十分有禮。用「擊節」生動地表現出龍君讀到佳
文欣喜的心情，說「先生雄才，有光水國」，還立刻召集賓客宴集宮殿，並舉
杯像賓客表示嫁女的意思，一氣寫來，充分地表現出龍君得賢士的驚奇喜悅，
愛才形象相當鮮明。

（四）極為稀少的職權描述

《聊齋》關於湖君和龍君描寫，常常集中在宴樂、儀仗的外再描寫，君
王貴族形象相當濃烈。至於祂的職權工作，卻只出現在〈織成〉一篇中：

> 見南面一人，冠類王者……方問對間，一吏捧簿進白：「溺籍告成矣。」
> 問：「人數幾何？」曰：「一百二十八人。」問：「簽差何人矣？」答
> 云：「毛、南二尉。」生起拜辭，王者贈黃金十斤，又水晶界方一握，
> 曰：「湖中小有劫數，持此可免。」忽見羽葆人馬，紛立水面，王者
> 下舟登輿，遂不復見，久之寂然。舟人始自艎下出，蕩舟北渡，風
> 逆不得前。忽見水中有鐵貓浮出，舟人駭曰：「毛將軍出現矣！」各
> 舟商人俱伏。又無何，湖中一木直立，築築搖動。益懼曰：「南將軍
> 又出矣！」少時，波浪大作，上翳天日，四顧湖舟，一時盡覆。生
> 舉界方危坐舟中，萬丈洪濤至舟頓滅，以是得全。〔註129〕

湖君擁有掌管湖上溺死者人數的職權，從祂交水晶界方給柳生，因此得以免
除災難的狀況來看，可見祂還可以決定溺死的對象。這就是唯一提及湖君工
作的篇章。也因爲關於湖君、龍君職權的內容如此之少，祂在《聊齋》中王
者、仙人並具的慵懶華美形象就顯得更加鮮明獨特。

〔註126〕卷四〈羅剎海市〉，頁459。
〔註127〕卷四〈羅剎海市〉，頁459。
〔註128〕卷四〈羅剎海市〉，頁459。
〔註129〕卷十一〈織成〉，頁1512～1513。

七、自然神與職能神

在《聊齋》中，單純將某項自然物、自然力演化成神的神祇數量不多，可供分析的計有雷神、霆神、六畜瘟神、蝗神、柳神等數位，所佔篇幅頗少。出現這類神祇的篇章統計如下：

神 祇	人 名	卷 數	篇 名	頁 數	別 稱
霆神	李左軍	卷一	霆神	P51	
雷神		卷三	雷曹	P414	雷曹
		卷六	雷公	P814	雷公
蝗、柳神		卷四	柳秀才	P491	
六畜瘟神		卷七	牛癀	P940	

《聊齋》對這些神祇實質外形的描繪，大多寥寥數語，看不出實際的形象，不過能確定是以人形為基礎。例如〈雷曹〉裡寫樂雲鶴從商客居金陵，「見一人」在客棧中。〔註130〕而〈柳秀才〉中的柳神與蝗神，分別是「一秀才」與「有婦……獨控老蒼衛」。〔註131〕〈牛癀〉中寫陳華封初見六畜瘟神時，是「忽一人奔波而來」。〔註132〕〈霆神〉裡王筠蒼公初會霆神也是見「有一人駕小艇來」，文中並用使者稱之。〔註133〕這些描述大多用在第一次現身時，等於給這些神祇一個人形的基礎。

同時，這些神祇與大部分神祇一樣，身處於以帝為至上神的神祇官僚體系中。例如〈雷曹〉中寫雷曹自敘被貶謫下凡，是「罪嬰天譴，不可說也」；〈柳秀才〉中柳神的形象是一名「秀才」；〈牛癀〉裡寫陳華封好奇放出牛癀，六畜瘟神自稱「余且不免于罪」；〈霆神〉裡寫李左軍「奉旨雨霆」，且落霆的地點、數量都是「上帝玉敕，霆有額數，何能相徇？」這些描述都顯示這些神祇與諸神體系分割不開的關係。

另外，在〈雷曹〉篇的後段，詳細描述了「雷曹」所從事的職務與執行情形，擁有比較強的官僚形象。先是樂茫茫然來天上，接著：

> 俄見二龍天矯，駕縵車來，尾一掉，如鳴牛鞭。車上有器，圍皆數丈，貯水滿之。有數十人，以器掬水，遍洒雲間。忽見樂，共怪之。

〔註130〕卷三〈雷曹〉，頁414。
〔註131〕卷四〈柳秀才〉，頁491。
〔註132〕卷七〈牛癀〉，頁940。
〔註133〕卷一〈霆神〉，頁51。

> 樂審所與壯士在焉，語眾云：「是吾友也。」因取一器授樂令酒。時
> 苦旱，樂接器排云，遙望故鄉，盡情傾注。未幾謂樂曰：「我本雷曹，
> 前誤行雨，罰謫三載。今天限已滿，請從此別。」乃以駕車之繩萬
> 丈擲前，使握端縋下。時久旱，十里外雨僅盈指，獨樂里溝澮皆滿。
> 〔註134〕

這表示雷曹的職務主要在於行雨。但其行雨方式，是由龍拉緱車，車上載水
器，數十名雷曹由水器中舀水往地上潑灑，具有很強的擬人、官僚形象。雷
曹就好像他的「曹」字一般，具有人間行政、勤務官員的形象。

不過這些神祇具有一種特點，那就是在官僚形象外，祂們常會與祂們掌
管的自然力結合，表現出獨特的超自然形象。〈聊齋〉大多只用簡短幾字揭示
祂們的人形，但接著用更多氣力描繪祂們藏於人形之中的特異氣質。

首先在卷三〈雷曹〉裡，寫樂雲鶴去讀從商，與雷曹相遇。在這篇裡，
被貶謫的雷曹不論外貌或能力都相當與眾不同。文中寫：

> 一日客金陵，休于旅舍，見一人頎然而長，筋骨隆起。〔註135〕

寫客的外貌「頎然而長，筋骨隆起」，形象相當異於常人。雷曹的能力出現在
後段。先是樂與雷曹分享食物，後來樂舟遇風浪翻覆：

> 樂與其人悉沒江中。俄風定，其人負樂踏波出，登客舟，又破浪
> 去。……復躍入江，以兩臂夾貨出，擲舟中，又入之；數入數出，
> 列貨滿舟。……驚為神人。〔註136〕

用「踏波」、「破浪」，與「神人」這種形容詞，表現出雷曹的超自然能力，同
時表現出雷曹不畏風雨浪濤的獨特職能形象。同樣地，在〈雷公〉一文中，
雷公的形象甚至顯得超人怪異，連人形都不甚具備了。

> 亳州民王從簡，其母坐室中，值小雨冥晦，見雷公持錘振翼而入。
> 大駭，急以器中便溺傾注之。雷公沾穢，若中刀斧，返身疾逃；極
> 力展騰，不得去，顛倒庭際，噪聲如牛。天上云漸低，漸與檐齊。
> 雲中蕭蕭如馬鳴，與雷公相應。少時，雨暴澍，身上惡濁盡洗，乃
> 作霹靂而去。〔註137〕

〔註134〕卷三〈雷曹〉，頁415。
〔註135〕卷三〈雷曹〉，頁414。
〔註136〕卷三〈雷曹〉，頁414。
〔註137〕卷六〈雷公〉，頁814。

雷公入人門戶，原因不可知，因此無從瞭解雷公的職務，或者祂與所謂雷曹的關係。但文中寫雷公持鎚、有翼、能飛，還能揚霹靂與天上烏雲相呼應，彷彿和祂職務有所關聯。除了表現出超人能力的形象，寫祂一中穢物便如中刀斧，「嗥聲如牛」，更加深了祂的怪異形象。

這兩篇記載雷神的故事，描繪出兩種層次有別的形象。在〈雷公〉中，雷公主要表現出的是怪異外型與超自然能力，祂掌握雷的權力，似乎也來自於其超自然能力。而在〈雷曹〉中，只提到祂外貌特殊，基本上仍具有人形，也不顯怪異懾人。而文中雷曹的職權也幾乎沒提到和「雷」有密切關係，反而比較集中在行雨之上。行使職權時，雷曹也顯出相當程度的擬人化，官僚意味較濃，近似執行勤務，其勤務與行雨職權也與其超自然能力沒有太明顯的關聯。不過，與大多有權無能的官僚神相比，這兩位雷神還是具備鮮明的超自然形象。

在〈牛癀〉，六畜瘟神外表雖是人形，實際上卻也有其怪異之處。文中寫陳華封好奇灌醉六畜瘟神，檢視祂的模樣：

> 見客腦後時漏燈光……耳後有巨穴如盞大，數道厚膜間鬲如櫺；櫺外軟革垂蔽，中似空空。駭極，潛抽髻簪，撥膜覘之，有一物狀類小牛，隨手飛出，破窗而去。〔註138〕

雖然瘟神說放出牛癀連祂自己也會受罰，無法解救，某種程度上表現出有權無能的形象，但祂身上長有含光洞穴，在其中藏匿牛癀，還是具有與職務相關的獨特超自然能力。

> 其服役者，衣冠鬚鬣，多不類常人。前使者亦侍其側……神出，至庭中，忽足下生煙，氤氳匝地。俄延逾刻，極力騰起，才高于庭樹；又起，高于樓閣。霹靂一聲，向北飛去，屋宇震動，筵器擺簸。公駭曰：『去乃作雷霆耶！』天師曰：『適戒之，所以遲遲；不然，平地一聲，便逝去矣。』〔註139〕

先說雹神外在形象也不類常人，並在表現神力後，由天師說出祂未盡全力，隱喻雹神擁有騰雲駕霧，做雷霆霹靂的強大超自然能力。

歸結起來，《聊齋》這類神祇的形象與其掌管的自然力密切相關，也從此衍伸出相應的超自然力。雖然祂們同樣被納入以帝為中心的神祇體系，表現出某種程度的官僚形象，但與掌管某項職能或行政事務的官僚神相比，祂們仍具備

〔註138〕卷七〈牛癀〉，頁940。
〔註139〕卷一〈雹神〉，頁52。

操控自然力的超自然能力，而非單純「有權無能」的神祇。也因此，祂們在書中往往也具備些許的超自然形象，可說是介於權能與能力之間的存在。這種擬人官僚與超自然形象夾雜的情形，就是《聊齋》這類神祇最大的特色。

　　除此之外，《聊齋》中還出現少數由特殊職能演化而來的神祇。這類神祇篇幅更少，主要有月老、福神、財星三者。祂們的特色在於雖然掌握了神奇的超自然能力，但神祇本身官僚形象很深，地位不算崇高。

神　祇	人　名	卷　數	篇　名	頁　數	別　稱
月老		卷七	柳生	第 971 頁	
福神		卷十	眞生	第 1301 頁	
財星		卷十一	齊天大聖	第 1459 頁	

　　月老出現在卷七〈柳生〉中，該篇寫具奇術的柳生爲周生謀求良好姻緣的過程。文中寫：

> 周生，順天宦裔也，與柳生善。柳得異人之傳，精袁許之術。嘗謂周曰：「子功名無分，萬鍾之貲，尚可以人謀。然尊閫薄相，恐不能佐君成業。」未幾婦果亡，家室蕭條，不可聊賴。因詣柳，將以卜姻。入客舍坐良久，柳歸內不出。呼之再三，始方出，曰：「我日爲君物色佳偶，今始得之。適在內作小術，求月老繫赤繩耳。」周喜問之，答曰：「甫有一人攜囊出，遇之否？」曰：「遇之。襤褸若丐。」曰：「此君岳翁，宜敬禮之。」周曰：「緣相交好，遂謀隱密，何相戲之甚也！僕即式微，猶是世裔，何至下昏於市儈？」……過歲，將如江西，投臬司幕。詣柳問卜，柳言：「大吉！」周笑曰：「我意無他，但薄有所獵，當購佳婦，幾幸前言之不驗也，能否？」柳云：「並如君願。」及至江西，值大寇叛亂，三年不得歸。後稍平，選日遵路，中途爲土寇所掠，同難人七八位，皆劫其金資釋令去，惟周被擄至巢。盜首詰其家世，因曰：「我有息女，欲奉箕帚，當即無辭。」……周懼，思不如暫從其請，因從容而棄之。……引入內，妝女出見，年可十八九，蓋天人也。當夕合巹，深過所望。細審姓氏，乃知其父即當年荷囊人也。因述柳言，爲之感嘆。〔註140〕

周生對柳生安排姻緣不甚滿意，甚至想另謀佳婦以證明柳生所謂求月老繫赤繩

〔註140〕卷七〈柳生〉，頁 972～973。

的「小術」不靈驗。沒想到他為此前去江西，卻因為遇上盜亂，正好娶來柳生當初預言的女子。這樣的描述表現出月老對人類意志命運的操控，是很神奇的超自然能力。不過在蒲松齡心中，月老的地位似乎並不因為祂的神力而崇高。他在文章後面講：「月老可以賄囑，無怪媒妁之同於牙儈矣。」〔註141〕的確，月老安排姻緣的力量雖然奇妙，但他的決定可以被人類用「小術」操弄，這樣的神力在月老本身的強烈職務形象中降格了。

眞生中的福神僅僅出現在一句話裡。該篇寫狐仙眞生不小心被人欺騙，點了太多的黃金給對方，「妄以福祿加人……別後福神奏帝，削去仙籍。」〔註142〕這樣看來，福神掌管的似乎是人間凡夫所應得一切財物利祿的總額。不過祂沒有表現出神力或權力管制或懲罰違背規定者，只是向帝報告，形象偏向官僚。

〈齊天大聖〉裡寫許盛遇見大聖化身的褐衣人，被祂帶去天上，正好遇見財星，求得祂賜利十二分。文中寫：

> 遙見一叟，喜曰：「適遇此老，子之福也！」舉手相揖。叟邀過詣其所，烹茗獻客；止兩盞，殊不及盛。褐衣人曰：「此吾弟子，千里行賈，敬造仙署，求少贈饋。」叟命僮出白石一柈，狀類雀卵，瑩澈如冰，使盛自取之。盛念攜歸可作酒枚，遂取其六。褐衣人以為過廉，代取六枚，付盛並裹之。囑納腰囊，拱手曰：「足矣。」辭叟出，仍令附體而下，俄頃及地。盛稽首請示仙號，笑曰：「適即所謂觔斗雲也。」盛恍然悟為大聖，又求祐護。曰：「適所會財星，賜利十二分，何須多求。」盛又拜之，起視已渺。既歸，喜而告兄。解取共視，則融入腰囊矣。後輦貨而歸，其利倍蓰。〔註143〕

在這裡所描寫的財星和月老一樣，雖然掌握讓人類生意獲利的冥冥能力，但可以因大聖的請託改變賜人，感覺起來有強烈的官僚職務形象，地位並不甚高。這就構成職能神的共通形象。

《聊齋》職能神所掌管的雖然都是與人類意志命運有關的強大超自然能力，但祂們本身的形象卻極具官僚氣息，而且能為其他神祇乃至人類操弄改變，位階和品德的形象不算崇高。這隱約顯示祂們可能不是所掌管超自然神力的最終持有者。以前章所分析「帝」的形象來推測，或許在《聊齋》中這

〔註141〕卷七〈柳生〉，頁 974。
〔註142〕卷十〈眞生〉，頁 1303。
〔註143〕卷十一〈齊天大聖〉，頁 1461～1462。

類牽涉人類命運定數的冥冥強大超自然能力，還是根源自和形上天有所結合的至上神「帝」。

第二節　其他：歷史、傳說、宗教中的神祇

　　雖然《聊齋》中大部分的神祇都具有官僚的形象，但是相對於前述官僚式神祇的集合性與機關性質，還有一群以個人形象為主的神祇在《聊齋》中表現出不同的風貌。祂們大多是來自歷史人物的英雄神或德行成神者，例如孔聖、關聖、周倉、桓侯張翼德等。也有一些來自宗教、傳說甚至小說，如二郎神、觀音菩薩、齊天大聖。相較起官僚式的神祇，祂們雖然地位崇高，但一般來說並不具有強烈的職責與官階區分，在天庭中不一定有固定的職務，但也時常有額外的任務。在文章中，祂們有比較多的超自然的神力表現，神異形象比權能形象大，而不像官僚式的神祇，神力往往埋沒或抽離於其職務之中。儘管如此，這類神祇也常表現出具有崇高權能的形象，或擁有性質獨特的位階。

　　神異的形象大多在人的身上彰顯，權能的形象則常在神的身上體現。如在前述的諸位神祇中，關聖擁有考選城隍的權力，並和王者般的神祇平坐。在卷十二〈公孫夏〉裡，關聖還審判了收受賄款的公孫夏，更稱呼城隍為「區區一郡」，任意將之罷免。卷九〈于去惡〉中，天帝下詔舉辦廉官考試，因為考官無能，張桓侯竟直接毀去榜單，自行重新閱卷，任意選擇錄取者。卷十〈席方平〉中，二郎神更是審判了從冥王、郡司乃至城隍的三級冥官，對祂們施刑。而宣聖孔子，雖然沒有實際的權力，也沒有表現出特別的法力，但祂能夠和文昌帝君平起平坐，也表現出相當高的位階。

　　不僅在神祇世界中地位崇高，這些神祇也常擁有強大的神能。在〈湯公〉中，菩薩擁有連文昌和孔聖都無法做到的，修復湯公腐壞肉體的能力。而在〈董公子〉一篇中，關聖可為被僕人謀殺的董公子接續斷頭，重新復活。〈桓侯〉中張桓侯在書生外表下隱藏超人的神力。〈吳門畫工〉裡，呂祖擁有幻化與預知的仙人能力。比較起來，這些描述大多表現出神祇本身的大能，而其他官僚式的神祇，神異能力大多隱藏在職權體系的系統之下。例如能夠控制人類的人生、壽祿，這本來冥冥中強大異常的一種神異力量，但實際上展現在神祇世界中，卻表現成由相關神職以隸役或文書管理的瑣碎職權，且其職務可以由任何鬼神來更代，神本身的力量就因此顯得特別淡薄。

這一類的神祇，往往具有獨特的個人形象，像是關聖的剛猛、孔聖的愛才、菩薩的慈藹、華美莊嚴等。祂們雖然不一定會像「帝」那樣具備形上天性質一般「至善」，但也是絕對的善神。這除了表現在祂們幫助百姓的行為上，甚至透過與其他神祇的對比表現出來。由於具備了強烈的個人身份特色與形象，這類神祇也常常扮演了主持正義的角色。如果說掌管人世命運的官僚式神祇代表著人類的命數，祂們的失誤或作惡代表了人類對不公正命運的解釋，那麼《聊齋》中某些個人式的神祇就在這裡成了實現正義，更進一步扭轉命運的角色。這樣的形象讓祂們擁有了特殊的地位，彷彿神界之俠客，徹底剷除世上的不公義。這種情形，正是《聊齋》和百姓共同的寄託所在，因此本論文將這類神祇相對於官僚式的神祇而提為一類。

一、孔 聖

神 祇	人 名	卷 數	篇 名	頁 數	別 稱
孔聖		卷三	湯公	第 327 頁	孔聖
		卷八	司文郎	第 1104 頁	宣聖

孔聖在《聊齋》中的形象，是隸屬於帝的一名官員，這主要表現在祂負責執行的職務中。孔聖負責的職務可以分成兩種類型，一種是例行性的，出現在〈湯公〉篇中：

> 僧曰：「凡士子生死錄，文昌及孔聖司之，必兩處銷名，乃可他適。」……無幾，至聖廟，見宣聖南面坐，拜禱如前。宣聖言：「名籍之落，仍得帝君。」因指以路，〔註144〕

在這裡孔聖負責的職務是與文昌一同掌管「士子生死錄」，經由「錄」、「名籍」等詞語的使用，孔聖和文昌一樣表現出文職官員的形象。

另外一種類型是由「帝」直接指派的任務，這種情況出現在〈司文郎〉一篇中：

> 去年上帝有命，委宣聖及閻羅王核查劫鬼，上者備諸曹任用，餘者即俾轉輪。賤名已錄，所未投到者，欲一見飛黃之快耳。〔註145〕

孔聖接受上帝的任命擔任核查諸多劫鬼的考官，同樣的，這種選拔「鬼」才

〔註144〕卷三〈湯公〉，頁327。
〔註145〕卷八〈司文郎〉，頁1104。

的考試爲孔聖塑造出一種文職官員形象。

孔聖也有重視德行的形象，表現在〈司文郎〉一篇中。文中寫：

> 宣聖命作「性道論」，視之色喜，謂可司文。閻羅稽簿，欲以「口孽」
> 見棄。宣聖爭之，乃得就。某伏謝已。又呼近案下，囑云：「今以憐
> 才，拔充清要；宜洗心供職，勿蹈前愆。」此可知冥中重德行更甚
> 於文學也。〔註146〕

儘管孔聖因爲對文章的喜愛而將鬼魂宋生選爲梓潼府中的司文郎，但是身爲一名神祇，孔聖還是提醒宋生「宜洗心供職，勿蹈前愆」，可見他還是對德行相當重視。

作爲神祇的孔聖，在《聊齋》地位算是頗爲崇高。在〈湯公〉裡，他被和文昌帝君並稱，兩位神祇一同掌管「士子生死錄」。雖然說到事情的重點：復生時，他說「名籍之落，仍得帝君。」，表現出一種「有位」但是「無權」的形象，但是當湯公赴聖廟找到孔聖，《聊齋》寫孔聖「南面坐」，顯示出孔聖「素王」的崇高形象。而在〈司文郎〉裡，他接受上帝的直接委任，又和閻羅王同桌共事，更以個人的意見說服了閻羅王，幾乎算是破格拔擢了宋生，可見孔聖至少也是帝王階級的神祇。

雖然孔聖在《聊齋》裡出現的篇幅極少，但是他卻是幾個具有鮮明性格特色的神祇之一。在〈司文郎〉一篇中，孔聖表現出極度愛文憐才的形象。從文中的敘述來看，孔聖作爲監考官，命考生寫作「性道論」，想來他爲神時依舊沒有忘記了自己的學術。《聊齋》寫他接過文章後「視之色喜」，急切地馬上要賜給宋生司文的職務。就連閻羅王因爲口業的原因要將之摒棄，孔聖還不捨地與之力爭。從這樣「色喜」、急切與不捨的接連情緒描寫中，爲孔聖塑造出一種強烈的愛文憐才形象。這樣鮮明的形象，自然是根基於孔子的個人資歷，在《聊齋》的諸多神祇中其實是不常見的。或許在蒲松齡的心中，孔子就算成了天上的神，卻也仍舊和自己一樣，正等待著千古的知音吧。

二、關　聖

關聖是蒲松齡口中三位「願力宏大」、「與人最近」的神祇之一，他在《聊齋》中地位崇高，是至上神「帝」的部屬。他的官位同樣被稱爲帝君，但是

〔註146〕卷八〈司文郎〉，頁1104。

沒有看見特定的職務，官僚形象不如文昌、東嶽或冥王等神祇那般強烈，表現出更多身爲神的超自然形象。祂的超自然形象不僅是從廟堂與人間的角度表現出來，就連身在同樣爲神祇的同僚中，他也表現出超人的神力。根據《蒲松齡的宗教世界》中所說：

> 在明清之際，關公的神界角色已近乎時下所傳的「天公」了，在前引《忠孝忠義經》裡載其自述職權：「掌儒釋道教之權，管天地人才之柄，上司三十六天星辰雲漢，下轄七十二地土壘幽酆；秉注生功德、延壽丹書，執定死罪過、奪命黑籍；考察諸佛諸神，監制群仙群職。」這等於說，他是仙界的主宰了。在清初，諸地對關公的信仰熱度不曾稍減，順治九年（1652）另封爲「忠義神武關聖大帝」，蒲松齡正好生長在關公神威最盛的時代，他對關公的崇拜也就不足爲奇了。〔註147〕

這樣說來，《忠孝忠義經》可說把關聖的位階和職權推崇到極高的地步，但是《聊齋》裡的關聖除了位階確定在帝之下，沒有達到經中所述近似至上神的地步外，關於職權的部分，竟然和《忠孝忠義經》裡的關聖職權若合符節。

表四　關　聖

神　祇	人　名	卷　數	篇　名	頁　數	別　稱
關帝	無	卷一	考城隍	第1頁	關帝
		卷四	酆都御史	第498頁	
		卷五	西湖主	第651頁	關聖
		卷六	董公子	第834頁	關聖
		卷七	冤獄	第976頁	關帝
		卷十	牛同人	第1311頁	關帝
		卷十二	公孫夏	第1661頁	關帝

（一）崇高位階與廣泛職權

關聖在《聊齋》中同樣是以神祇官員一份子的身份存在著。例如〈考城隍〉中，關聖擔任考選城隍的考官，而與祂共事的同僚，是「帝王相」又擁有簿記官員的神祇，襯托出關聖身爲神官一份子的形象。不過與有職務專責的官僚神不同，他的職權相當廣泛，幾乎也接近無所不管。

〔註147〕顏清洋，《蒲松齡的宗教世界》，頁144。

在〈牛同人〉中這種神官的形象最為明顯。文中寫：

……怒曰：「狐可忍也，胡敗我倫！關聖號為伏魔，今何在，而任此
類橫行！」因作表上玉帝，內微訴關帝之不職。久之，忽聞空中喊
嘶聲，則關帝也。怒叱曰：「書生何得無禮！我豈專掌為汝家趨狐耶？
若稟訴不行，咎怨何辭矣。」即令杖牛二十，股肉幾脫。少間，有
黑面將軍縛一狐至，牽之而去，其怪遂絕。〔註148〕

本篇首先點出了關聖「伏魔」的職權，配合文章中牛生作表投訴關聖「不職」，
導致關聖受玉帝派遣現身的情節來看，就偏向一種強烈的「職責」，顯示出關
聖掌管伏魔事務，且聽命於玉帝的官員形象。祂的位階大約和東嶽、文昌這
類帝君等級的神祇相等，但形象上往往又更崇高或獨特一些。〈考城隍〉寫關
聖擁有擔任考選城隍的權力，位階在城隍之上必無疑義。和帝王般的神祇並
席平坐，也表現出地位崇高的形象。文中並沒有明寫關聖身旁的「帝王像」
神祇是誰，從蒲松齡所描寫的冥官結構來看，冥王身受王爵，比起地方官等
級的城隍神自然是較為崇高，但兩者之間其實並沒有很直接的位階比較。在
職權上，城隍負責管理陰陽兩世居民，監察人世回報冥司，冥王則按照簿記
對亡鬼、生魂用刑或發配投生，也像是分工合作，而非上下十分絕對的位階
關係。在〈韓方〉這一篇中，提到東嶽取正直之鬼擔任城隍土地，那麼《聊
齋》中位階在城隍之上，又具備有考選城隍權力的王者神祇，當以東嶽可能
性最高。同時，蒲松齡描寫冥王時多用「王者」，稱「帝王像」的應屬帝君等
級的神祇。因此，在〈考城隍〉中與關聖並坐，擁有查詢陽算權力的「帝王
像」神祇，應是冥官之首的東嶽帝君無疑。後來在眾神皆躊躇難以決定的時
候，關聖表示可以讓宋燾公脫離生死簿上記載，在城隍的任上放假九年來返
陽侍奉母親，顯出祂擁有相當大的權力和決定力，甚至可以略微干涉東嶽帝
君的職權。當然，對照《忠孝忠義經》中所說「秉注生功德、延壽丹書」的
職權，祂為宋公之母延壽的情節竟也是有依據可尋。

　　同樣的，在〈酆都御史〉中，寫御史華公誤入酆都地府洞穴，因帝大赦
而得以歸返，但歸途一片漆黑，難辨行路。就在此時關聖出現：

冥黑如漆，不辨行路。公甚窘苦。忽一神將軒然而入，赤面長髯，光
射數尺。公迎拜而哀之。神人曰：「誦佛經可出。」言已而去。〔註149〕

〔註148〕卷十〈牛同人〉，頁1311。
〔註149〕卷四〈酆都御史〉，頁498。

當華公在酆都冥司迷路時，爲何獨獨遇見關聖，而非其他的神祇呢？理當也和《忠孝忠義經》中所說「下轄七十二地土壘幽酆」的職權有關。

　　除此之外，在許多篇章中，關聖都是擁有帝王形象的崇高神祇，表現出與其帝君位階相符的形象。在〈西湖主〉中寫陳生來到西湖主宮殿，結識公主與王妃。但西湖主本身卻不在，於是當場詢問一聲：

　　　　問：「大王何在？」曰：「從關聖征蚩尤未歸。」〔註150〕

西湖主乃一湖之君，擁有宮殿、園庭、獵場等設施，且妻子稱王妃，女兒稱公主，是具備有君王形象的神祇。《聊齋》寫這樣的神祇跟隨在關聖麾下，間接將關聖的地位與形象烘托得十分崇高。而在〈公孫夏〉中，關聖不僅顯得地位崇高，就連言語、行動都有著王者崇高的氣勢：

　　　　遙見帝君從四五騎，緩轡而至。……馬上問：「此何官？」從者答：
　　　　「眞定守。」帝君曰：「區區一郡，何直得如此張皇！」……道傍有
　　　　殿宇，帝君入，南向坐，命以筆札授某，俾自書鄉貫姓名。……又
　　　　命稽其德籍。旁一人跪奏，不知何詞。〔註151〕

首先，本文從頭到尾都用「關帝」或「帝君」二者來稱呼關聖。其次寫祂的處所位於「殿宇」之上，進入殿宇後「南向坐」，同時有稽簿的官吏，又有使喚金甲神的職權，透過模擬人間君王的物件讓關聖的形象眞如帝王般崇高。另外，當關聖見路上隊伍聲勢浩大，簡短直問「此何官」，頗有「這傢伙是誰」的蔑視之感；回報來說是城隍神時，更直斥爲「區區一郡」，表現其位階的崇高。同時，關帝審查了買得冥中城隍之缺的國學生「某」，連同〈考城隍〉中擔任考官的部分，都和祂「考察諸佛諸神，監制群仙群職」的職權有所關連。

　　在〈董公子〉裡，關聖爲被惡僕割頭的董公子的行爲續頭再生，後來董公子不願意得罪惡人，沒有處罰該名奴僕。然而，這名惡僕仍舊在夜晚時隨著一聲轟然巨響，連人帶床被關聖劈爲兩半。這樣的情節，讓關聖更進一步地表現出嫉惡如仇的形象，就算當事人並沒有處罰對方，關聖還是要給予惡人懲罰。尤其是將惡僕一刀兩斷的描寫，除了表現出神力與武勇外，更表現出關聖痛恨邪惡，對惡人定斬之而後快的性格形象。

　　在這裡關聖的冥譴行爲和城隍、冥王等神的冥譴行爲又有細微的不同。城隍、冥王的冥譴是透過冥冥中的力量，或是刑罰職權來實現，而關聖的冥譴職

〔註150〕卷五〈西湖主〉，頁651。
〔註151〕卷十二〈公孫夏〉，頁1661。

權卻是結合了袖的伏魔和武勇形象，表現出一份個人英雄式的豪俠氣質。這樣的形象，正符合《忠孝忠義經》中的「執定死罪過、奪命黑籍」職權。

除了《忠孝忠義經》裡所提過的，在《關公的人格與神格》一書中，將關聖的職掌與能力分為武功與斬妖兩個大類。《聊齋》中關聖也擁有關於武功的職權，這出現在〈西湖主〉篇中，說關聖帶領西湖主出外討伐蚩尤，表現出袖武將率軍的一面。這個橋段其實和關聖「解池斬妖」的傳說有關，在這個傳說中關聖所斬的正是蚩尤，也是關聖成為戰神的重要傳說。在這樣的一句話中，表現出《聊齋》中關聖的武人與戰神形象。

雖然關聖也如同官員一般有一些職責，但在《聊齋》中關聖的形象更加超自然化，神祇形象高於官僚形象。在許多篇章裡，關聖都表現出袖不只是神界中一名執行勤務的官員，而是真正擁有超人能力的天神。

（二）強大的超自然能力

跟其他神祇相比，關聖除了位階崇高，還多出一份揉合武勇與超自然能力的強大、獨特形象，與以權能為主的官僚神產生極大區隔。在《聊齋》裡，這種能力表現在控制人心、強大威能、剛異外貌等幾個層面。

在〈董公子〉中，關聖非常直接地展現出強大超自然能力。主要寫青州董尚書因待人嚴格可畏，一日董家公子怒罵一對私下調笑的婢僕，竟然促使該僕人心生歹意，在當夜前來殺害主人。結果是關聖顯示神蹟，不但將董氏復活，更懲罰了兇殘的奴僕。首先，文中寫到惡僕暗殺主人之後，和主人同室而寢的一名小僮在半夜聽到聲響：

> 忽聞靴聲訇然，一偉丈夫赤面修髯，似壽亭侯像，捉一人頭入。僮懼，蛇行入床下。〔註152〕

> 積數日，其鄰堵者，夜聞僕房中一聲震響若崩裂，急起呼之，不應。排闥入視，見夫婦及寢床，皆截然斷而為兩。木肉上俱有削痕，似一刀所斷者。〔註153〕

關聖在續頭、殺僕兩件工作之間，顯得來去無蹤，神出鬼沒，表現出袖神奇的能力。而「一聲震響若崩裂」與「一刀所斷」等描述，更是揉合了武將的勇猛與天神的異力，表現出關聖獨特的能力。不僅如此，文中還寫：

〔註152〕卷六〈董公子〉，頁834～835。
〔註153〕卷六〈董公子〉，頁835～836。

> 僮懼，蛇行入床下，聞床上支支格格如振衣，如摩腹，移時始罷。
> 靴聲又響，乃去。僮伸頸漸出，見窗櫺上有曉色。以手捫床上，著
> 手沾濕，嗅之血腥。大呼公子，公子方醒，告而火之，血盈枕席。
> 大駭，不知其故。忽有官役叩門，公子出見，役愕然，但言怪事。
> 詰之，告曰：「適衙前一人神色迷罔，大聲曰：『我殺主人矣！』眾
> 見其衣有血污，執而白之官。審知為公子家人。渠言已殺公子，埋
> 首於關廟之側。往驗之，穴土猶新，而首則並無。」公子駭異，趨
> 赴公庭，見其人即前狎婢者也。因述其異。官甚惶惑，重責而釋之。
> 公子不欲結怨於小人，以前婢配之，令去。積數日，其鄰堵者，夜
> 聞僕房中一聲震響若崩裂，急起呼之，不應。排闥入視，見夫婦及
> 寢床，皆截然斷而為兩。木肉上俱有削痕，似一刀所斷者。關公之
> 靈跡最多，未有奇於此者也。〔註154〕

關聖除卻能控制殺人者的意志，讓他在茫茫無知間跑到衙門前自行投案，還
親手為受害者續頭再生，連斷頭者都渾然不知自己死過一遭，是非常強大的
超自然能力。《聊齋》在這裡用了倒敘與側面描寫的筆法，先寫一個小僮從頭
到尾「聽」到關聖幫董公子續頭，再用發現床上滿是鮮血的描述，增加出董
公子曾經死亡的真實感，最後寫出「關公之靈跡最多，未有奇於此者也」，特
別映襯出祂超自然神秘又神能強大的形象。

再來卷十〈牛同人〉裡，關聖在執行「伏魔」的職責時，也表現出祂降
服妖魔的強大法力。文中寫：

> ……久之，忽聞空中喊嘶聲，則關帝也。……少間，有黑面將軍縛
> 一狐至，牽之而去，其怪遂絕。〔註155〕

> ……牛不得已，為之呈告關帝。俄頃，見金甲神降於其家。狐方在
> 室，顏猝變，現形如犬，繞屋噑竄。旋出自投階下。神言：「前帝不
> 忍誅，今再犯不赦矣！」繫系馬頸而去。〔註156〕

關聖的出場，是先憑空冒出喊嘶之聲，表現祂身為天神的奇妙之處。接著先
後派遣手下黑面將軍與金甲神收服號稱「生平無所懼」的狐妖，前者一瞬之
間將狐妖綁縛牽出，後者一旦出現，狐妖便驚慌失措地現出原形，這些都間

〔註154〕卷六〈董公子〉，頁834～836。
〔註155〕卷十〈牛同人〉，頁1311。
〔註156〕卷十〈牛同仁〉，頁1311。

接地表現出關聖降服妖魔的超自然能力。

在〈冤獄〉中，關聖則同樣透過麾下部屬間接顯現超自然能力的靈驗神奇。文中寫朱生佻達喜謔，因此意外陷於殺人案中。正當屈打成招，即將遭到處決的時候：

> 忽一人直上公堂，努目視令而大罵曰：「如此憒憒，何足臨民！」隸役數十輩，將共執之。其人振臂一揮，頹然並仆。令懼，欲逃。其人大言曰：「我關帝前周將軍也！昏官若動，即便誅卻！」令戰慄悚聽。其人曰：「殺人者乃宮標也，於朱某何與？」言已，倒地，氣若絕。少頃而醒，面無人色。及問其人，則宮標也。〔註157〕

殺人犯宮標被神附身自行投案，而且神力過人，一揮手就打倒數十名隸役。接著他自報名號爲「關帝前周將軍」，以屬下的身份間接將這些超自然的表現歸諸於關帝，表現出超自然力量。

接著〈公孫夏〉裡，更是用精彩的文學筆法爲關聖描摹出鮮明而且獨特的超自然形象：

> 忽前導者鉦息旗靡。驚疑間，見騎者盡下，悉伏道周；人小徑尺，馬大如狸。車前者駭曰：『關帝至矣！』某懼，下車亦伏。遙見帝君從四五騎，緩轡而至。鬚多繞頰，不似世所模肖者；而神采威猛，目長幾近耳際。馬上問：「此何官？」從者答：「眞定守。」帝君曰：「區區一郡，何直得如此張皇！」某聞之，灑然毛悚；身暴縮，自顧如六七歲兒。帝君令起，使隨馬蹤行。道旁有殿宇，帝君入，南向坐，命以筆札授某，俾自書鄉貫姓名。某書已，呈進；帝君視之，怒曰：「字訛誤不成形象！此市儈耳，何足以任民社！」又命稽其德籍。傍一人跪奏，不知何詞。帝君厲聲曰：「干進罪小，賣爵罪重！」旋見金甲神縋鎖去。遂有二人捉某，褫去冠服，笞五十，臀肉幾脫，逐出門外。〔註158〕

在本篇中出現了幾個特別的關聖形象，首先在外貌的部分，關聖的外貌和一般的印象完全不同，依文中的描述想像起來，關聖的形象不僅是「鬚多繞頰」「神采威猛」這樣氣勢勇武而已，從他的「目長幾近耳際」的面貌來看，甚至有些怪異儡人。因爲這種超現實的外貌，關聖出場也造成了超乎現實的後

〔註157〕卷七〈冤獄〉，頁976。
〔註158〕卷十二〈公孫夏〉，頁1661。

果。先是周圍人馬一聽見關聖來到，竟然全部縮小成「人小徑尺馬大如狸」的尺寸。只有某以初生之「鬼」不畏關聖，竟還能保持原狀。可惜關聖稍微數落他一句，某就跟其他人一起身形暴縮。這種怪異不合常情的橋段，不但特別突顯出出關聖剛厲威猛又充滿正義感的一面，更塑造出祂超乎諸多鬼神之上的超自然能力。

（三）果決明快、威猛剛厲的正義性格

《聊齋》中的關聖不論在執行職權或是表現超自然能力的層面上，都擁有相當鮮明的個人形象。其個性與其他神祇相比，顯得果決明快與威猛剛厲兼具。像祂在〈考城隍〉中，快速決定讓張生代替宋公擔任九年城隍，並特准宋公回到陽世侍奉母親，和其他諸神的「躊躇不定」相比，明顯展現果決性格。又如在〈酆都御史〉中，寫華公誤入酆都地府洞穴，因帝大赦而得以歸返，但歸途一片漆黑，難辨行路。就在此時關聖出現，「光射數尺」，照亮了華公的黑暗與無助，並為他指點逃生的法門，展現出救人於厄的一面。但祂的救難形象又表現得如此坦然，先是「軒然而入」、「光照數尺」，然後簡單地「言已而去」，不但能看出地位崇高，更顯得果決明快。

同時關聖的個性也十分剛猛，例如在〈牛同人〉中關聖被牛同人控訴為不職，雖然因玉帝的派遣立即來到，但也憤怒牛同人狂生無禮，將他痛斥責打一番，表現祂剛猛嚴肅的性格形象。而在〈公孫夏〉中，寫關聖「鬚多繞頰」、「神采威猛」，而且「目長幾近耳際」，怪異儼人，還用超現實的筆法，寫關聖一出場，就把眾人嚇得「人小徑尺馬大如狸」，塑造出超乎現實的威猛剛厲。祂的威猛還從言詞中表露出來，文中使用了「怒曰」、「厲聲曰」，使關聖威猛的形象更加鮮明。關聖的武勇則可從〈西湖主〉之中看出，文中寫他帶領西湖龍君去「征蚩尤」，表現出祂身為武將的武勇形象。

這種性格更進一步看，衍生出關聖嫉惡如仇的正義形象。如之前提到的〈董公子〉、〈公孫夏〉兩篇中，關聖真的如同其「伏魔」的封號，不僅表現出痛恨邪惡的形象，更顯出關聖帶給心不誠正者多麼強烈的畏懼。

與其他神祇相比，關聖懲罰惡人的手段更直接強烈，態度也更嚴厲剛猛。城隍、冥王諸神對罪惡的處罰具有強烈的職權、刑罰感，而關聖卻像俠客般以一己之力懲罰罪惡，表現出更絕對的正義形象。

不過《聊齋》中的關聖不僅僅打擊罪惡而已，也會獎賞善良之人。賞罰之間，也都以道德作為標準。祂重視德行的一面可以從兩個層面來表達，一

個是獎賞善良的德行，一個是懲罰邪惡的不德之人。

在《聊齋》中關聖所獎勵的善良德行，主要集中在「孝」德上。這樣的例子首先出現在〈考城隍〉中，關聖能夠讓宋公返陽，這樣的決定雖不是普通的常態，卻也不是單純的徇私護短，而是包含著注重德行的形象。從眾神躊躇的情形來看，宋公的要求顯然不是簡單可以做到的。畢竟既然人壽已有定數，一切就應當循著簿記上所記的來執行。關聖在眾神還拿不定主意的時候就對宋公說「今推仁孝之心」，由此決定讓宋公回去侍奉老母，除了表現出果決個性和崇高位階，也表現出重視德行的形象。

而在〈牛同人〉篇中，牛同人表送上帝，控訴關聖不盡職務，關聖雖然因公務立即來到，並且派屬下的黑面將軍將狐狸捆縛牽去，但也憤怒狂生之無禮，於是痛斥一番，先打二十杖再說。不過關聖也不會因此廢了公務或結下私怨，反而，或許祂對牛耿直的性格相當欣賞，連日後逃過一劫的狐妖也說「生平只怕牛同人一人」。這是因為他的耿直，連天神也可以直接感通的關係之故。因此當牛同人受人之託呈告關帝時，立刻便有金甲神出現為之處理。雖然牛同人本身或許對曾經怒叱痛打他的關聖多了一份敬畏之心，但是他之所以能屢屢受到天神眷顧，不只上帝接納他的意見，連關帝也幾乎讓他擔任「驅狐先鋒」的職位，其中原因當然不只因為書生之狂，而是神祇們能夠感應到那顆隱藏在他的狂妄之中，為了父倫竟憤怒到斗膽上告天帝，控訴關聖的孝心。

關聖懲罰惡徒的篇章，還是比祂獎善救難的篇章稍多一些。這或許和關聖武人背景與伏魔職務有關。而從祂懲罰惡徒的理由與嫉惡如仇的鮮明個人形象中，也塑造出關聖強烈的重視德行形象。在〈冤獄〉中，寫「關帝前周將軍」附身在殺人犯上自首，還用言詞痛責了誤判的官吏，間接地襯托出關帝要求公平正義得到伸張的形象。而在〈公孫夏〉中，關聖雖然顯得威猛剛烈，外貌甚至有些怪異儡人，但是從關聖在審判買缺的國學生某，以及賣爵的公孫夏兩人時所說：「此市儈耳，何足以任民社！」、「干進罪小，賣爵罪重！」，這樣的言詞，也表現關聖的威猛外表並非只是一味的兇惡，而是包有嫉惡如仇與注重公平正義、德行操守的形象在裡面。

（四）正義、崇高、大能匯聚成的神俠形象

對蒲松齡來說，關聖是諸神中特別願力宏大者，他說：

> 日星河岳，雷霆風雨，昭昭者徧滿宇宙，而人則何知？其慈悲我者
> 則尸祝之耳。故佛道中惟觀自在，仙道中惟純陽子，神道中惟伏魔

帝，此三聖願力宏大，欲普渡三千世界，拔盡一切苦惱，以是故祥
雲寶馬，常雜處人間，與人最近。……關聖者，為人捍患禦災，靈
蹟尤著，所以樵夫牧豎、嬰兒婦女，無不知其名，頌其德，奉其祠
廟，福則祈之，患難則呼之。何以故？咸靈之入於耳者久，功德之
入於心者深也。〔註159〕

首先可以看出，蒲松齡對關聖的崇拜和同時代的民間信仰一致。對他來說，
之所以特別稱揚關聖，主要是因為祂「雜處人間，與人最近」、「靈蹟尤著」，
尤其是為百姓「捍患禦災」，是「慈悲我者」，令人崇敬。〈酆都御史〉、〈牛同
人〉、〈董公子〉等篇，都是在描述祂為人民消災解難的故事。這樣的理由，
具備很強的功能性和利益傾向，的確貼近民間信仰的想法，亦即擁有足夠的
靈蹟，就會受到百姓的喜愛崇拜。

　　不過，《聊齋》中關聖所表現出的崇高形象，卻也不全在對人間展現靈蹟
而已。與其他官僚味較重的神祇相比，關聖夾雜剿滅、導正邪惡的積極正義
形象，更完全實現作者對導正體制，實現公平正義的渴望，成為天地間正義
的化身。在《關公的人格與神格》中說：

關公一生的德行其感人最深者，不是忠，不是仁，不是勇，而是他
的義。這個一貫的美質，在他一生的行跡上，無時不閃耀燦爛的金
光，放出瑰麗的異彩，使人折服。〔註160〕

關岳並祀是很有意思的，不要粗率看過。同是「亙古一人」的武聖，
但粗心人便把關岳廟一副對聯誤會了。「精忠貫日月，義氣薄乾坤」，
大家以為一總讚揚關岳二神的盛德，甚至硬撕下來，貼到單獨奉祀
關帝的神廟神龕；究其實，上聯是頌揚岳王，下聯是頌揚關王，恰
是一副妙對，正如「靖魔大帝」與「伏魔大帝」恰是配得剛合適的
一對兒。……關公的神格，是義的道德理想的體現，關帝的教門，
是以義為最高信條的倫理宗教。〔註161〕

該書以為關聖最受崇敬的，不是祂的忠，而是祂的義。這種義是豪俠之屬講
究的「義氣」，而非孔子所說「事之所宜」的「禮義」，或是全然效忠君主的
「忠義」。因為以忠的角度，關聖華容釋曹、戰敗降曹等事不會被當成合宜的。

〔註159〕見聊齋文集〈關帝廟碑記〉，路大荒整理，《蒲松齡集》第一冊，頁43。
〔註160〕黃華節，《關公的人格與神格》，頁233。
〔註161〕同前註，頁237。

〔註162〕

　　的確，關聖豪俠般的義氣性格無可否認，在《聊齋》之中，這種性格也表現得非常明顯。本論文認爲，這種基於感情的「義氣」，正是他被蒲松齡視爲至靈之神，而在《聊齋》中表現出崇高、大能形象的原因。

　　關聖受人稱頌的「忠」「仁」「義」事蹟中有個奇特的矛盾，就是他戰敗降曹與華容釋曹的選擇。在這兩件事裡，忠與義好像變成相對的概念，起了強烈的互斥作用。但詳細考之，忠與義彼此或許會有矛盾，但也並非相對。人的本心爲仁，正中本心即忠，忠於本心的外在行爲是義，此即所謂的「仁內義外」或「忠恕一貫」。從這個角度來看，關公順從自己本心的情義，不也是忠的一種表現？孟子亦說「君子遠庖廚」，也是講君子亦無法否決當下感情，所以刻意迴避的緣故。若考究關聖的事蹟，戰敗降曹與華容釋曹或許不合於效忠君王的忠君觀念，但依舊成就了關聖「忠」於本心的「情義」。

　　關聖的情義不僅僅受到百姓的崇拜，也受到國家與文人的讚揚。他逐漸取代精忠岳武穆的地位，又不會像宋江一樣被批評爲「假仁假忠假義」。這種狀況正代表關聖「忠仁義」的評價與事蹟，雖然狀似有些矛盾，卻仍是一體連貫的。在閱讀岳武穆傳記時，最令人扼腕的就是他接受了十二道金牌的召喚，回到朝中赴死。而關聖華容釋曹，讓人意氣洶湧的也正是他在立下軍令狀的情況下，躊躇難決，最後終於放走曹操的橋段。其中原因爲何？正是忠君是忠，忠於本心也是忠，「精忠」和「情義」是同一條道路，只是武穆與關聖選擇了不同的方向。或許，就是在這樣兩難的情境中，才會有英雄的誕生。

　　這一切恰恰說明了，關聖受人崇拜的義是偏向本心情感的情義，而非偏向制度體系的忠義。他受人崇拜的忠是忠於本心情感的忠，而非忠於體制君王的忠。

　　這種情義，不教人忽視內心呼喚而拘泥教條式的「忠」、「仁」道德，是更接近於百姓心中感情的。這或許也是關公取代武穆，受到更廣大百姓膜拜，成爲蒲松齡心中至靈之神的原因之一。

　　關聖在《聊齋》強烈官僚化的神祇世界中，不僅是道德化身的角色，更是一個站在民眾立場去監督眾神，積極掃除不平的「神中之俠」。如果說岳武穆在面對不公正的體制時，選擇了維護這種體制，那《聊齋》中的關聖就會

〔註162〕黃華節，《關公的人格與神格》，頁233。

像俠客一樣，依循自身情義，去突破、導正這種體制。

像〈董公子〉裡，官府與董公子雖然不繼續追究僕人的罪行，但關聖依舊將這惡僕一刀兩斷。而〈公孫夏〉裡，祂甚至自己罷免城隍的職務。這種類似天神欽差的表現，細細追究起來，是根源自關聖類似俠客重視「義氣」、「情義」大於制度的形象。而與人間俠客相比，關聖更站穩了正義的立場。因為祂在諸神間具備崇高位階，又表現出絕對的正義形象。

在拙文〈論聊齋中之俠〉裡，歸納出蒲松齡為俠賦予「名德為中」的正義形象。《聊齋》之俠經常依憑一己正義，以物資與武力救難制裁，鮮少利用司法體系等社會制度達成自己獎善罰惡之目的。〔註163〕

對照起來，我們可以說《聊齋》中關聖嫉惡如仇、威猛剛烈的正義形象，和其位階崇高、超自然能力強大的形象是互為因果的。甚至進一步講，祂這些形象，與蒲松齡將祂視為至靈之神，彼此也是互為因果。

關聖的絕對正義、能力強大，與官僚神有善有惡、能力較低的現象正好彼此對照，因此祂在《聊齋》中成為監督諸神，超越體制，實現真實正義的化身。這種形象與《聊齋》之俠是有所關連的。假如在《聊齋》裡，官僚神代表人間體制被模擬移轉到神祇世界中，那關聖就是俠客神祇化的結果。

同時，關聖位階崇高、正義化身的形象，更讓祂不像人間俠客一樣有違法亂紀、不合程序的疑義。這樣講來，《聊齋》是將關聖描寫成「合法的俠」。或者說，這種「神中之俠」，就是《聊齋》所認定正義之俠的最終型態，一種完美、毫無可議的神俠。

這種與官僚體制對抗的俠者性格，在《聊齋》裡並不僅出現在關聖身上，許多官僚意味較低的個人神祇也有相同現象，可見這是種一貫的思想與創作觀。本論文以為關聖原本在民間信仰與蒲松齡自己心中的形象，正好與這種思想、創作觀最為符合，也就讓關聖順勢成為作者心中的至靈之神，展現出最強烈獨特的神俠形象。本論文將在後續章節討論《聊齋》諸神世界這種神俠現象，在此先不詳述。

三、觀音菩薩

關於觀音菩薩的來源傳說與流變，前人討論已多，不過，在《聊齋》中

〔註163〕見拙論〈論聊齋中之俠〉，將刊載於《東方人文學誌》2007年九月號。

的觀音菩薩，其實根本沒有觸及這方面的問題。在《觀音信仰》書中寫：

> 觀音的變化具有世俗化的特徵，所謂世俗化就是很多平民百姓並不
> 重視精神的解脫，而是關心現實的利益和來世的幸福。正因為這種
> 鮮明的功利目的，中國百姓把觀音世俗化了。〔註164〕

觀音最受百姓稱道的就是「大慈大悲」和「救苦救難」，前者是祂所代表的德行化身，後者則是祂的實用功能。在中國民間信仰中，實用性一向是最重要的部分。蒲松齡便親口說：「今夫至靈之謂神。誰神之？人神之也。……其慈悲我者則尸祝之耳……故佛道中惟觀自在……願力宏大……欲普渡三千世界，拔盡一切苦惱，以是故祥雲寶馬，常雜處人間，與人最近」，〔註165〕可以看出他認為神與人、慈悲與尸祝是互相感應的，所以他對觀音菩薩乃至諸神的崇敬讚許也有一半基於強烈的實用互償價值。〔註166〕在《聊齋》中，觀音所佔的篇幅不多，但是面貌都很一致，以慈悲救難為主。

神　祇	人　名	卷　數	篇　名	頁　數	別　稱
菩薩	無	卷二	張誠	頁250	菩薩
		卷三	湯公	頁327	菩薩
		卷五	上仙	頁692	菩薩、大士
		卷六	菱角	頁817	觀音、觀音大士
		卷六	江城	頁862	觀音、菩薩

　　在《聊齋》中，出現觀音菩薩的篇章一共五篇，雖然文中有時只用菩薩二字，不一定以觀音直稱，但實際上作者或以觀音最廣泛常見的造型暗示，或用前後文情節對照出所稱「菩薩」是指「觀音」。

　　例如在〈張誠〉中，寫在張訥在地獄中看見發光偉人從雲中降落，拯救苦惱鬼魂。文中寫「菩薩以楊柳枝遍洒甘露」，〔註167〕就是有意直接取觀音大士淨瓶楊柳，甘露救苦的廣泛形象，暗敘這名菩薩正是觀音。

　　同樣地，在〈湯公〉中寫湯公死後接受文昌帝君指引，到一有茂林修竹的華好殿宇裡，求菩薩替他修復腐敗身軀。文中寫他進入殿宇後：「見螺髻莊

〔註164〕邢莉，《觀音信仰》，頁46。
〔註165〕見聊齋文集〈關帝廟碑記〉，路大荒整理，《蒲松齡集》第一冊，頁43。
〔註166〕另一半是基於作者人類德行與天道互相感應融合的天道純善觀。這觀念留
　　　　待第四章最後一節詳述，在此不多贅敘。
〔註167〕卷二〈張誠〉，頁251。

嚴，金容滿月，瓶浸楊柳，翠碧垂煙。」〔註168〕也是取螺髻、楊柳淨瓶等普遍形象來暗指菩薩身份。

其他三篇，就可從前後文直接對照出文中「菩薩」的身份。例如在〈上仙〉中寫狐仙與人的應答：

「見菩薩否？」答云：「南海是我熟徑，如何不見！」……已乃爲季文求藥。曰：「歸當夜祀茶水，我與大士處討藥奉贈，何羔不已。」

〔註169〕

前問菩薩，後直答南海大士，可見兩者同一。又在〈菱角〉中，寫胡大成之母虔誠禮佛，連胡大成上學，「道由菱角觀音祠，母囑過必入叩。」〔註170〕亦即要求他每天經過觀音祠時必定要入內禮拜。後來胡大成與菱角、母親因寇亂分隔，竟受一名具有神力的嫗協助，瞬間穿越數百里距離相聚。因此他們「疑嫗是觀音大士現身，由此持觀音經咒益虔。」〔註171〕雖然文中只寫「懷疑是」觀音大士，代表嫗不見得真的是觀音菩薩。不過文中角色會產生懷疑，是因爲情節敘述胡母早先虔誠禮拜觀音，後面以神力救難之嫗是觀音菩薩爲最合理的解釋。另一方面這種懷疑也代表嫗和觀音菩薩在形象上有相通之處。

最後在〈江城〉裡也有類似的狀況。文中寫江城與高生成親，喜妒善怒，苛待高家眾人卻無人可奈她何。高母爲此煩惱，某晚夢見一名老人對她說：「每早起，虔心誦觀音咒一百遍，必當有效。」〔註172〕照辦之後，江城依然故我，但某天在門口遇見老僧。僧突然用口噴水射在江城臉上，當晚江城突然醒悟，從此性情大改。她自承：「妾思和尚必是菩薩化身。清水一洒，若更腑肺。」〔註173〕高母也「悟曩昔之夢驗也」〔註174〕江城所說清水也有觀音菩薩甘露之意，不過高母醒悟舊夢應驗，代表念觀音咒有效，後來現身點醒江城的老僧被視爲「菩薩」，理當指觀音菩薩無疑。蒲松齡也在文後異史氏曰中寫：「人生業果，飲啄必報……觀自在願力宏大，何不將盂中水灑大千世界也？」〔註175〕同樣證明前文所寫以清水化解業果的「菩薩」，就是

〔註168〕卷三〈湯公〉，頁327。
〔註169〕卷五〈上仙〉，頁692。
〔註170〕卷六〈菱角〉，頁817。
〔註171〕卷六〈菱角〉，頁818。
〔註172〕卷六〈江城〉，頁861。
〔註173〕卷六〈江城〉，頁862。
〔註174〕卷六〈江城〉，頁863。
〔註175〕卷六〈江城〉，頁863。

異史氏曰裡的「觀自在」。

因此本論文在本節中，主要就這五篇文章進行觀音菩薩形象的整理分析。

（一）慈悲救難的形象

《聊齋》中的觀音菩薩表現出明顯的「救難」形象，除卻〈上仙〉篇中菩薩只出現狐仙口中，沒有實質的形象和作為，在〈張誠〉、〈湯公〉、〈菱角〉、〈江城〉等四篇裡都是如此。因此「救難」可說是《聊齋》中觀音菩薩最主要的形象。

菩薩的救難大多是主動的，表現出祂以救世為任的面貌。在祂的救難行為中，通常也同時表現出慈悲的面貌。關於菩薩的這幾篇故事，和民間信仰的傳說是十分近似的。

根據《觀音信仰》中所述，觀音菩薩的職能大致包括了保佑風調雨順、救人於天災人禍、治傷病延壽命、送子、育子、保佑孕婦等等。對比來看，其中救人於天災人禍和治傷病延壽命二者是《聊齋》中觀音菩薩最重要的職能，會合成觀音菩薩慈悲救難的形象。這兩項職能，前者出現在〈菱角〉中，後者則在〈張誠〉、〈湯公〉、〈上仙〉等三篇裡。

如前文提過的，在〈菱角〉中寫胡大成與母親、妻子菱角因為寇亂而分隔，胡母與菱角分別得到老嫗與乘金毛犼的童子幫助，瞬息穿越數百里的極遠距離和胡大成神奇地相聚。他們懷疑老嫗是觀音大士現身，從此更虔誠地誦觀音經咒。

懷疑老嫗是觀音菩薩的原因有二。第一是因為他們原本就十分禮拜觀音菩薩，如前文提過的，胡母甚至要求胡大成每天經過菱角觀音祠時，都得要進去禮拜。胡大成的妻子菱角，也是他在祠中遇上的，隱約有這段姻緣是在菩薩幫助下促成的意味，所以後文寫菩薩出來救難，顯得與前文十分連貫。第二個原因則正因為《觀音信仰》中所說觀音救難的這個普遍職能，形成遇難者第一個想到的就是觀音，從而現身救難者也彷彿是觀音菩薩的這種現象。在這種時候，「救難者是觀音菩薩」和「觀音菩薩救難形象」誰因誰果已經無法分清，《聊齋》巧妙地不寫「原來老嫗就是觀音大士現身」，塑造出這種似是菩薩又不是，虛實難辨的情境。

在〈江城〉中也是一樣，高生與妻子江城前世有仇，造成江城性情善怒，苛待高生一家，讓高家上下痛苦不已。後來高母遵從夢境勤唸觀音咒，江城便突然被一名老僧含水噴面，當晚性情大改，向高生與公婆流淚請罪。江城

懷疑老僧是菩薩化身，和高母勤唸觀音咒也是互相對照的。《聊齋》依舊沒有明寫這名老僧「確定」是觀音菩薩，營造出觀音菩薩神力救難，凡人雖懷疑救難者是菩薩，卻總是難以確知的文學形象。

又在〈張誠〉這一篇篇幅較長，情節又曲折的文章中：

> 共嘩言：「菩薩至！」仰見雲中有偉人，毫光徹上下，頓覺世界通明。
> 巫賀曰：「大郎有福哉！菩薩幾十年一入冥司，拔諸苦惱，今適值之。」便掖訥跪。眾鬼囚紛紛籍籍，合掌齊誦慈悲救苦之聲，哄騰震地。
> 菩薩以楊柳枝遍灑甘露，其細如塵；俄而霧收光斂，遂失所在。訥覺頸上沾露，斧處不復作痛。巫乃導與俱歸，望見里門，始別而去。
> 訥死二日，豁然竟蘇。〔註176〕

從菩薩出場時的描寫，《聊齋》已率先賦予菩薩一種救苦救難的形象。在此之前，張訥的弟弟，同時也是後母兒子的張誠，因為在幫忙張訥砍柴之時被大虎叼走。在後母的逼迫之下，張訥為了表示負責而自盡，鬼魂悠悠來到陰間。到此為止，在情節的進程上已是一冤。後來訥遇到鄉里中走無常的巫人，詢問之下發現弟弟並沒有來到陰間，亦即可能沒有死亡，在此刻又添上了一疑。在這一冤一疑之際，文中寫「忽共嘩言：『菩薩至！』」這樣的出場時機，不但從情節上展現出菩薩化解冤屈的救苦救難形象，更顯出祂的救難來得神奇，來得剛好。

這段文字的詞語與形容也顯現出救難形象。「毫光徹上下」、「頓覺世界通明」等形容都是菩薩拔除苦難的一種暗示，除了有描寫菩薩外貌之用，也象徵菩薩即將拯救地獄劫鬼、消除張誠的冤苦。眾鬼囚見到菩薩紛紛跪地「合誦慈悲救苦之聲」，可反證這名持楊柳枝、灑甘露的菩薩就是觀音，更直接闡明看見觀音菩薩就代表苦難可解的強烈救難形象，連帶舉出祂的慈悲。

最後文章由巫人口說「菩薩幾十年一入冥司拔諸苦惱」，接到祂遍灑甘露讓張誠復生，將觀音菩薩的救難形象塑造得完整圓滿。

在〈湯公〉篇中，文中寫：

> 帝君檢名曰：「汝心誠正，宜復有生理。但皮囊腐矣，非菩薩莫能為力。」因指示令急往，公從其教。……公肅然稽首，拜述帝君言。……菩薩即如所請。〔註177〕

〔註176〕卷二〈張誠〉，頁250。
〔註177〕卷三〈湯公〉，頁327。

湯公歷經一番波折，在孔聖與文昌都無法幫助他復生的情況之下，終於找到觀音菩薩，重塑肉體而復生。雖然菩薩在此並非主動地出現救助湯公，但是從這種有問題就去找菩薩的情節當中，也表現出菩薩不僅有意救難，更「有能」救難的形象。

菩薩回復張訥與湯公肉身，並讓他們返回陽間的情節，正符合於《觀音信仰》中所說的治傷病、延壽命兩種職能。〔註178〕這兩種職能除卻是觀音菩薩救難形象的一部份，也經常在《聊齋》中襯托出祂神力的偉大。

（二）崇高的超自然能力

不過在〈湯公〉中，菩薩實際上並沒有權力延長湯聘的壽命，因為名數仍掌握在文昌帝君之中，菩薩只是有能幫湯聘回復腐壞的肉體而已。這是《聊齋》神祇官僚化，導致諸神往往各有職責造成的特色。不過這種情形，也間接讓菩薩表現出不同於諸神的形象。在該篇中，文昌顯得有權無能，形象上宛如天庭中的一名普通官員，相對於祂，菩薩就表現出具有獨特超自然法力的形象。

《聊齋》出現菩薩的篇章中，不管哪一篇，或多或少，或直接或間接，都將菩薩的法力寫得十分崇高，和其他官員式的神祇有顯著的不同。大致歸納起來，《聊齋》中觀音菩薩的能力包括隨意化身、癒傷造物、轉化因果等多種。不過這種分類只是概略的，菩薩的能力也常依附在祂救難的形象上，針對所面臨的危機讓諸事化險為夷，所以也可以簡稱為「救一切苦」的能力。

〈張誠〉篇中寫菩薩到地獄中拯救諸多劫鬼。菩薩出場的時候，寫祂出現在「雲中」，「豪光」照得世界通明，外型如同「偉人」。不但描述了菩薩的超自然能力，更間接烘托菩薩法力強大的形象。巫人所說「幾十年一入冥司拔諸苦惱」，也明白講出菩薩拯救鬼魂的能力。祂用楊柳枝遍灑甘露，讓張誠鬼魂的傷口癒合，回到肉體復生之後更是宛如常人，表示菩薩不分人鬼皆可治療的癒傷能力。

〈湯公〉篇中首先由文昌帝君的話語點出了菩薩的出場，藉由孔聖與文昌兩人無力讓人復生的情節，襯托出菩薩癒傷造物的崇高法力。湯公死後被允許復活，遵從文昌帝君的指示到觀音菩薩面前，求祂幫忙復原自己已經腐敗的肉身，文中寫：

〔註178〕邢莉，《觀音信仰》，台北，頁162,169。

公肅然稽首，拜述帝君言。菩薩難之，公哀禱不已，旁有尊者白言：
『菩薩施大法力，撮土可以爲肉，折柳可以爲骨。』菩薩即如所請，
手斷柳枝，傾瓶中水，合淨土爲泥，拍附公體。使童子攜送靈所，
推而合之。棺中呻動，霍然病已，家人駭然集，扶而出之。計氣絕
已斷七矣。〔註179〕

在此之前，文章寫湯公死後聽說孔聖與文昌負責管理士子生死錄，若想復生
還需靠這二位神祇幫忙消除死亡的名籍。但只見他一路跋涉來到孔聖與文昌
面前，兩位神祇卻自承無能爲力。兩相比較，文昌、孔聖兩位彷彿只是負責
管理名籍的官員，唯有菩薩有強大的法力能幫人復生，襯托出菩薩神能強大。
之後尊者請觀音菩薩「施大法力」，以及菩薩撮土折柳化爲肉體，使湯公得以
復生，還「霍然病已」，都直接地塑造出觀音菩薩與其他神祇相比，具有超乎
職權之外的超自然強大法力的形象。

〈菱角〉文中描寫胡母與菱角受到菩薩搭救而與大成一家重逢的經過：

先是亂後，湖南百里，滌地無類。焦移家竄長沙之東，又受周生聘。
亂中不能成禮。期是夕送諸其家。女泣不盥櫛，家中強置車上。途
次，女顛墜其下。遂有四人荷肩輿至，云是周家迎女者，即扶升輿，
疾行若飛，至是始停。一老姥曳入，曰：「此汝夫家，但入勿哭。汝
家婆婆，旦晚將至矣。」乃去，成詰知情事，始悟媼神人也。夫妻
焚香共禱，願得母子復聚。母自戎馬戒嚴，同僑人婦奔伏澗谷。一
夜，噪言寇至，即並張皇四匿。有童子以騎授母，母急不暇問，扶
肩而上，輕迅剽尬，瞬息至湖上。馬踏水奔騰，蹄下不波。無何，
扶下，指一戶云：「此中可居。」母將啓謝。回視其馬，化爲金毛狨，
高丈餘，童子超乘而去。〔註180〕

敘述胡大成因湖南家鄉寇亂而留滯湖北，菱角的父母雖已受胡家聘，仍讓她
改嫁周生，匆促送上花轎。同一時間胡大成因懷念母親，在湖北以子禮侍奉
一名面目肖似母親的老媼。老媼突然說要爲大成娶婦，大成雖不願背棄與菱
角之盟，老媼仍堅持替他帶新婦回家，囑託他秉燭等待。菱角坐上花轎後「疾
行若飛」，轉眼被送到胡大成湖北的家中，兩人驚訝地相認。另一邊胡母在湖
北躲避寇亂，也在隨後被一名童子送上馬匹，「輕迅剽尬」，甚至在湖上奔馳，

〔註179〕卷三〈湯公〉，頁327。
〔註180〕卷六〈菱角〉，頁817～818。

「踏水奔騰，蹄下不波」，最後童子乘回復金毛犼原形的馬匹離去。文章藉由曲折苦難的情節，和路途的遙遠、行路的快速，表現出菩薩化不可能為可能的大法力。

在〈江城〉篇中，菩薩的能力就更加神奇。文中寫江城和高生因為前世的因果，導致兩人成親後，江城不斷虐待夫婿高生及其家人。這百術不能解的情況，卻在文中被菩薩輕描淡寫地扭轉。先是高母夢一老叟說江城與高生的情況是因為前世有仇，只要勤唸觀音咒即可化解。高母醒來後虔誠執行，江城雖沒改變，卻在某日遇見一名老僧。文中寫：

> 忽有老僧在門外宣佛果，觀者如堵。僧吹鼓上革作牛鳴。女奔出，見人眾無隙，命婢移行床，翹登其上。眾目集視，女如弗覺。逾時，僧敷衍將畢，索清水一盂，持向女而宣言曰：「莫要嗔，莫要嗔！前世也非假，今世也非真。咄！鼠子縮頭去，勿使貓兒尋。」宣已，吸水射女面，粉黛淫淫，下沾衿袖。眾大駭，意女暴怒，女殊不語，拭面自歸。僧亦遂去。女入室痴坐，嗒然若喪，終日不食，掃榻遽寢。〔註181〕

老僧含水噴江城之面，眾人都猜測以她的脾氣會當場暴怒，沒想到她只是默默離去。當天晚上，江城先若有所失，隨後性情大改，親自來到高生與公婆面前流淚請罪，並說：

> 「妾思和尚必是菩薩化身。清水一洒，若更腑肺。今回憶囊昔所為，都如隔世。妾向時得毋非人耶？」〔註182〕

這才知道是觀音菩薩用一口淨水，化解了高生與江城之間的前世因果，使原本受因果影響而顯得個性殘虐的江城，在一瞬間「若更腑肺」。這表示因果力量雖大，菩薩的能力卻又更高。這種操縱因果的能力是菩薩最強大的超自然能力。

在〈上仙〉篇中，寫作者與友人會見某狐仙：

> 高振美尊念東先生意，問：「見菩薩否？」答云：「南海是我熟徑，如何不見！」……已乃為季文求藥。曰：「歸當夜祀茶水，我與大士處討藥奉贈，何羔不已。」〔註183〕

在本篇中，狐仙說「南海是我熟徑，如何不見！」顯得十分驕傲。同時又說

〔註181〕卷六〈江城〉，頁862～863。
〔註182〕卷六〈江城〉，頁862。
〔註183〕卷五〈上仙〉，頁692。

「我與大士處討藥奉贈，何恙不已」，也間接表示菩薩救治傷痛的能力與菩薩之藥的超凡靈驗。

（三）重視德行，獎顧誠篤

《聊齋》中的菩薩表現出救苦救難的形象，不過祂救難的對象往往是良善之人，不然便是信仰虔誠的百姓。在《聊齋》中，虔誠信仰和良善德行雖不能說完全同一，但至少可以成為受神祇眷顧的「最低要求」。同時誠篤奉佛往往牽涉到誦經咒的功德問題，而《聊齋》中這類功德與神祇眷顧的關係相當緊密。〔註184〕當然說到底，並不是只要虔誠就可以得到菩薩救助，即便稱不上良善有德，《聊齋》所描寫的誠篤得救者至少都不具有惡心惡行。

例如〈菱角〉文中寫：

> 胡大成，楚人，其母素奉佛。成從塾師讀，道由菱角觀音祠，母囑過必入叩。〔註185〕

胡母由於虔誠禮佛，後來得到觀音大士的幫助，一家團聚，大士展現出救苦救難的慈悲形象。而胡母得到神明護祐的原因，主要就歸諸於她奉佛的虔誠之心，顯示出菩薩親近眷顧誠篤良善之人的形象。

〈江城〉中寫高母夢到一名老叟，告訴他不須憂煩江城性情暴躁易怒的事情，只需每天早起虔誠唸誦觀音咒一百遍即可化解。於是高母照辦不誤，最後竟然真的得到菩薩的現身幫忙，化解江城和高生的前世恩怨，從此夫妻和睦。因誦觀音咒百遍得到菩薩的化身幫助，有獎顧虔誠篤信者的意味在。不過誦經咒也被認為有累積功德之效，可說是誠篤與德行之間的模糊地帶。

〈菱角〉中的胡大成則是因為德行。胡大成雖然得到菩薩的幫助而和妻母團聚，不過在那之前他還受到菩薩的一番「考驗」。文中寫：

> 一日，有媼年四十八九，縈迴村中，日昃不去。自言：「離亂罔歸，將以自鬻。」或問其價。言：「不屑為人奴，亦不願為人婦，但有母我者，則從之，不較直。」聞者皆笑。成往視之，面目間有一二顏肖其母，觸於懷而大悲。自念隻身，無縫紉者，遂邀歸，執子禮焉。媼喜，便為炊飯織履，劬勞若母。拂意輒譴之，而少有疾苦，則濡煦過於所生。忽謂曰：「此處太平，幸可無虞。然兒長矣，雖在羈旅，大倫不可廢。三兩日，當為兒娶之。」成泣曰：「兒自有婦，但間阻

〔註184〕關於功德的效用詳見本論文第四章第三節。
〔註185〕卷六〈菱角〉，頁815。

南北耳。」媼曰：「大亂時，人事翻覆，何可株待？」成又泣曰：「無
論結髮之盟不可背，且誰以嬌女付萍梗人？」〔註186〕

寫觀音菩薩化身老媼，讓胡大成以母親事之，胡大成因為對母親的思念，果
真將老媼視為自己的母親來侍奉。又老媼要替大成娶婦，大成自言有婦，結
髮之盟不可背。關於這段故事在《聊齋》本篇「頗肖其母」句後的但評中講：

此意神天鑒之。胡母奉佛，菩薩化身固也，然使成與菱角稍有二心，
未能堅守前盟，菩薩亦不發此慈悲矣。況嫗為人母，自古未聞，成
以頗肖其母而迎歸執子禮，誠孝之感，已不自今日始矣。〔註187〕

的確可以看出，就是因為胡大成的這份孝德，以及他不願背棄結髮之盟的信
義，讓他得到觀音菩薩的幫助。菩薩表這番考驗讓衪展現出重視德行的形象。

又〈張誠〉中寫張訥純孝，但因後母所生弟弟張誠隨他上山砍柴被老虎
叼走，便以利斧自盡向後母表示負責。張訥在地獄詢問巫人是否看見弟弟經
過，巫人說並沒有，代表張誠可能沒死，懷疑間菩薩降臨地獄拔除苦惱，遍
灑甘露，張訥因此復生。這段故事在《聊齋》馮評中寫：

凡傳奇中至無可轉關處，輒以仙佛救濟，幾成爛套。諺云：戲不夠，
神仙湊。此卻令人不厭，故何也？孝子悌弟，感動天人，此理至常，
無足怪。〔註188〕

如本論文在前面所述，情節進展到這裡，張訥正面臨一冤一疑的局面，但他
已經身在地獄，毫無辦法了。張訥原本就是純孝友愛之人，他的自盡便是最
好證明。而他此刻身在地獄，仍然向巫人打聽弟弟的消息，完全顯露出他對
手足的關切。就在這令人驚疑的時刻，讓張訥碰上數十年才進地獄拔除苦惱
一次的觀音菩薩，確實讓菩薩展露強烈的眷顧孝悌、重視德行形象。

（四）華美莊嚴與神變兩種外貌形象

另外，和其他神祇相比，《聊齋》對菩薩外型形象的描述是比較詳細的。
《聊齋》擅長配合情節、形容詞和對環境的描述來塑造出神祇特有的形象。
對於觀音菩薩的外型描寫，在〈張誠〉、〈湯公〉、〈菱角〉、〈江城〉等四篇中
都有。不過直接描寫菩薩真實外貌的，唯有〈張誠〉、〈湯公〉兩篇。和世間
的觀音造像相比，《聊齋》中的菩薩也是不脫束高髻、持淨瓶楊柳的普遍典型

〔註186〕卷六〈菱角〉，頁816。
〔註187〕卷六〈菱角〉，頁816。見「頗肖其母」句後。
〔註188〕卷二〈張誠〉，頁250。見「今適值之」句後。

形象，但又描寫出莊嚴華美的氣質。

在〈張誠〉之中，菩薩是從聲音的「眾譁言」一句開始出場的。接著視角從眾人之中由下往上仰視推到了「雲中」，雲中出現一「偉人」，加上「毫光徹上下，頓覺世界通明」的敘述，一併展現出菩薩崇高而華美莊嚴的形象。後面又寫菩薩將「楊柳甘露」灑下，「其細如塵」，彷彿一片朝霧，讓雲、光、露、甘、霧等意象搭配在一起，塑造出一片朦朧美麗的景象，在這樣的景象當中，菩薩也在霧氣與光芒的氤氳與收斂中消失，這些都讓菩薩的形象異常生動鮮明。〔註189〕

菩薩的形象在〈湯公〉篇中也顯得十分華美莊嚴與祥和，文中寫：

> 因指示令急往，公從其教。俄見茂林修竹，殿宇華好。入，見螺髻莊嚴，金容滿月，瓶浸楊柳，翠碧垂煙。公肅然稽首，拜述帝君言。
>
> 〔註190〕

首先是菩薩的外貌，「螺髻莊嚴」顯示出美麗莊嚴的形象，「金容滿月」則將菩薩形容的得華貴、祥和、莊嚴、圓滿。菩薩的居所「茂林修竹」顯得祥和寧靜，「殿宇華好」則顯得華美莊嚴的氣氛，為菩薩帶來祥和、華美、莊嚴的形象。菩薩所用的物品也是一樣，「瓶浸楊柳，翠碧垂煙」或者是用「淨」土為公復生，都為菩薩塑造出特有的華美莊嚴形象。

另外，在〈菱角〉、〈江城〉兩篇中出現的都是菩薩的化身，這也是觀音的外型特色之一：

> 神變是菩薩的一個特點，觀音菩薩發生神變，可以幻化出無數應身，當人們遇到危難急切虔誠地呼喚觀音菩薩時，其應化身就會前來救苦救難。……中國民間創造的觀音化身是那麼離奇，那麼不可思議，那麼違背現實的邏輯。〔註191〕

蒲松齡在這兩篇中都巧妙地用似真似假的筆法來描寫菩薩救難的情節，到最後凡人終究無法確知那神奇的救難者到底是否為菩薩。這種情節正好也反映了觀音菩薩的神變特質，將那飄忽難測的超自然形象表現出來。

（五）崇高獨特的地位

在《聊齋》之中，與充滿官僚形象與其他謹慎效忠天帝的神衹不同，菩

〔註189〕引文見卷二〈張誠〉，頁250。
〔註190〕卷三〈湯公〉，頁327。
〔註191〕邢莉，《觀音信仰》，頁45～46。

薩的位階稍顯有些模糊。在各篇裡，祂擁有很高的超自然法力，但祂最常從
事的救難事務並沒有任何「職務」的意味，不像關聖那樣明顯擁有職稱、職
務，為帝所號令。這或許是因為蒲松齡將觀音菩薩定位於「佛道」，而和人鬼
神體系構成的「神道」官僚體系略有間隔，不過大致來說，菩薩所做之事依
舊是在協助這神祇體制的運作。

　　例如在〈湯公〉裡，掌管士子生死錄的文昌帝君與孔聖無法完成的事務，
可以額外尋找菩薩來完成。

　　菩薩是唯一在能力上能與帝比擬者。帝最大的超自然能力在於掌握預
測、操控人類命運的冥冥不可見「定數」，而菩薩在〈江城〉中展現扭轉因果
的能力。這裡所謂因果和定數頗相類似，竟然決定人類的姻緣愛情和個性。
在文中先寫高生與江城結親的過程，後來因江城個性善怒，竟讓高生一家飽
受折磨，苦不堪言。直到高母作夢，才知江城之舉有前世因果在：

> 臨江高蕃，少慧，儀容秀美。十四歲入邑庠，富室爭女之；生選擇
> 良苛，屢梗父命。……初，東村有樊翁者，授童蒙於市肆，攜家僦
> 生屋。翁有女，小字江城，與生同甲，時皆八九歲，兩小無猜，日
> 共嬉戲。後翁徙去，積四五年，不復聞問。一日，生於臨巷中，見
> 一女郎，豔美絕俗。從以小鬟，僅六七歲。不敢傾顧，但斜睨之。
> 女停睇，若欲有言。細視之，江城也。頗大驚喜。各無所言，相視
> 呆立，移時始別，兩情戀戀。〔註192〕

> 母……痛哭欲死。夜夢一叟告之曰：「不須憂煩，此是前世因。江城
> 原靜業和尚所養長生鼠，今作惡報，不可以人力回也。」〔註193〕

光看兩人結識過程，這似乎是普遍兩情相悅的才子佳人故事，但配合後面兩
者因果業障的描述來看，便發現作者在其中安排其中許多奇妙巧合。例如，
高生雖然儀容秀美，但卻選擇良苛，一直無法成親，這就彷彿在冥冥中已經
先一步安排好特定人選一般。在這種個性下，他卻正好自小與江城熟識友好，
又在窄巷中為之驚豔，兩種前有因素影響下，造成「頗大驚喜」，「兩情戀戀」
的結果。在其中，兒時情感與挑剔個性造成的驚喜，就是促進兩人情愫與姻
緣的重要前因。這種前因與其所成之果，就是文中「因果」主宰人類的強大
力量。所以在但評中也講：「既有業緣，自然無猜」、「業緣相牽，自必復遇」、

〔註192〕卷六〈江城〉，頁854。
〔註193〕卷六〈江城〉，頁861。

「業緣難割，自必相戀」。〔註194〕

文中講這種前世遠因構成的今生惡報，「不可以人力回」，但接著又說虔心誦觀音咒一百遍必當有效。後來的故事裡，果然江城被疑似觀音菩薩化身的老僧以一口清水噴面，個性大轉，與高生相處良好。

這種單以一口水，扭轉因果，連帶扭轉被因果影響的巨大人類意志、命運的情節描述，確實讓菩薩在能力這方面與〈陳錫九〉中塑造得金奇遇，具備形上天形象的帝能相互比擬。這種強大的能力，加上祂與神祇官僚體系若有似無的關係，讓觀音菩薩隱隱具備威脅帝的位階。

這種現象並非不可能存在，例如前章中提到，道教中雖然也有掌握神祇官僚體系的玉皇大帝，但並不以祂為至上神。另外像西遊記裡，在孫悟空大鬧天宮的映襯中，天庭諸神的神力遠不及如來佛祖。

但進一步推究，《聊齋》中觀音菩薩的位階仍不至於達到超越至上神「帝」的程度。從位階、職權、能力三個方面來看，首先菩薩並不像帝那樣，具有凌駕諸神之上的地位。〈湯公〉中文昌帝君雖然無能重建湯公的肉體，請他去找菩薩協助。他以「菩薩」稱謂呼喚觀音，言詞中帶有相當敬意，但也僅止於此。觀音菩薩與文昌帝君單論位階並沒有展現出高下之分，比較類似彼此協助。這代表菩薩或許不屬於神祇官僚體系，但仍處於善意協助的地位。

觀音菩薩雖然不具備明顯官僚職權，但祂在〈張誠〉篇中解救鬼魂與〈菱角〉、〈江城〉兩篇中救助人類的行為和展現出的能力，仍屬於掌控人鬼的範疇。和帝掌管人鬼神仙諸類，範圍包括天地自然、宇宙運行的職權與能力相比，觀音菩薩綜合起來表現出的位階仍和具有強烈至上神特徵的帝有所不同。

〔註194〕卷六〈江城〉，頁854。分見於「兩小無猜」、「見一女郎」、「兩情戀戀」句下。

第四章 《聊齋誌異》神祇的特徵與意涵

第一節 人世化的神祇世界

《聊齋》中神祇的特徵為人格化，整個神祇世界表現出模仿人世，甚至與人間混同的形象。可以分幾個部分來看，包含：一、神祇稱謂、服制儀仗與職權等外在形象；二、神祇的來源結構；三、人間神境空間與權限的混同。

一、神祇稱謂、服制儀仗與職權結構

《聊齋》所描寫的是一個模仿人世，甚至位處人世的神祇世界，這種現象首先表現在他編寫的情節，以及行文的用字稱謂裡。從此延伸出去，他筆下神祇的外在形象與職權結構也呈現相同的特色。

（一）官即神的觀念影響情節、用字、稱謂

《聊齋》神祇模仿人世的傾向首先來自祂們在文中的稱呼和用字，如至上神帝，除了用「帝」這樣的職位稱呼，也多用下詔、奉旨、玉敕等字詞來表達他帝王神的形象。另外文昌、東嶽、關聖是為帝君；湖君或龍君稱大王，冥王也多用王者、大王來作代稱。城隍神更是稱為「守」、「官僚」、「區區一郡」，並且用「民牧」等用來描寫人間官守的字詞來形容。

上述用字稱謂很多是根基於神祇原本在宗教、信仰中所受封號，但《聊齋》還將這種情形進一步衍伸出去，在諸多文章中出現「封官即封神、封神如封官、稱官即稱神」的現象，表現出一種普遍性的原則。

　　例如〈陸判〉中寫朱爾旦「承帝命爲太華卿」〔註 1〕、〈水莽草〉中祝生
因救人極多被判定有功於人世，「策爲四瀆牧龍君」，〔註 2〕兩者都沒提及該神
職的詳細資訊，但和王六郎因仁厚被封爲土地神的情況幾乎完全相同，可以
從情節上判定爲成神。尤其〈神女〉中的神女自承「家君爲南嶽都理司」，也
是僅提及官名，但被直指爲神。又〈韓方〉中寫韓方爲父母之病哭禱於孤石
大夫，土地現身說「孤石之神，不在於此」，〔註 3〕大夫的官職和神等於是相
連結的意涵。

　　其他像吳王、揚江王、吳江王、郡司、郡君、巡環使等等，《聊齋》常直
接用封官代表封神，或直稱官名而省略稱神，〈陸判〉的太華卿與〈水莽草〉
的四瀆牧龍君」就是最明顯的例子，這種用字方式可以看出在作者心中這種
「鬼官即神」的概念已經是確定不疑的。

　　其他像卷一〈瞳人語〉：

　　　　清明前一日，偶步郊郭。見一小車，朱茀繡幰，青衣數輩款段以從。
　　　　內一婢，乘小駟，容光絕美。〔註4〕

這其實是芙蓉城七郎新婦歸寧的車隊，但喜好輕薄尾隨遊女的方棟在路上看
見時，完全沒能分辨出是神的車隊，只當是一般的貴家女眷，因此招禍。可
見神的形貌與人間官家根本沒有不同，而《聊齋》對這種現象也不感懷疑。

　　不過《聊齋》也相當擅長用這種神與人形似的狀態來營造情節上的效果。
許多時候，文中神祇的特殊性正好透過這種與人的共通處對比出來。像在卷
二〈水莽草〉中：

　　　　俄見庭下有四馬，駕黃幨車，馬四股皆鱗甲。夫妻盛裝出，同登一
　　　　輿。子及婦皆泣拜，瞬息而渺。〔註5〕

寫有車隊來將盛裝赴任的祝生夫婦接走，等於是完全將成神描寫成新官上
任。但隨即又寫這車隊瞬息而渺，在相同的形狀與相同的空間中充分表達出
神祇的不可視、不可捉摸。又在卷二〈陸判〉：

　　　　後瑋二十五舉進士，官行人。奉命祭西岳，道經華陰，忽有輿從羽
　　　　葆，馳衝鹵簿。訝之。審視車中人，其父也。下車哭伏道左。父停

〔註 1〕卷二〈陸判〉，頁 145。
〔註 2〕卷二〈水莽草〉，頁 180。
〔註 3〕卷十二〈韓方〉，頁 1664。
〔註 4〕卷一〈瞳人語〉，頁 10。
〔註 5〕卷二〈水莽草〉，頁 183。

輿曰：「官聲好，我目瞑矣。」〔註6〕

身為太華卿的朱爾旦也是要乘輿，而其子若非見到父親面貌，根本不曉得來者是神非人。同樣地〈陳錫九〉裡也一樣：

「忽共驚曰：『何處官府至矣！』釋手寂然。俄有車馬至。」〔註7〕

毆打陳錫九者看見死後成太行總管之神的陳父車隊，不知是神，只感覺是官府，卻又不知其從何而來，因此說「何處」官府。同樣的，陳錫九看見父親時甚至以為他還在人間，渾然不覺神與人，或者說與人界官員有何差異。

「鬼官即神」的觀念使《聊齋》中的神祇在表現出神性之前，先一步展現出強烈的人形人性；而更進一步來說，這些鬼官的外型、用具也和人間官員沒有太大不同。

（二）外在用具有如人間

一般來說，《聊齋》神祇的超自然神形、神性乃至能力並不常出現，而且常侷限在特定角色身上。大部分神祇在文章中第一步表現出的形象，是強烈的人形人性，也因此服制儀仗等都是與人世相同。

神祇外貌大都直接具備人形，少數非屬人鬼道的神也多以人形現身，少數保留有原形的特色；神祇的居所、服制、儀仗也多以人世物品為根基來描寫。從至上神開始，帝沒有直接的外貌描述，但在〈酆都御史〉中寫祂用黃帛書下詔，並有「金甲」神作使者傳旨，其他諸神也態度恭謹如接聖旨，可說與人間帝王完全相合，鮮少特異之處。

前章所分析諸神也同樣表現出很強烈的人間官員形象。例如在寫冥王的諸篇中，冥王坐宮殿之上，有專用的冕服、公務審閱用的簿書；至於刀山、油鍋、鎔鼎等刑具，雖然情狀可佈，也是人間本有物。文昌帝君居梓潼「府」，有小僮隨侍，底下有司文郎，也是如同人間貴家重官。〈湯公〉裡寫孔聖居聖廟之上，等於就在人世，兩者空間混同在一起了。雷曹行雨時還需坐車，除了拉車者是龍之外，車體與人間差異不大；祂們從儲水器中舀水灑水，也是相當擬人世的寫法。菩薩用淨瓶、楊柳，住於殿宇，四周有茂林修竹，氣質升華但以人間為基礎。擔任城隍需應考，考試時也用筆、試卷、几；上任時有旗幟、領車馬，刻意鋪張者甚至還帶上小妾；祂們住於邑城之中，執行勤務時乘馬、用利斧施刑，有時還做持笏的官僚裝扮，。龍君的居所更是華美廣大，宛如王侯，穿戴

〔註6〕 卷二〈陸判〉，頁145。
〔註7〕 卷八〈陳錫九〉，頁1157。

與婢僕也都是人間的貴家形象，只是奢華程度遠超越人間而透露出神的身份。〈桓侯〉裡張桓侯有自己的住家、僕馬，且飲宴一如常人。金甲神身穿金甲，身帶縲鎖，持錘握劍，完全與人間兵將一樣。卷四〈庫官〉裡的庫官，出場時是「俄聞靴聲入，則一頒白叟，皂紗黑帶。」，〔註8〕形貌也完全和凡人相同。

另外前述「官即神」的神祇，如〈水莽草〉、〈陸判〉等篇，也常寫神祇帶著輿馬婢僕的儀仗現身，用人世高官的儀仗來表現祂們神的身份。

二、神祇的來源與秉性

表一中列出了曾經提到神祇來源的篇章。在本表中，身為傳說或歷史人物卻沒有明說來源的諸神，如關帝、張桓侯、周倉、孔聖、雹神李左軍等等並沒有列入，但因為在傳說或歷史中都是在死亡後才成神，理當可以算在鬼的行列。另外所謂佛道與仙道，《聊齋》中除了菩薩、呂祖諸篇，以及卷十〈真生〉中提到的天庭「仙籍」差可比擬之外，其他篇章裡完全沒有提到仙人成神的狀況。這類篇章今表列如下：

表一　神祇來源結構表

卷　數	篇　名	頁　數	職　稱	種　類	人　名
卷一	考城隍	P1	城隍	鬼	宋燾
卷一	王六郎	P28	土地	鬼	王六郎
卷二	陸判	P145	太華卿	鬼	朱爾旦
卷二	張老相公	P178	水神	鬼	張老相公
卷二	水莽草	P183	四瀆牧龍君	鬼	祝生
卷二	吳令	P265	城隍	鬼	吳令
卷三	李伯言	P313	閻羅	人	李伯言
卷三	閻羅	P329	閻羅	人	李中之
卷四	柳秀才	P491	柳神	柳	柳秀才
卷四	酆都御史	P498	閻羅	人	華公
卷五	鄱陽神	P667	鄱陽神	鬼	丁普郎
		P667	鄱陽神	鬼	翟姓神
卷六	絳妃	P739	花神	花	絳妃

〔註8〕卷四〈庫官〉，頁495。

卷六	杜翁	P770	？	鬼	張某
卷六	考弊司	P822	虛肚鬼王	鬼	
卷六	閻羅	P826	閻羅王	人	徐公星、馬生
卷六	鴿異	P839	白衣少年	鴿	
卷六	八大王	P868	令尹	鱉	
卷七	金姑夫	P942	梅姑祠神	鬼	馬氏
卷七	閻羅薨	P957	閻羅	人	魏姓
卷八	陳錫九	P1157	太行總管	鬼	陳子言
卷九	于去惡	P1170	交南巡海使	鬼	于去惡
卷十	五通	P1417	五通神	動物	
卷十二	公孫夏	P1660	城隍	鬼	公孫夏

　　從表中所列的神祇來源來看，在二十三篇之中共計有人、鬼、動植物三種，其中以鬼占的份量最多，占十四篇。由人擔任的次之，共計五篇。由動植物擔任的居末，共計四篇。

　　要詳細解釋這樣的情況，首先要從《聊齋》中的靈魂觀來說。在顏清洋《蒲松齡的宗教世界》中，認為蒲松齡筆下的靈魂可以分為物魂與人魂兩類。在物魂的部分，有可分成動物、植物與無生物三種。但其所謂「物魂」和妖、精、仙等概念容易產生混淆，有時說是物魂，卻應是修練有成轉換型態的動植物；另外輪迴、附身或變形的概念也會使物魂之說有所疑義。《聊齋》中很少直說這些動植物的異象異能是來自於該物之「魂」，相反的還有某人魂靈輪迴投生為動物的篇章，可見實際上在他的概念中人魂與動物魂或許是相通的。為此本論文不擬遵照該書中所說，將動植物獨立為一種靈魂，姑且直接用動物或植物稱之。

　　在人魂的部分，《蒲松齡的宗教世界》裡說：

> 人有靈魂，人生魂在身，人死魂離體，而人肉身會因死亡而腐朽，靈魂則永存不滅。這幾乎是古今中外人類的「共識」。蒲松齡的人魂觀完全符合這些共識，但也有獨特的一面。因為人的靈魂並不只在死亡才離體，在他筆下，人未死的靈魂稱為「魂」，人死之魂則稱為「鬼」，二者是有明顯差別的。〔註9〕

所以靈魂暫時離體的「魂」，與人死靈魂永脫肉身的「鬼」，雖均係人的靈魂，

〔註 9〕顏清洋，《蒲松齡的宗教世界》，頁 47。

只有「鬼」才是人生命結束後靈魂的常態。〔註10〕

　　人死成鬼，鬼又是成神的主要途徑，架構出一個完整的人鬼神靈魂進程。在《蒲松齡的宗教世界》就認為鬼的性質以人形、人性為首要的兩個部分。所謂人形，指的是人鬼的外貌幾乎相同；而人性，指的是鬼性同人性，有善有惡，同時有慾求。〔註11〕

　　既然鬼和人兩者同形同性，性質幾乎沒有差異之處，則由鬼擔任的神祇們自然也是具備了完整的人形人性，也會保留為人時的人際關係。《聊齋》中由鬼擔任的神祇有城隍、土地、閻羅、水神、陰司鬼王與部曹、太華卿、太行總管、四瀆牧龍君、交南巡海使，若是加上歷史人物的關帝、孔聖及擔任天帝典籍的陳思，擔任簾官主司的師曠、和嶠等人，可以發現，從天庭官員到人間山神、河神、水神及一方之守的城隍、土地，與及陰司的冥王、鬼王，都有由鬼魂擔任者，包含的範圍非常廣泛，影響力也最大。

（一）繼承為人、鬼時的外型、個性與人際關係

　　由於前述人鬼神變換的進程，《聊齋》鬼魂與諸神都繼承了為人、為鬼時的外型、個性和人際關係。祂們和生人的差異極小，可以證明祂們是鬼或神的徵兆時常隱晦令人無法查知。當然這也是《聊齋》的文藝特色，文中常用的隱微徵兆反而常常具有畫龍點睛的意趣。

　　從前章分析過的篇章來看：〈考城隍〉中宋燾公在睡夢中死去，甚至不知自己已死，因此其鬼與人根本沒有不同，彷彿只是一瞬間進入了鬼界而已。而且正因為這種鬼神世界與人世無異的形象，讓他等到文章後段才發現自己死亡。而城隍神還可以為了奉養老母請假回陽，也表現出神祇保存有生前的人際關係。

　　〈王六郎〉中，水鬼王六郎和漁夫為友，雖然表現出一些特殊的能力，但若不是六郎自己坦承，漁夫甚至看不出他並非人類。六郎成神後仍舊和漁夫保持友誼，只是因為具備神的身份不能現身。

　　又在〈吳令〉一篇中，先寫吳令某公個性剛介，竟連神祇都敢笞責。即使為鬼也不改本色，在城隍廟中和城隍大聲爭吵，最後因為這剛介個性被百姓供奉成神。而在〈公孫夏〉裡，某買得城隍之缺後還因為覺得自己生前只是文學生，不足以威懾下屬，竟然窮其鋪張地張揚上任。這些都是神祇保留在世人性的自然現象。

〔註10〕同前註，頁 53。
〔註11〕顏清洋，《蒲松齡的宗教世界》，頁 53～55。

其他篇章裡，除卻卷二〈張老相公〉及卷九〈于去惡〉沒什麼成神後的描述，剩下諸篇裡的神祇都有類似情形。如卷二〈陸判〉裡：

> 自是三數日輒一來，時而留宿繾綣，家中事就便經紀。子瑋方五歲，來輒捉抱，至七八歲，則燈下教讀。子亦慧，九歲能文，十五入邑庠，竟不知無父也。從此來漸疏，日月至焉而已。又一夕來謂夫人曰：「今與卿永訣矣。」問：「何往？」曰：「承帝命為太華卿，行將遠赴，事煩途隔，故不能來。」母子持之哭，曰：「勿爾！兒已成立，家計尚可存活，豈有百歲不拆之鸞鳳耶！」顧子曰：「好為人，勿墮父業。十年後一相見耳。」徑出門去，於是遂絕。後瑋二十五舉進士，官行人。奉命祭西岳道經華陰，忽有輿從羽葆馳沖鹵薄。訝之。審視車中人，其父也，下車哭伏道左。父停輿曰：「官聲好，我目瞑矣。」瑋伏不起。朱促輿行，火馳不顧。去數步回望，解佩刀遣人持贈。遙語曰：「佩之當貴。」瑋欲追從，見輿馬人從飄忽若風，瞬息不見。〔註12〕

朱爾旦受陸判推薦得作冥間小缺，除了可以時常回家留宿之外，竟然連兒子都不知道自己父親已經過世，可見鬼的形象個性與生前毫無不同，而且生前的人際關係也存留到為鬼的時候。這樣的形象與關係在朱爾旦成神的時候也依舊延續，中間沒有任何改變的跡象。朱爾旦成神後不再和家人同住，也說是路遠事多，沒空回家之故，人鬼神彷彿只是名詞稱呼和官爵地位上的轉變。

在卷二〈水莽草〉中寫：

> 一日村中有中水莽草毒者，死而復蘇，競傳為異。生曰：「是我活之也。彼為李九所害，我為之驅其鬼而去之。」母曰：「汝何不取人以自代？」曰：「兒深恨此等輩，方將盡驅除之，何屑為此？且兒事母最樂，不願生也。」……積十餘年母死。生夫婦哀毀，但不對客，惟命兒胯麻擗踴，教以禮義而已。葬母後又二年餘，為兒娶婦。……一日謂子曰：「上帝以我有功人世，策為『四瀆牧龍君』。今行矣。」俄見庭下有四馬，駕黃幨車，馬四股皆鱗甲。夫妻盛裝出，同登一輿。子及婦皆泣拜，瞬息而渺。是日，寇家見女來，拜別翁媼，亦如生言。媼泣挽留。女曰：「祝郎先去矣。」出門遂不復見。其子名

鶚，字離塵，請寇翁，以三娘骸骨與生合葬焉。〔註13〕

祝生爲鬼後還能娶妻，依舊養母教子，和生前無異。在被封爲四瀆牧龍君後，也依舊在赴任前到親戚家中告別，可見神的人際關係與做人時相同。文中雖然沒有特別提到祝生的形象，只說祝生在母抱孫哀哭時「悄然忽入」而帶有一絲鬼氣，其他地方都沒有顯出特別的形象，就連寫三娘「華妝豔麗」，也和她生前「夙有豔名」有所連結。

在卷五〈鄱陽神〉中寫翟姓神現身救人：

> 翟湛持，司理饒州，道經鄱陽湖。湖上有神祠，停蓋游瞻。内雕丁普郎死節神像，翟姓一神，最居末坐。……俄一小舟，破浪而來，既近官舟，急挽翟登小舟，於是家人盡登。審視其人，與翟姓神無少異。無何，浪息，尋之已杳。〔註14〕

文中對翟性神的外貌描寫不多，雖然他表現出破浪操舟、瞬息渺然的神奇力量，但文中既然稱「審視其人」，則應該和人相去不遠。

又卷六〈杜翁〉：

> 杜翁，沂水人。偶自市中出，坐牆下，以候同游。覺少倦，忽若夢，見一人持牒攝去。至一府署，從來所未經。一人戴瓦壟冠自内出，則青州張某，其故人也。見杜驚曰：「杜大哥何至此？」杜言：「不知何事，但有勾牒。」張疑其誤，將爲查驗。〔註15〕

稱張某爲一人，也是保持了人形，又張某見到杜翁，便因爲故人的關係鼎力相助，保留了人世的人際關係。

卷六〈考弊司〉中寫：

> 生曰：「我素不稔鬼王，何能效力？」曰：「君前世是伊大父行，宜可聽從。」……游覽未已，官已出，鬖髮鮐背，若數百年人。而鼻孔撩天，唇外傾，不承其齒。……生駭極，欲退卻；鬼王已睹，降階揖生上，便問興居。生但諾諾。又云：「何事見臨？」生以秀才意具白之。鬼王色變曰：「此有成例，即父命所不敢承！」氣象森凜，似不可入一詞。生不敢言，驟起告別，鬼王側行送之，至門外始返。生不歸，潛入以觀其變。至堂下，則秀才已與同輩數人，交臂歷指，

〔註13〕卷二〈水莽草〉，頁183。
〔註14〕卷五〈鄱陽神〉，頁667。
〔註15〕卷六〈杜翁〉，頁770。

儼然在微頸中。一獰人持刀來，裸其股，割片肉，可駢三指許。秀
才大噪欲嗄。生少年負義，憤不自持，大呼曰：「慘毒如此，成何世
界！」鬼王驚起，暫命止割，跣履迎生。

寫有名鬼秀才找生為他說情，原因是生在前世為鬼王的叔、伯公輩。文中寫
生雖然對鬼王沒有任何記憶，鬼王卻處處對他表現得十分尊敬，不僅親自下
座迎接、用詞遣句恭謹有禮，連在用刑時也顯得對生的意見頗為忌憚。這直
接說明了：雖然人在經過轉生後會將前世的人際關係完全遺忘，但成神者因
為由鬼直接擔任，卻可以保留並記憶這段關係。

在卷七〈金姑夫〉中寫：

會稽有梅姑祠。神故馬姓，族居東莞，未嫁而夫早死，遂矢志不醮，
三旬而卒。族人祠之，謂之梅姑。丙申，上虞金生赴試經此，入廟徘
徊，頗涉冥想。至夜夢青衣來，傳梅姑命招之。從去，入祠，梅姑立
候檐下，笑曰：「蒙君寵顧，實切依戀。不嫌陋拙，願以身為姬侍。」
金唯唯。梅姑送之曰：「君且去。設座成，當相迓耳。」醒而惡之。
是夜，居人夢梅姑曰：「上虞金生今為吾婿，宜塑其像。」詰村人語
夢悉同。族長恐玷其貞，以故不從，未幾一家俱病。大懼，為肖像於
左。既成，金生告妻子曰：「梅姑迎我矣。」衣冠而死。妻痛恨，詣
祠指女像穢罵；又升座批頰數四，乃去。今馬氏呼為金姑夫。〔註16〕

梅姑神有青衣人作使者，又能入人夢中，和一般神女形象相當符合。文中沒
特別形容梅姑的形象，但她和人交流的情形一如平常，可見外貌上應該和一
般人並無二致。又梅姑神竟和人間男子交好，還強奪他人丈夫，雖是金生自
己在廟中心懷慾念，但這種行為使神表現出凡人的慾念與性格，再度將神的
形象還原成與凡人無異。

卷八〈陳錫九〉中寫陳錫九在尋找父親遺骨時被人無故毆打，就在此時：

忽共驚曰：「何處官府至矣！」釋手寂然。俄有車馬至，便問：「臥
者何人？」即有數人扶至車下。車中人曰：「是吾兒也。孽鬼何敢爾！
可悉縛來，勿致漏脫。」錫九覺有人去其塞，少定細認，真其父也。
大哭曰：「兒為父骨良苦。今固尚在人間耶！」父曰：「我非人，太
行總管也。此來亦為吾兒。」錫九哭益哀。〔註17〕

〔註16〕卷七〈金姑夫〉，頁942。
〔註17〕卷八〈陳錫九〉，頁1157。

陳父爲神仍然保持了其在人世時的關係，除了搭救兒子陳錫九，接來自盡的媳婦並幫她復生，陳母死後也被接到府中同住。人神之間彷彿完全沒有改變和間隔。

除了外貌和人際關係，這些由人而鬼、由鬼而神者，不管在哪一篇，生死都不是影響他們個性的因素。即使是搶奪人夫的梅姑神，也應當不是爲神後才性情大變。相反地，死亡往往更彰顯了他們個性的強烈，這或許也是《聊齋》所要表達的意念。例如〈吳令〉某公生時剛介，死後更與城隍神力爭；水莽草祝生的剛毅正直個性也在死後救人抓三娘爲媳、救助水莽鬼後表露無遺。對蒲松齡來說，死亡可能並不是意志與理念的消滅，而是證明。

從這些例子可以歸納出，由人之鬼魂成神的結果，爲神祇帶來了三項人世化的影響：第一，是人性滲入了神祇的世界。第二，是人形與神形的相同。第三，則是人際關係的保留。

神的第二大來源是人，但是在《聊齋》中由人擔任的神祇卻只有閻羅一種，成爲閻羅神特有的形象。關於閻羅的形象，在第三章中曾經論述過，除了卷六〈閻羅〉篇幅短小，其他如〈李伯言〉一篇中，李伯言自知受冥界召喚，當晚便陷入死亡狀態，前往陰間暫替閻羅職務。李伯言在陰間審理親戚犯案，心中隱存偏袒之意，幸好被殿上火焰嚇止，保存了閻羅的公正性。卷三〈閻羅〉則是寫李中之暫代閻羅職位，開頭便說他個性「直諒不阿」，表現出陰間對閻羅個性的要求。卷四〈酆都御史〉中，華公以肉身歸陰擔任閻羅的職位，又因爲掛念老母幼子而特赦返陽。卷七〈閻羅薨〉寫押糧官魏姓暫代閻羅職務，卻受到巡撫某公的拜託企圖偏袒某公父的案件，結果魏姓當夜便眞正死亡無法回陽。在這幾篇中，除了服制上的改變，外形上都沒有提到和原本的人形有何不同。甚至還會受到爲人時的人際關係影響，改變作爲與經歷。

在個性上，這些神祇的個性不但和本人相同不曾改變，該人性格還常常是受選爲神的必要條件。這種情況也可反證神與人的同性關係。不管是由人或由鬼擔任，許多非屬特定人物的神祇大多具有類似這樣的性格形象，像在《聊齋》中出現篇幅最多的三級冥官：冥王、城隍、土地。冥王的個性在正面的篇章中大多顯得嚴厲、公正、嫉惡如仇，於是就連前述幾篇由人暫代職務者也刻意地寫出其剛耿正直的性格，其他篇章裡的冥王也有一貫的性格，負面篇章的暴虐基本上也與嚴厲相近。城隍的性格則大致相同，正面形象裡主要顯得剛介正直、注重德性，至於反面形象裡，就沒有冥王那樣出自嚴厲

執刑的兇殘，只是顯得顢頇無能。至於土地神三篇裡，除了〈土地夫人〉一篇裡從土地夫人的行為間接表現出土地神的反面形象外，其他兩篇裡的性格則多是溫和、仁德的形象。

從這幾篇中可以看出，由人直接擔任神職的故事裡也有著和由鬼擔任神祇一樣的特性，即人形、人性與人際關係的保留。而人代任閻羅的故事則同時代表了一個意義：即冥界職權往人間的滲入。〔註18〕

（二）保留動植物本性特色，但也轉化出人形人性

神的第三種來源是動物或自然物，但若仔細檢視這幾篇，會發現祂們和人的差別並不大。先看卷四〈柳秀才〉：

> 明季，蝗生青兗間，漸集于沂，沂令憂之。退臥署幕，夢一秀才來謁，峨冠綠衣，狀貌修偉，自言御蝗有策。詢之，答云：「明日西南道上有婦跨碩腹牝驢子，蝗神也。哀之，可免。」令異之。治具出邑南。伺良久，果有婦高髻褐帔，獨控老蒼衛，緩塞北度。即持香，捧卮酒，迎拜道左，捉驢不令去。婦問：「大夫將何為？」令便哀求：「區區小治，幸憫脫蝗口。」婦曰：「可恨柳秀才饒舌，泄我密機！當即以其身受，不損禾稼可耳。」乃盡三卮，瞥不復見。後蝗來飛蔽天日，竟不落禾田，盡集楊柳，過處柳葉都盡。方悟秀才柳神也。或云：「是宰官憂民所感。」誠然哉！〔註19〕

從文中蝗神所說「當即以其身受」，可見柳神的原形應是柳樹無疑，但寫柳神的形象是一秀才，穿著人間的冠服，並受宰官道德所感而托夢襄助，展現出了人形與人性兩種模仿人世的形象。在文中柳神的神異性質來自於他的「狀貌修偉」與托夢賜教，而柳性只來自於他一身綠衣，用來在情節運作下揭露身份，製造恍然大悟的驚奇感而已。秀才的柳性隱藏在他的人形與情節之中，讓柳神的形象實際上是像人比像柳更多。而在卷六〈絳妃〉中寫：

> 一日眺覽既歸，倦極思寢，解屨登床。夢二女郎被服艷麗，近請曰：「有所奉托，敢屈移玉。」余愕然起，問：「誰相見召？」曰：「絳妃耳。」恍惚不解所謂，遽從之去。俄睹殿閣高接雲漢，下有石階層層而上，約盡百餘級，始至顛頭。見朱門洞敞。又有二三麗者，趨入通客。無何，詣一殿外，金鉤碧箔，光明射眼，內一婦人降階

〔註18〕關於這個部分詳見本節三、人間神境空間與職權的互滲。
〔註19〕卷四〈柳秀才〉，頁491。

出，環佩鏘然，狀若貴嬪。方思展拜，婦便先言：「敬屈先生，理須
首射。」呼左右以毯貼地，若將行禮。余惶然無以爲地，因啓曰：「草
莽微賤，得辱寵召，已有餘榮。況分敢庭抗禮，益臣之罪，折臣之
福！」妃命撤毯設宴，對宴相向。酒數行，余辭曰：「臣飲少輒醉，
懼有愆儀。教命云何？幸釋疑慮。」妃不言，但以巨杯促飲。余屢
請命，乃言：「妾，花神也。合家細弱依棲于此，屢被封家女子橫見
摧殘。今欲背城借一，煩君屬檄草耳。」余惶然起奏：「臣學陋不文，
恐負重托；但承寵命，敢不竭肝膈之愚。」妃喜，即殿上賜筆札。
諸姬者拭案拂坐，磨墨濡毫。又一垂髫人，折紙爲范置腕下。〔註20〕

寫花神是一貴婦，殿閣、石階、朱門、環佩、飲宴、侍女皆一如人間，只是
在某些地方更爲華麗誇大而已。就連起檄、稱妃、稱臣，也都是由人間複製
過去的形象。文中用了一大篇的文字表現出花神的人形人性，而能表現出花
神「花」的性質者，卻只有說她「暫棲園中，卻被封家女子摧殘」的一句話，
勉強揭露花神那花的原形與似花般柔弱易折的性質。文中的花神無力自保，
神性已經大打折扣，唯一的神力似乎就是托夢，其他事情都要別人幫她辦理。
花神女性的身份，又彷彿將花的柔弱與女性的柔弱、深宮嬪妃的柔弱形象鎔
鑄在一起，花神的花性也就更藏在人性中，顯得隱微低落了。

在卷六〈鴿異〉中，記載一名「鴿神」白衣少年：

一夜坐齋中，忽一白衣少年叩扉入，殊不相識。……少年立庭中，
口中作鴿鳴。忽有兩鴿出……張嘉嘆不已，自覺望洋可愧。遂揖少
年，乞求分愛，少年不許。又固求之，少年乃叱鴿去，仍作前聲，
招二白鴿來，以手把之，曰：「如不嫌憎，以此塞責。」接而玩之，
睛映月作琥珀色，兩目通透，若無隔閡，中黑珠圓於椒粒；啓其翼，
脅肉晶瑩，臟腑可數。張甚奇之，而意猶未足，詭求不已。少年曰：
「尚有兩種未獻，今不敢復請觀矣。」方競論間，家人燎麻炬入尋
主人。回視少年，化白鴿大如雞，沖霄而去。〔註21〕

張嘆恨而返。至夜夢白衣少年至，責之曰：「我以君能愛之，故遂托以子孫。
何以明珠暗投，致殘鼎鑊！今率兒輩去矣。」言已化爲鴿，所養白鴿皆從之，
飛鳴徑去。天明視之，果俱亡矣。心甚恨之，遂以所畜，分贈知交，數日而

〔註20〕卷六〈絳妃〉，頁 739～740。
〔註21〕卷六〈鴿異〉，頁 839～840。

盡。異史氏曰：「物莫不聚於所好，故葉公好龍，則眞龍入室，而況學士之於良友，賢君之於良臣乎？而獨阿堵之物，好者更多，而聚者特少，亦以見鬼神之怒貪，而不怒痴也。」〔註22〕

蒲松齡在文後寫「以見鬼神之怒貪，而不怒痴也」，表示白衣少年也被視爲鬼神。祂的外貌純是人類少年，個性也相當人化，除卻白衣保留了鴿子原貌，以及化鴿飛去點出眞身原形，在其他時刻也表現出鮮明的人形人性，例如訓練鴿子的動作，以及感於張的愛鴿而贈鴿，卻又怒他將子孫誤贈落入人口。這些雖然也帶出祂與鴿的關係，但與人相處互動的行爲也表現出人的性格。另外在〈八大王〉裡，老黿之神出場時是一名好酒的醉漢，只在一瞬間表現出老黿的原形。又老黿請馮生飲宴，對馮生的救命之恩念念不忘、向他報恩，這些都表達出相當的人形人性。

而在卷十〈五通〉中也有相同的狀況：

> 有趙弘者吳之典商也，妻閻氏頗風格。一夜有丈夫岸然自外入，按劍四顧，婢媼盡奔。閻欲出，丈夫橫阻之，曰：「勿相畏，我五通神四郎也。我愛汝，不爲汝禍。」爲抱腰舉之，如舉嬰兒，置床上，裙帶自開，遂狎之。而偉岸甚不可堪，迷惘中呻楚欲絕。四郎亦憐惜，不盡其器。既而下床，曰：「我五日當復來。」〔註23〕

> 萬搖手，禁勿聲。滅燭取弓矢，伏暗中。未幾有四五人自空飛墮，萬急發一矢，首者殪。三人吼怒，拔劍搜射者。萬握刀依扉後，寂不動。人入，剁頸亦殪。仍倚扉後，久之無聲，乃出，叩關告趙。趙大驚，共燭之，一馬兩豕死室中。舉家相慶。猶恐二物復仇，留萬於家，豕烹馬而供之，味美異於常饌。萬生之名，由是大噪。〔註24〕

五通的外貌是帶劍的高大男子，而且擁有對人類女性的慾求，表現出非常強烈的人形人性。不過五通的慾求在文中顯得太過強烈特異，稍微偏離合理人性，所以在某種程度上將祂們的動物本質表現得更多而稍微冲淡了人味。只是五通在故事中的表現相當窩囊，雖然受人祭祀、被稱爲神，卻被一個普通的武生以埋伏的方式殺死，現出豬馬的原形。祂們在《聊齋》中的形象與其說像神，還不如說是平凡的動物妖怪，或是動物性慾念化身。

〔註22〕卷六〈鴿異〉，頁 841～842。
〔註23〕卷十〈五通〉，頁 1417～1418。
〔註24〕卷十〈五通〉，頁 1419。

　　歸結起來，不論是由人、鬼、或是動植物擔任的神祇，實際上都具有相當強烈的人形、人性。在由人、鬼擔任的篇章裡，這樣的人形人性還是從一個「人成鬼，鬼成神」的靈魂系統中繼承下來的。也因此神自然而然地繼承祂做人、鬼時的人際關係與個性，也在行為上非常合理自然地受這些影響而增顯出人性。在動植物神的篇章中，神不僅從動植物本形本性轉化出人格人性，更在外型上展現出完整的人形。更重要的是，除了個性之外，動植物神還從道德上表現出強烈的人性。例如〈鴿異〉、〈八大王〉等篇裡，白衣少年感於愛鴿之痴而贈鴿，老黿為報恩協助馮生富貴，〈柳秀才〉中，柳神更是為了官長的憂民之心而透露出解決蝗禍的方法，這已經完全是以人的角度、觀念在進行思考了。

　　又如前所述，在《聊齋》中神祇們通常保持了做人或作鬼時的性格，這種描寫往往又是對人所懷理念的一種禮讚，一種不朽的願望。而對歷史、宗教中的神祇來說，這樣的狀況更是明顯，間接表現出作者的部分創作意涵。例如在〈司文郎〉裡，宣聖孔子表現出愛護文才的個人形象，這或許不光是將孔子的生前形象匯入而已，而是經由作者對歷史與學術的想像而賦予給神的個人形象。又寫到關聖與桓侯翼德，都因為他們的武將身份，在文章中充滿了剛直武勇與嫉惡如仇的性格形象，伏魔鋤惡，匡正歪風。

三、人間神境空間與職權的混同互滲

　　在郭玉雯《聊齋誌異的幻夢世界》一書中寫：

> 蒲氏處理入冥的時空轉換時，有明指也有直接跳轉而不明說者……冥界是一個近似人間的世界，而不只是魂魄之過渡居所而已，這應該可以推溯至更古遠的信仰，在許多原始神話中，亡魂聚居一處共謀生活，它們的世界和現實界一樣真切，而不是來來去去的輪迴。……在一些神話中顯示，有些民族認為亡魂和生人仍居住一起，只是無法見到而已；有些則認為亡魂集居在世界的另一處，如遠方的孤島或極寒之處，除非變成另一種精神存在，否則無法進入冥界。以上所討論的都是「魂魄」入冥，虛靈的精神狀態配合虛靈的空間。真實的人在傳統的觀點中很少能觸及神秘的冥界空間，但是當冥界漸漸被移置到現實界的空間時，冥界突然與現實界有了地理上的連接，這也是中國民族心靈的特色。中國人以現實界為唯一的「真實

存在」，所有觀念全得納入這個空間才容易被接受，中國幾乎沒有把
自己拋離到「不存在」(utopia)的烏托邦探險者，如果要到另一世界
去，也應該是一個和現實界連接且類似的地方。〔註25〕

引文中說「冥界是一個近似人間的世界」，粗略證明前面所提到，神祇的服制、
儀仗、形狀都和人間相等的現象，而這樣相等的現象，想必是與蒲松齡人鬼
神三階段變化的靈魂體系結合，擁有完整的一貫性和合理性。

引文中雖然將冥界的空間區分為「虛靈的」和「現實的」，但也在開頭說
經歷入冥的時空轉換時，有「明指」和「直接跳轉而不明說」二種狀況。《聊
齋》裡的人在進入神境時也是一樣，畢竟鬼神本為一體，因此人「入神境」
和「入冥」的條件實際上是相同的。

進入神境也是以人類死亡，魂魄變為人鬼之後進入為最自然、基本的方
式，但在《聊齋》有關神祇的諸篇裡，神祇的空間往往和人間是混同難以分
隔，即使在所謂明指入冥，亦即有明確預示出死亡情節者的篇章中，神祇所
在空間實際上仍然時常和人界之空間有所重疊。本論文先表列所有進入神境
的篇章，再詳細討論這種空間的混同現象。

表二　進入神境的書寫模式與類型

卷　數	篇　名	頁　數	進入神境的書寫模式	類　型
卷一	考城隍	P1	直接跳轉	途中
卷一	瞳人語	P10	直接跳轉	途中
卷一	畫壁	P14	畫中幻境	特殊
卷一	王六郎	P28	直接跳轉	途中/夢中/變形
卷一	雹神	P51	直接跳轉	途中
卷一	僧孽	P66	明指	
卷一	三生	P72	明指	
卷一	靈官	P97	直接跳轉	途中
卷一	王蘭	P99	明指	
卷一	鷹虎神	P103	直接跳轉	途中
卷二	廟鬼	P138	直接跳轉	途中
卷二	陸判	P139	直接跳轉	廟堂/途中

〔註25〕郭玉雯，《聊齋誌異的幻夢世界》，頁58。

卷二	水莽草	P183	直接跳轉	途中
卷二	珠兒	P196	直接跳轉	途中
卷二	某公	P208	明指	
卷二	阿寶	P237	明指	
卷二	張誠	P250	明指	
卷二	汾州狐	P255	直接跳轉	途中
卷二	吳令	P265	直接跳轉	廟堂
卷二	林四娘	P289	直接跳轉	途中
卷三	李伯言	P313	明指	
卷三	湯公	P327	明指	
卷三	泥鬼	P403	直接跳轉	廟堂/附身
卷三	雷曹	P414	直接跳轉	途中
卷三	李司鑑	P426	直接跳轉	廟堂
卷四	羅刹海市	P459	直接跳轉	途中
卷四	柳秀才	P491	直接跳轉	夢中/途中
卷四	庫官	P495	直接跳轉	途中
卷四	酆都御史	P497	直接跳轉	途中
卷四	姊妹易嫁	P512	直接跳轉	夢中
卷四	續黃粱	P524	明指	
卷四	碁鬼	P533	直接跳轉	途中
卷四	辛十四娘	P538	直接跳轉	途中
卷四	土地夫人	P578	直接跳轉	途中
卷四	酒狂	P583	明指	
卷五	狐夢	P621	直接跳轉	途中
卷五	布客	P624	直接跳轉	途中/廟堂
卷五	章阿端	P628	直接跳轉	途中
卷五	金永年	P633	直接跳轉	夢中
卷五	花姑子	P640	直接跳轉	途中
卷五	西湖主	P647	直接跳轉	途中/奇遇
卷五	閻王	P658	直接跳轉	途中/變形
卷五	土偶	P661	直接跳轉	途中/廟堂
卷五	鄱陽神	P667	直接跳轉	途中/廟堂

卷六	魁星	P737	直接跳轉	途中
卷六	庫將軍	P738	直接跳轉	夢中
卷六	絳妃	P739	直接跳轉	夢中
卷六	杜翁	P770	直接跳轉	夢中
卷六	小謝	P776	直接跳轉	途中/廟堂
卷六	吳門畫工	P782	直接跳轉	途中
卷六	山神	P804	直接跳轉	途中
卷六	雷公	P814	直接跳轉	途中
卷六	菱角	P817	直接跳轉	途中
卷六	考弊司	P822	直接跳轉	途中
卷六	董公子	P834	直接跳轉	途中
卷六	鴿異	P839	直接跳轉	途中/夢中
卷六	江城	P862	直接跳轉	途中
卷六	八大王	P868	直接跳轉	變形/途中
卷七	劉姓	P880	明指	
卷七	牛	P940	直接跳轉	途中
卷七	金姑夫	P942	直接跳轉	廟堂/夢中
卷七	梓桐令	P944	直接跳轉	夢中
卷七	閻羅薨	P957	明指	
卷七	僧術	P968	直接跳轉	途中
卷七	冤獄	P976	直接跳轉	附身
卷七	甄后	P982	直接跳轉	途中
卷七	閻羅宴	P1017	直接跳轉	途中
卷八	夢狼	P1053	直接跳轉	夢中
卷八	夏雪	P1058	直接跳轉	廟堂/附身
卷八	嫦娥	P1073	直接跳轉	途中
卷八	褚生	P1084	直接跳轉	途中
卷八	司文郎	P1104	直接跳轉	途中
卷八	陳錫九	P1157	直接跳轉	途中
卷九	于去惡	P1166	直接跳轉	途中
卷九	孫必振	P1198	直接跳轉	途中
卷九	張不量	P1204	直接跳轉	途中

卷九	岳神	P1209	直接跳轉	夢中
卷九	皁隸	P1220	直接跳轉	夢中
卷九	郭安	P1247	明指	
卷十	眞生	P1303	直接跳轉	途中
卷十	布商	P1305	直接跳轉	途中
卷十	牛同人	P1311	直接跳轉	途中
卷十	神女	P1317	直接跳轉	途中
卷十	三生	P1330	明指	
卷十	席方平	P1341	直接跳轉	
卷十	五通	P1417	直接跳轉	途中
卷十	又	P1422	直接跳轉	途中
卷十一	齊天大聖	P1460	直接跳轉	途中/廟堂
卷十一	青蛙神	P1464	直接跳轉	途中
卷十一	又	P1470	直接跳轉	途中
卷十一	晚霞	P1476	明指	
卷十一	白秋練	P1487	直接跳轉	途中
卷十一	織成	P1511	直接跳轉	途中
卷十一	竹青	P1516	直接跳轉	廟堂/途中
卷十一	汪可受	P1531	明指	
卷十一	王大	P1535	直接跳轉	途中
卷十一	樂仲	P1545	直接跳轉	途中
卷十一	鬼隸	P1558	直接跳轉	途中
卷十一	王十	P1559	直接跳轉	途中
卷十一	雹神	P1606	直接跳轉	途中
卷十一	老龍舡戶	P1610	直接跳轉	途中
卷十一	元少先生	P1620	直接跳轉	途中
卷十二	劉全	P1650	直接跳轉	廟堂/途中
卷十二	公孫夏	P1660	直接跳轉	途中
卷十二	韓方	P1664	直接跳轉	途中
卷十二	桓侯	P1672	直接跳轉	途中

　　即使在明白指出角色死亡，亦即就此宣告他進入冥界的篇章中，《聊齋》也很少提及空間的轉換，甚至還經常能看出這些進入神境的人鬼仍然留在人

界，而所見神祇身處空間亦在人界。

在這些篇章中，有些是自然而然，毫不提及空間變換的。如卷一〈僧孽〉中寫：

> 張某暴卒，隨鬼使去見冥王。〔註26〕

張某死後，只寫他隨著鬼使見到冥王，中間沒有任何空間轉換的描述。彷彿人間和神境只是看不看得見的一線之隔，死亡則是突破這條線的唯一條件。又在卷一〈三生〉裡：

> 劉孝廉，能記前身事。自言一世爲縉紳，行多玷。六十二歲而歿，初見冥王，待如鄉先生禮，賜坐，飲以茶。〔註27〕

本篇也同樣寫完劉孝廉前身死後，直接又寫他「初見冥王」，中間沒有任何空間轉換的過程。在卷一〈王蘭〉中，這樣的情況更明顯：

> 利津王蘭暴病死，閻王覆勘，乃鬼卒之誤勾也。責送還生，則尸已敗。鬼懼罪，謂王曰：「人而鬼也則苦，鬼而仙也則樂。苟樂矣，何必生？」王以爲然。鬼曰：「此處一狐金丹成矣，竊其丹吞之，則魂不散，可以長存。但憑所之，無不如意。子愿之否？」王從之。鬼導去，入一高第，見樓閣渠然，而悄無一人。……王與鬼別，至其家，妻子見之，咸懼卻走。王告以故，乃漸集。由此在家寢處如平時。〔註28〕

從王蘭暴病死，直接連結到面見閻王；再寫鬼卒說「此處一狐」，直接帶王蘭到一樓台取得狐仙金丹；最後是王蘭與鬼告別便直接返家。從人間、冥界、仙鄉再至人間，幾個環境的變換之間一氣呵成，完全沒有空間變換的痕跡，甚至以「導去」表現出這些地點處於同一空間的氣氛。再看卷二〈某公〉：

> 陝右某公，辛丑進士，能記前身。嘗言前生爲士人，中年而死，死後見冥王判事，鼎鑊油鑊，一如世傳。〔註29〕

說死後見冥王判事，也是以死亡爲進入神境的唯一條件，不用經過空間的轉換。卷九〈郭安〉中寫：

> 孫五粒，有僮僕獨宿一室，恍惚被人攝去。至一宮殿，見閻羅在上，視之曰：「誤矣，此非是。」因遣送還。既歸大懼，移宿他所。〔註30〕

〔註26〕卷一〈僧孽〉，頁66。
〔註27〕卷一〈三生〉，頁72。
〔註28〕卷一〈王蘭〉，頁99。
〔註29〕卷二〈某公〉，頁208。
〔註30〕卷九〈郭安〉，頁1247。

僕在睡夢中恍惚被人攝去，除了死亡的影響，面見閻王並沒有表現出需要任空間的轉換。文中所用攝去也略略有在同一空間中押解的味道。卷十〈三生〉裡寫：

> 湖南某，能記前生三世。……某被攝去對質。……受剖已，押投陝
> 西為庶人子。〔註31〕

寫某投生的方式是被押去陝西，也是冥界人間混同。卷十一〈汪可受〉：

> 湖廣黃梅縣汪可受能記三生：一世為秀才，讀書僧寺。僧有牝馬產
> 騾駒，愛而奪之。後死，冥王稽籍，怒其貪暴，罰使為騾償寺僧。
> 〔註32〕

在汪可受死亡後直接寫到見冥王，空間變換的情形依舊不明。

同時，在許多明指入冥遇見神祇的篇章中，甚至直接寫出鬼魂走在路途上而到達神境的情節，有些雖然沒有明說那是人間的路途，但也塑造出空間的混同感。同時某些根本明言那路途與神祇就在人間。

例如卷三〈李伯言〉：

> 李生伯言，沂水人，抗直有肝膽。忽暴病，家人進藥，卻之曰：「吾
> 病非藥餌可療。陰司閻羅缺，欲吾暫攝其篆耳。死勿埋我，宜待之。」
> 是日果死。騶從導去，入一宮殿，進冕服，隸胥祗候甚肅。案上簿
> 書叢沓。……李視事畢，興馬而返。中途見闕頭斷足者數百輩，伏
> 地哀鳴。停車研詰，則異鄉之鬼，思踐故土，恐關隘阻隔，乞求路
> 引。李曰：「余攝任三日已解任矣，何能為力？」眾曰：「南村胡生，
> 將建道場，代囑可致。」李諾之。至家，騶從都去，李乃蘇。〔註33〕

李伯言的入冥與復活，都是經由人馬的方式引導而去，表示冥界雖然隱密，且活人不可見，但畢竟還是和人世處在同一個空間。李卸任復活時更是如此，當他坐「興馬」返家，可見人神兩界相通。此時他仍身為鬼魂，在住家附近遇到數百野鬼。這些鬼所自稱的「異鄉之鬼」，也是以李伯言的住家為基準，是根據人間的地理。李伯言還受群鬼之託拜訪了附近的南村，這些都表現出冥界在人間的地理空間是共用的。李伯言之鬼返家後立即甦醒復活，沒經過什麼空間變換，也代表復活不過是由鬼而人的進程，實際上在空間上並沒有

〔註31〕卷十〈三生〉，頁1330～1331。

〔註32〕卷十一〈汪可受〉，頁1531。

〔註33〕卷三〈李伯言〉，頁313～314。

任何改變。

卷三〈湯公〉也是一篇很好的例子：

> 湯公名聘，辛丑進士。抱病彌留，忽覺下部熱氣漸升而上，至股則足死，至腹則股又死，至心，心之死最難。直待平生所為，一一潮盡，乃覺熱氣縷縷然，穿喉入腦自頂顛出，騰上如炊，逾數十刻期，魂乃離竅忘軀殼矣。而渺渺無歸，漂泊郊路間。……公獨立徬徨，未知何往之善。憶佛在西土，乃遂西。無何，見路側一僧趺坐，趨拜問途。僧曰：「凡士子生死錄，文昌及孔聖司之，必兩處銷名，乃可他適。」公問其居，僧示以途，奔赴。無幾至聖廟，見宣聖南面坐，拜禱如前。宣聖言：「名籍之落，仍得帝君。」因指以路，公又趨之。見一殿閣如王者居，俯身入，果有神人，如世所傳帝君像。伏祝之，帝君檢名曰：「汝心誠正，宜復有生理。但皮囊腐矣，非菩薩莫能為力。」因指示令急往，公從其教。俄見茂林修竹，殿宇華好。入，見螺髻莊嚴，金容滿月，瓶浸楊柳，翠碧垂煙。公肅然稽首，拜述帝君言。菩薩難之，公哀禱不已，旁有尊者白言：「菩薩施大法力，撮土可以為肉，折柳可以為骨。」菩薩即如所請，手斷柳枝，傾瓶中水，合淨土為泥，拍附公體。使童子攜送靈所，推而合之。棺中呻動，霍然病已，家人駭然集，扶而出之。計氣絕已斷七矣。〔註34〕

文中詳細地描述了死亡時的情景，需要經過一番緩慢的過程，但死亡的那一瞬間，就只是魂魄離體，忘卻軀殼，實際上湯公仍舊處在原本的空間，只是失去身體，型態改變了而已。他「憶佛在西土，乃遂西」，根本就仍在人間，並繼承人間的地理觀念。當湯公徬徨路旁，受一神秘僧人的指引去見孔聖和文昌兩位神祇，從此他算正式進入了神境。文中先寫湯公奔赴聖廟，向孔聖拜禱如前，這是很明確地指出神的空間就在於人間的廟堂，兩者混同不可分，只是平時不可見。後來湯公前去見文昌和菩薩，雖然並沒有提到和人間相對應的地點，但敘述上依舊循著一貫的方法，寫湯公受孔聖指引路途，循著路徑前去面見，算得上完全相同的空間。而湯公從菩薩處復活時，也是隨童子返回家裡，魂魄投入棺中便得復活，也表示神境和人間確實都在同一個空間裡。

〔註34〕卷三〈湯公〉，頁326～327。

卷四〈續黃梁〉：

> 賊亦怒，以巨斧揮曾項，覺頭墮地作聲。魂方駭疑，即有二鬼來反
> 接其手，驅之行。行逾數刻，入一都會。頃之，睹宮殿，殿上一醜
> 形王者，憑几決罪福。〔註35〕

曾死後，立刻寫「魂方駭疑」，頗有那種暴死者魂魄瞬間出竅的味道，二鬼隨
即過來綁縛，將他帶到冥王處審判，也充分地表現出人和鬼處在同一個空間，
人間、鬼界、神境三者是相同的。另外在〈阿寶〉中：

> 生忽病消渴，卒。女哭之痛，淚眼不晴，至絕眠食，勸之不納，乘
> 夜自經。婢覺之，急救而醒，終亦不食。三日集親黨，將以殮生。
> 聞棺中呻以息，啓之，已復活。自言：「見冥王，以生平樸誠，命作
> 部曹。忽有人白：『孫部曹之妻將至。』王稽鬼錄，言：『此未應便
> 死。』又白：『不食三日矣。』王顧謂：『感汝妻節義，姑賜再生。』
> 因使馭卒控馬送余還。」由此體漸平。〔註36〕

只說他死後見冥王，沒有提及空間變換。而冥界到人間復活還可以「控馬」
到達，表現出陰陽兩界的混同。卷四〈酒狂〉：

> ……才置床上，四肢盡厥，撫之，奄然氣絕。繆見有皂帽人繫已去。
> 移時至一府署，縹碧為瓦，世間無其壯麗。至墀下，似欲伺見官宰，
> 自思無罪，當是客訟斗毆。回顧皂帽人，怒目如牛，又不敢問。……
> 忽一人自戶內出，見繆，詫異曰：「爾何來？」繆視之，則其母舅。
> 舅賈氏，死已數載。繆見之，始恍然悟其已死。〔註37〕

繆永定死亡後便有皂帽人接到府署，也是同一空間的表現。卷七〈劉姓〉裡：

> 既罷，逾四五日，見其村中人傳劉已死，李為驚嘆。異日他適，見
> 杖而來者儼然劉也。比至，殷殷問訊，且請顧臨。李遂巡問曰：「日
> 前忽聞凶訃，一何妄也？」劉不答，但挽入村，至其家，羅漿酒焉。
> 乃言：「前日之傳，非妄也。曩出門見二人來，捉見官府。問何事，
> 但言不知。自思出入衙門數十年，非怯見官長者，亦不為怖。從去
> 至公廨……余曰：『因何事勾我來？又因何事遣我去？還祈明示。』
> 吏持簿下，指一條示之。上記：崇禎十三年，用錢三百，救一人夫

〔註35〕卷四〈續黃梁〉，頁524。
〔註36〕卷二〈阿寶〉，頁237。
〔註37〕卷四〈酒狂〉，頁582～583。

婦完聚。吏曰：『非此，則今日命當絕，宜墮畜生道。』駭極，乃從
二人出。……送至村，拱手曰：『此役不曾啖得一掬水。』二人既去，
入門遂蘇，時氣絕已隔日矣。」〔註38〕

劉姓的死亡不過是被冥間鬼差捉走，就此直接進入了冥界。而復活時也是送
到家中後便豁然復活。冥界和人間如同在同一個空間。卷七〈閻羅薨〉和〈湯
公〉在聖廟面見孔子一樣，是人間神境混同的要例。文中寫公哀求代任閻羅
的魏姓經歷在審判時偏私其父：

公哀之益切，魏不得已諾之。公又求其速理，魏籌回慮無靜所，公
請為糞除賓廨，許之。公乃起。又求一往窺聽，魏不可。強之再四，
囑曰：「去即勿聲。且冥刑雖慘，與世不同，暫置若死，其實非死。
如有所見，無庸駭怪。」至夜潛伏廨側，見階下囚人，斷頭折臂者
紛雜無數。墀中置火鑪油鑊，數人熾薪其下。俄見魏冠帶出，升座，
氣象威猛，迥與曩殊。……公見之，中心慘怛，痛不可忍，不覺失
聲一號，庭中寂然，萬形俱滅矣。〔註39〕

魏擔任閻羅審判，公竟然能以肉身在廨外偷看，冥界和人間的空間完完全全
重疊在一起了。在這裡《聊齋》描述了一個很特別的情景，屬人、擁有肉身
的公在門外偷看，因為見父受苦而失聲驚呼，於是一瞬間，原本可以看到的
陰間景象在一瞬間幻滅，在相同空間之中營造出陰陽兩隔的奇幻感受，也證
明人間和神境是「可不可見」的問題，而非「相不相同」。

卷十一〈晚霞〉：

鎮江有蔣氏童阿端，方七歲。便捷奇巧莫能過，聲價益起，十六歲
猶用之。至金山下墮水死。蔣媼止此子，哀鳴而已。阿端不自知死，
有兩人導去，見水中別有天地；回視則流波四繞，屹如壁立。〔註40〕

阿端死亡後被引導進入龍宮，寫「不自知死」、「見水中別有天地」，也代表了
龍宮其實並沒有脫離人間，反而恰恰在他死去之地，與人世完全處在同一個
空間。

在這麼多篇中，只有卷二〈張誠〉裡稍微表達出神處在不同空間的感
覺。在該篇中寫：

〔註38〕卷七〈劉姓〉，頁880～881。
〔註39〕卷七〈閻羅薨〉，頁957～958。
〔註40〕卷十一〈晚霞〉，頁1476。

> 訥遂不食，三日而斃。村中有巫走無常者，訥途遇之，縷訴囊苦。
> 因詢弟所，巫言不聞，遂反身導訥去。至一都會，見一皁衫人自城
> 中出，巫要遮代問之。〔註41〕

張訥死亡後，直接寫他死後在路途上遇到村中走無常的巫人，巫人便帶他去一都會。死亡進入冥界彷彿只是走離開村莊的一場旅行。不過在後面寫：

> 忽共嘩言：「菩薩至！」仰見雲中有偉人，毫光徹上下，頓覺世界通
> 明。巫賀曰：「大郎有福哉！菩薩幾十年一入冥司拔諸苦惱，今適值
> 之。」⋯⋯訥死二日，豁然竟蘇。〔註42〕

寫菩薩從天而降，幾十年一入冥司，讓張訥又從死亡中豁然復活，帶有一點神從另一空間中現身的味道。不過詳細考究起來，理當還是比較接近同一空間中天上與地下的區別。

明指入冥而後進入神境的篇章總共有十五篇，而這幾篇對於入冥時由人間前往冥界、神境時的空間轉換，要不是未曾描述，要就是根本將這些空間混同在一起。而且這些明指的篇章，只佔所有神祇故事篇章的十分之一強。在全部七十九篇的故事裡，人進入神境是在不知不覺中完成的。這種不知不覺不是作者偷懶省略空間轉換的描述，而是在沒有空間轉換的情況下，人便遇見了神和神境。

直接跳轉的篇章可以依照神祇出場的方式區分爲幾個類型：一、在旅途或現實中突然出現；二、出現在供奉神祇的廟堂之上；三、在現實中以變形的型態或附身的方式出現；四、在夢中出現。

出現在旅途中或在現實中突然出現是《聊齋》中神祇最常出現的方式，兩者在細微之處有所不同。前者可以說是人在不知情的情況下進入了神境，後者則是神祇主動地在人的世界裡現身，不過《聊齋》中這兩者都常在空間上表現出人間神境混同合一的形象。另外，在旅途中遭遇也稱得上是在現實中突然出現；在現實中突然出現也可以說是成「在日常生活的途中」，因此在文前表中用「途中」代稱這一小類。

出現在旅途中的例子，像卷一〈瞳人語〉：

> 清明前一日，偶步郊郭。見一小車，朱茀繡幰，青衣數輩款段以從。
> 內一婢乘小駟，容光絕美。稍稍近覘之，見車幔洞開，內坐二八女

〔註41〕卷二〈張誠〉，頁249。
〔註42〕卷二〈張誠〉，頁250。

郎，紅妝艷麗，尤生平所未睹。婢乃下帘，怒顧生曰：「此芙蓉城七
郎子新婦歸寧，非同田舍娘子，放教秀才胡覷！」言已，掬轍土揚
生。生瞇目不可開。才一拭視，而車馬已渺。驚疑而返。〔註43〕

方棟好輕薄，喜歡尾隨路上游女，結果在散步時遇見芙蓉城主媳婦歸寧的隊
伍。他在不知情的狀況下輕薄如前，終於因此遭受鬼神的懲罰。神的隊伍竟
然可以在路途上被凡人看到，不知是否和清明時節有什麼因果上的關係？但
神也以車馬在人間行走，表示神和人的確共用一個空間。這個例子還算介於
途中和突然出現之間，真正神境出現在旅途中的典型例子如卷七〈閻羅薨〉：

靜海邵生，家貧。值母初度，備牲酒祀於庭，拜已而起，則案上肴
饌皆空。甚駭，以情告母。母疑其困乏不能為壽，故詭言之，邵默
然無以自白。無何，學使案臨，苦無資斧，薄貸而往。途遇一人，
伏候道左，邀請甚殷。從去，見殿閣樓台，彌亙街路。既入，一王
者坐殿上，邵伏拜。王者霽顏命坐，即賜宴飲，因曰：「前過華居，
僕輩道路飢渴，有叨盛饌。」邵愕然不解。〔註44〕

寫邵生因為招待了閻羅的隊伍，而在旅途中被帶去閻羅府中接受招待之事。
這類典型的故事在文中都會提到神境的出現是主角在旅途中突然遇上的，本
篇中他遇見的便是閻羅使者。在這篇裡，邵生根本是從人間路上被不知不覺
地帶入神境，甚至沒有迷途，可見人間與神境根本沒有空間轉換的問題。而
在卷四〈辛十四娘〉：

……夜色迷悶，誤入澗谷，狼奔鴞叫，豎毛寒心。踟躕四顧，並不
知其何所。遙望蒼林中燈火明滅，疑必村落，竟馳投之。仰見高閣，
以策撾門，內問曰：「何處郎君，半夜來此？」生以失路告。〔註45〕

生在人間的旅途中誤入險地，此時看見一個實際上是神境的村莊，神境和人
間可說根本就處在同一個空間。這篇故事有一點迷途奇遇的味道，是旅途中
遇神的一種特殊類型。如前章提過的〈西湖主〉中，陳生在經過一番漂流後
來到湖君的居所中，讓湖君的居所表現出介於人間與仙境之間的形象。這是
人類進入神境時常用的敘述方法，一則表現出人與神的空間實際上相同的觀
念，同時也額外表現出神境隱密難見的奇幻特質。

〔註43〕卷一〈瞳人語〉，頁 10。
〔註44〕卷七〈閻羅薨〉，頁 457。
〔註45〕卷四〈辛十四娘〉，頁 537。

神祇在現實中突然出現的篇章佔了所有篇章中的絕大部分。例如前兩章提過的卷十〈牛同人〉，關帝直接從天而降，表現出神異的形象，但也表示出神祇和人類實際上並不是相異空間的差別，而是位置上的差別。而像卷十二〈韓方〉一類的篇章裡，神更是和常人一般出現在人的身邊，若不是祂自己暴露出身份，根本沒有人會知道祂就是土地之神，在此也再次表現出神祇人形人性的特質。其他諸篇，都不脫這樣的模式，完全不存在空間轉換的描述。

在其中某些篇章裡，神祇突然出現的現實中場所主要在其受供奉的廟堂之上，以人間廟堂爲辦公或居住的場所。像〈湯公〉中在聖廟面見孔聖即是一例。神祇既然居處廟堂之上，就等於是直接住在人間了。例如卷二〈陸判〉：

> 蓋陵陽有十王殿，神鬼皆木雕，妝飾如生。東廡有立判，綠面赤須，貌尤獰惡。或夜聞兩廊下拷訊聲，入者毛皆森豎，故眾以此難朱。朱笑起，徑去。居無何，門外大呼曰：「我請瞽宗師至矣！」眾起。俄負判入，置几上，奉觴酹之三。眾睹之，瑟縮不安于坐，仍請負去。朱又把酒灌地，祝曰：「門生狂率不文，大宗師諒不爲怪。荒舍匪遙，合乘興來覓飲，幸勿爲吟哇。」乃負之去。次日眾果招飲，抵暮半醉而歸，興未闌，挑燈獨酌。忽有人搴帘入，視之，則判官也。起曰：「噫，吾殆將死矣！前夕冒瀆，今來加斧鑕耶？」判啓濃髯微笑曰：「非也。昨蒙高義相訂，夜偶暇，敬踐達人之約。」〔註46〕

說十王殿中神鬼木像栩栩如生，夜間還在兩邊廊下傳出拷訊之聲，表示出人間廟堂和冥界空間的混同。而朱爾旦對陸判木像說話祝禱，並邀請來日一起喝酒，陸判竟眞的親自登門造訪。配合前面將木像說得活靈活現的敘述，這裡出現的陸判幾乎已分不清是陸判木像還是陸判之神，人間與神境的混同在這樣的敘述筆法中更加得到證明。

在卷二〈吳令〉裡：

> 公清正無私，惟少年好戲。居年於，偶於廟中梯檐探雀，失足而墮，折股，尋卒。人聞城隍祠中，公大聲喧怒，似與神爭，數日不止。
> 吳人不忘公德，集群祝而解之，別建一祠祠公，聲乃息。祠亦以城

〔註46〕卷二〈陸判〉，頁 139～140。

　　　　隍名，春秋祀之，較故神尤著。吳至今有二城隍云。〔註47〕

某公剛直不阿，曾爲了吳地誇張祭祀城隍的習俗而直斥城隍之非，並將城隍泥像捉來笞責。因此某公死後竟還在城隍祠中傳出爭執不休的聲音。因此吳地百姓爲他特別另立一個祠堂，解決了這起事件。這表示廟堂的確是神祇居處的一個重要空間，而這樣的空間實際上存在於人間，只是不可得見。卷十一〈竹青〉裡更是直接點了出來：

　　　　魚客，湖南人，忘其郡邑。家貧，下第歸，資斧斷絕。羞於行乞，
　　　　餓甚，暫憩吳王廟中，拜禱神座。出臥廊下，忽一人引去見王，跪
　　　　白曰：「黑衣隊尚缺一卒，可使補缺。」王曰：「可。」即授黑衣。
　　　　既著身，化爲烏，振翼而出。……忽如夢醒，則身臥廟中。先是居
　　　　人見魚死，不知誰何，撫之未冷，故不時令人邏察之。至是訊知其
　　　　由，斂資送歸。〔註48〕

魚客在吳王廟中躺臥，忽然有個人把他引去面見廟中吳王，成爲黑衣隊的一員。後來魚客化身的黑鳥重傷而死，又恍惚從廟中的肉身上復甦過來。這樣的敘述等於直接指出神祇的空間就在人間的廟堂之上了。

　　某些神祇在人間並不一定直接出現，但是以變形或附身的方式爲人所發覺。這同樣是兼顧鬼神和人類身處相同空間，卻又說明爲何神不可見、描述神之隱密難見性質的筆法。例如在卷二〈王六郎〉中的羊角風、卷五〈閻王〉中的旋風，是神沒有現身但存在於人間的徵兆。附身則有卷三〈泥鬼〉、卷八〈夏雪〉兩篇。這樣的情況表現出神祇雖然不輕易給人看到，或是人們非常時根本看不到，但其實仍然存在這個世間的。

　　神祇也會出現在人的夢中，有時則是人在夢境裡進入神祇的世界。這樣的篇章有卷一〈王六郎〉、卷四〈柳秀才〉、卷四〈姊妹易嫁〉、卷五〈金永年〉、卷六〈庫將軍〉、卷六〈絳妃〉、卷六〈杜翁〉、卷六〈鴿異〉、卷七〈金姑夫〉、卷七〈梓桐令〉、卷八〈夢狼〉、卷九〈岳神〉、卷九〈皂隸〉等。在這些篇章中，夢中的神祇不論是作爲一種預兆在現實中實現，或是作夢者在夢幻中遊歷到原本在現實空間裡看不到、到不了的地方，人間和神境已經在夢幻中融合，分不清楚何者是何者。

　　在這些直接跳轉進入神境的篇章裡，神的出現就如同其他所有存在於世

〔註47〕卷二〈吳令〉，頁265。
〔註48〕卷十一〈竹青〉，頁1516,1518。

界上的生物一樣的自然。《聊齋》神祇分佈的位置或許相當廣泛，時常住在人類達不到、看不到的地方，他們的形體或許像〈閻羅薨〉裡所描述的一樣不能為凡人所見，但他們不是居住、活動在一個神秘遙不可及的空間裡，而是和所有其他自然物一般「活生生地」，用祂們獨特的生命形式存在於這個世界裡。

除卻在空間上混同，神祇們在職權的管轄權上也表現出向人間滲入的傾向。這種傾向，蒲松齡稱為「鬼神之報」，或者是「冥譴」。神祇有掌管人間善惡之事、施放冥譴的職權。像城隍就是最好的例子，前章所述他「察鑒司民」的職務針對的不僅僅是當地鬼魂，也包含人類在內。

冥譴的形式有兩種，一種是神祇直接現身在人世給予人懲罰，一種是人被拉入陰間接受懲罰。前者常表達出神祇不可知的冥冥超自然力，後者所受懲罰往往還會在人世體現出來。神祇還有向人間拉人的職權。像在〈閻羅〉篇中，李伯言每隔幾天就進入死亡狀態，擔任閻羅職位審判鬼魂。

神祇冥譴的職權，象徵著神祇力量向人間滲入，和人鬼神靈魂體系一樣，代表神境和人間、神和人並不是兩個獨立運作的系統，人間其實就是神境，就是被涵蓋在神境裡面接受管理的。這樣看來，雖然在《聊齋誌異的幻夢世界》中將李伯言的入冥視為「人自主的入冥」，但假如將人死成鬼後方能正式進入鬼界的情形視為怪異世界中的「自然現象」的話，或許人在「不經意之間」入冥，反而才代表人在無意間闖破了冥界的定律。席方平那樣用自盡到達冥府的方式或許可算自力入冥的一途，但李伯言以人的身份入冥，反而更像是冥界職權延伸到人界抓人的表現。

總而言之，在《聊齋》的世界裡，人間和鬼神世界並非不同的、分離的個別空間，在職務上也沒有截然劃分的職權界線，神祇們擁有管理人間的職權。像是城隍就明顯以「鑒察司民」為職務內容。不僅擁有職權，一些獨特的神祇們更擁有在人間主持正義，直接處罰惡人的權力，無須經由人間或是神界的體制判斷，因為他們就代表著道德化身。這種描述幾乎讓這些神祇變成了「合法的俠」，像關聖、觀音菩薩就常在人間獎善罰惡，「與人最近」，成為蒲松齡心中的至靈之神。

如同本論文在緒論中所引的，「神話不是神明的故事而是人的故事」，《聊齋》諸神也因為蒲松齡的創作意識而強烈地表達出這種特性。馬瑞芳《聊齋誌異創作論》中寫：

……舉凡六朝志怪書，釋家輔教書，道家談玄書，元明神魔書中出
現的神靈，《聊齋誌異》皆採用『拿來主義』，呼之即來。他高傲地
對神仙本身略而不顧，他在神仙與人的交往上作文章。聊齋先生樂
於多花些筆墨的，恰好是千百年來人民群眾約定俗成的，與人民的
生老病死、窮通禍福有極大關係的神仙。〔註49〕

這段引文本來說的是《聊齋》中神祇角色的來源與創作觀點，但實際上從神
與人的空間、職務關係上也表現出這樣的情形。本節一開始所引《聊齋誌異
的幻夢世界》之言：「中國人以現實界為唯一的『真實存在』，所有觀念全得
納入這個空間才容易被接受」，《聊齋》描寫神祇的角度從空間和職權上來看，
是全然以凡人、世間為中心，而非某種仙人靈士在天上的遊歷記述。太高遠
縹緲的神境天庭在其中很少看到，也沒有深入確實的描述。文中所寫的多是
凡人對飄忽不可見神境的印象，至多看到死後一定會去的冥司，而這些神境
就在人間。同時《聊齋》神祇故事所關注的也是人的問題，人間的問題，人
與人之間的價值問題。關於天上神仙縹渺不可得知、不可得誌的玄奇奧妙、
愛恨情仇，他並沒有加以重視。

　　《聊齋》神祇所處、所作、所重視的，其實都與百姓人民息息相關，因
此諸神中篇幅最多的，是負責百姓事務的冥王、城隍等神，其次則以關聖、
菩薩等主持人神正義，代表了道德化身的神祇為要，並匯聚了蒲松齡所重視、
所關注的道德議題焦點。

　　因此蒲松齡說「今夫至靈之謂神。誰神之？人神之也。何神之？以其不
容已於人者神之也……其慈悲我者則尸祝之耳。」他筆下所寫神祇故事透露
出的意涵正與他關注的議題息息相關。簡而言之就是人，就是人間，就是人
與人間的善惡道德。

　　所以《聊齋》神祇世界人世化的現象，可以引論其神祇世界的另一個特
色，那就是以德為中心，以報為終點的創作意圖。關於這個部分，將留在本
章第三節詳論，在此暫不贅述。

　　稱謂外型人世化，職權滲入人間，加上神境的空間與人界混和的結果，
讓人間與神境的區隔徹底模糊不清。〈章阿端〉一篇可說是這種現象的極致，
寫出了一個神奇的世界。女鬼章阿端與戚生結識，戚生不忘已死的妻子，請
阿端代為尋訪，最後成功找回生妻，三人感情融洽：

〔註49〕馬瑞芳，《聊齋誌異創作論》，頁51。

> 如是年餘，女忽病瞀悶，懊憹恍惚如見鬼狀。妻撫之曰：「此爲鬼病。」
> 生曰：「端娘已鬼，又何鬼之能病？」妻曰：「不然。人死爲鬼，鬼
> 死爲聻。鬼之畏聻，猶人之畏鬼也。」生欲爲聘巫醫。曰：「鬼何可
> 以人療？鄰媼王氏，今行術於冥間，可往召之。然去此十余里，妾
> 足弱不能行，煩君焚芻馬。」生從之。〔註50〕

寫鬼死爲聻，因此鬼亦有「鬼病」，而且人間的巫人沒辦法治，死了變成「鬼
巫」卻又可以爲力。根本就是把人鬼關係一模一樣地多往下推一層。鬼巫王
氏爲阿端看病時，請來了不知何神的「黑山大王」幫她治療，則難道聻中也
有神祇？黑山大王要求了一大堆的奉獻，情況卻依舊沒有改善，看來不太靈
驗，這倒和巫人的狀況頗相彷彿。沒兩天端娘斃命，《聊齋》中寫：

> 一夜，妻夢中嗚咽，搖而問之，答云：「適夢端娘來，言其夫爲聻鬼，
> 怒其改節泉下，銜恨索命去，乞我作道場。」生早起，即將如教。
> 妻止之曰：「度鬼非君所可與力也。」乃起去。逾刻而來，曰：「余
> 已命人邀僧侶。當先焚錢紙作用度。」生從之。日方落，僧眾畢集，
> 金鐃法鼓，一如人世。妻每謂其聒耳，生殊不聞。〔註51〕

聻亦能托夢，還要邀請「鬼僧」來作「鬼道場」，由陽間的生燒紙錢給鬼道場
做用度，則不知鬼道場要不要買「鬼紙錢」來燒？菩薩不是鬼或許不怕聻，
但道場中超渡聻鬼的菩薩，到底是真菩薩，還是另有一個「鬼菩薩」？

聻與鬼的關係，實際上就是鬼與人之關係的翻版。而就在該篇的最後一
小段話，將聻鬼與城隍神做出了奇妙的連結：

> 道場既畢，妻又夢端娘來謝，言：「冤已解矣，將生作城隍之女。煩
> 爲轉致。」〔註52〕

聻會托夢於鬼，仍舊是人鬼關係的投射。而章阿端爲鬼而死，竟然「將生作
城隍之女」。如此說來，難道聻中也有王者司轉輪之職？城隍也會生女，想來
鬼界生活亦如人間，說不定也會得個「鬼病」？

這也代表了城隍「神」在本質上其實依舊是「鬼」，神好像只是「鬼官」
的特殊代稱罷了。而人和鬼神的差異，也在人與鬼，鬼與聻的對照、推展關
係中變得極度淡薄。城隍神的形象在某種程度上很微妙地失去了「神」的形

〔註50〕卷五〈章阿端〉，頁 629～630。
〔註51〕卷五〈章阿端〉，頁 630～631。
〔註52〕卷五〈章阿端〉，頁 631。

象，反而變得像是一個擔任「鬼官」的「普通鬼」了。

第二節　官僚化形象與超自然力

綜觀蒲松齡筆下神祇，可以看出兩種基本類型：即官僚化的神與超自然的神。在《聊齋》中，以官僚形象爲主的神祇佔了絕大多數，篇幅上更是壓倒性居多。其中冥王與城隍就分別是全《聊齋》中篇幅第一與第三多者。因此，就比例來說，大部分神祇都具有強烈的官僚形象，而作爲神祇的超自然能力便經常埋沒在官僚的形象之中，讓擁有純粹強大超自然形象的神祇顯得稀少。

如前節所述，蒲松齡筆下的神祇其實是帶著人形、人性、用著和人間一般物品的角色。祂們居住、辦公的地方和人間實際上是同一個空間，只不過凡人在未曾經過死亡的轉化之前並沒有方法觀看、參與那個世界（除了修仙和某些特例之外）。祂們根據人鬼神一貫的靈魂觀，保留著生前的記憶與人際關係。

在職權上也是如此。隨著神祇形象的官僚化，《聊齋》中神祇本有的超自然能力也往往被轉化爲一種職權，所以官僚的神所代表的意涵就是職權的神、權能的神。祂們雖然神秘地操縱了某些人類無法操縱的現象，但是在操縱的實際過程中，並沒有表現出什麼隸屬於本身的超自然神力，只不過像辦公一樣地處理著這些神異的事物。這有時候讓祂們唯一可以被稱爲神的地方，就只在祂們是「神」的這個定義和稱呼本身。像〈陸判〉裡的太華卿、〈陳錫九〉裡的太行總管這樣以官名代表神名的神祇，祂們除了偶爾表現出鬼神的共通特質，亦即因常人無法得見而營造出的飄忽無定形象，其他時刻怎麼看都是官員的形象比封神的形象濃，或者說人的形象比神的形象濃。

但奇妙的是，在神祇身上，官僚化與超自然力並非不可共存的，即便是官僚化最深的冥王、城隍等冥官，也偶爾會表現出冥冥不可見的神秘冥譴超自然力，而像關聖這樣擁有強大力量的神祇，也依舊以天庭一員的形象存在。

但仔細觀察，不同程度的官僚化形象與超自然形象在神祇世界裡運作，就像《聊齋》神祇故事的基本元素，調配出各種不同的色彩，形成錯綜複雜的關係。簡單來講，在《聊齋》中，如果超自然形象代表的是神的最初本質，官僚化形象就是神與人這兩種性質混雜的過渡。而神與人這兩種本質所形成的衝突，就是《聊齋》神祇故事想要表現的重要主題。

　　歸根究底，這種關係與隨之而來的創作理念，實際上就建立在官僚神與超自然神這兩種可共存卻又相對的神祇形象上。本節所要進行的工作，是先分析彙整超自然力與官僚化形象之間的關係，至於奠基於此之上的故事主題，將留待後文詳述。

一、神祇超自然能力的種類

　　雖然官僚神佔了神祇故事篇幅裡的絕對多數，但廣泛來看，《聊齋》神祇所具有的超自然能力依舊不少，只是比例不高，又有許多被職權化而顯得形象薄弱。總括來看，這些超自然能力，大致有入夢、化身、附身、冥譴、掌管命數、操控自然、以及超物理之力等等。

（一）入　夢

　　古人對夢有許多面向的解釋意涵，作為預言或是神明的指點都是其中的一種解釋。《聊齋》中神祇的入夢也是和預言脫不了關係的。例如〈梓潼令〉中，文昌帝君連續預告了到梓潼赴任的命運：

> 常進士大忠，太原人。候選在都。前一夜夢文昌投刺，拔籤得粹潼令，奇之。後丁艱歸，服闋候補，又夢如前。默思豈復任粹潼乎？已而果然。〔註53〕

又在〈老龍舡戶〉中，神祇的入夢是現實事件的延伸，城隍入夢主要是想指點作夢者關於犯罪者的線索。

> 於是潔誠薰沐，致檄城隍之神。已而齋寢，恍惚見一官僚，搢笏而入。問：「何官？」答云：「城隍劉某。」「將何言？」曰：「鬢邊垂雪，天際生雲，水中漂木，壁上安門。」言已而退。既醒，隱謎不解。輾轉終宵，忽悟曰：「垂雪者，老也；生雲者，龍也；水上木為舡；壁上門為戶：豈非『老龍舡戶』耶！」〔註54〕

城隍告訴朱公的詞句包含破案的線索，也和預言一樣是透露一種真實。不過在《聊齋》中，鬼魂亦能入夢，因此這種能力可能不是神的特殊能力，而是基於人鬼神變化的一貫性。這樣說來，夢境或許和迷途一樣，代表某個讓人類無法直視、察覺鬼神界的屏障，在睡夢中被模糊化了。

〔註53〕卷七〈梓潼令〉，頁944。
〔註54〕卷十一〈老龍舡戶〉，頁1610。

不過從〈老龍舡戶〉中的描述來看，很難判定到底是城隍進入朱公的夢中，還是朱公在睡夢裡擁有看見城隍進入的能力。假如是後者，入夢就和前節所提到人間和神境混同的現象比較相關，是神祇的本質，是一種普遍現象，而非專屬神祇的超自然力。

（二）化　身

神祇的另一項超自然能力是化身，這同樣也是基於人不能輕易見到鬼神的原則。像是在〈王六郎〉中寫：

> 出村，欻有羊角風起，隨行十餘里。許再拜曰：「六郎珍重！勿勞遠涉。君心仁愛，自能造福一方，無庸故人囑也。」風盤旋久之乃去。
> 村人亦嗟訝而返。〔註55〕

許姓漁夫前去拜訪成神的王六郎，王六郎因為基於土地神的身份不可隨意現身，因此化為羊角風隨行。鬼神化身為風，在〈劉全〉中也有一樣的描述：

> 鄒平牛醫侯某，荷飯餉耕者。至野，有風旋其前，侯即以杓掬漿祝奠之。盡數杓，風始去。……綠衣人曰：「三年前，僕從泰山來，焦渴欲死。經君村外，蒙以杓漿見飲，至今不忘。」〔註56〕

〈劉全〉中的旋風，原來是來自泰山的官衙成員，雖然不知其是否為具有「官位」的神祇，但從他號令官衙中吏人的行為來看，最少也是介於鬼神之間。觀察其他鬼魂的篇章，發現一般鬼魂並沒有化身旋風的情形，所以化身為風可說是神祇特有的超自然形象，也可能是神祇存在但不可見的徵兆。

另外，觀音菩薩與呂祖是傳說中最擅長變化形體出現在人間的兩位神祇，前者曾猜測〈菱角〉中的老嫗為菩薩，又在〈瞳人語〉後面說「芙蓉城主，不知何神，豈菩薩現身耶？」，都是聯想到觀音菩薩化身的本事而做此猜測。呂祖則是在〈吳門畫工〉中化身為丐，表現出變化的法力。

（三）附　身

神祇還可以經由附身或其他的神秘力量來操控人類的行動。例如在〈李司鑒〉中，舉人李司鑒突然奔入城隍廟認罪，以刀自殘而死，這正是神祇能在冥冥中操縱人類的冥譴能力。又在〈冤獄〉篇中，寫關帝前周將軍附身在殺人犯宮標身上自投官衙，並大罵冤枉好人的官員。這兩者雖不完全相同，

〔註55〕卷一〈王六郎〉，頁29。
〔註56〕卷十二〈劉全〉，頁1651。

但都代表了神祇操控人類的能力與管理人類的職權。

（四）冥譴

附身也屬於執行冥譴職權之類，而閻羅在執行冥譴時，還有直接針對魂魄懲罰而影響肉身的案例。有時候這種懲罰甚至是當事人不可知的，讓官僚化很深的冥王也表現出超自然形象。像〈僧孽〉中寫張姓被誤抓，送返陽間前請鬼卒帶他遊歷地獄：

> 末至一處，有一僧扎股穿繩而倒懸之，號痛欲絕。近視，則其兄
> 也。……張既甦，疑兄已死。時其兄居興福寺，因往探之。入門便
> 聞其號痛聲。入室，見瘡生股間，膿血崩潰，挂足壁上，宛然冥司
> 倒懸狀。駭問其故。曰：「挂之稍可，不則痛徹心腑。」〔註57〕

張姓醒來懷疑兄長已死，因為以為人死才會被抓到鬼獄。這是最直接的想法，也是屬於人的想法。實際上張兄根本不知此事，也在陽間受到相同的懲罰，這就變成人所意想不到、觀測不到的超自然力了。所以異史氏在文後說：「鬼獄渺茫，惡人每以自解；不知昭昭之禍，即冥冥之罰也。可勿懼哉！」〔註58〕可見這種冥冥之罰被認為是屬於鬼獄閻王的超自然力。其他像前章裡所分析出來的，冥王對陽間管理的冥譴職權，裡面也很多相同的案例，像〈庫將軍〉寫庫大有負義背叛官長，夜夢受油燙刑，醒來肉體潰爛斷裂而死；〈李伯言〉裡魂魄被杖責者，肉體上也出現傷痕。

（五）操控自然

操控自然的能力掌握在某些特定神祇的手中。除了至高、無所不管的「帝」之外，〈雹神〉中的雹神，〈雷曹〉中的諸多雷曹，以及〈牛黃〉中的六畜瘟神、〈柳秀才〉中的蝗神，都是屬於這一類的神祇。祂們掌管某一項自然力，雖然也有職權化的傾向，但有時也與所管自然力結合而產生超自然形象。例如在《雹神》中李左軍雖然身為雹神，有落雹的能力，但關於雹的額數，依舊掌握在至上神「帝」的手中，因此祂的身份是偏向於「帝」的臣屬。不過祂在本篇中表現出與落雹職務相關的強大能力，所以官僚化形象不算非常明顯。

相對地，在〈牛黃〉篇中的六畜瘟神就表現出特殊的超自然形象，祂散佈瘟疫的職權，是融合在祂腦後有洞的特殊外貌之中，因此讓祂在職權間表

〔註57〕卷一〈僧孽〉，頁66。
〔註58〕卷一〈僧孽〉，頁66。

現出特殊的超自然能力。不過祂能放不能收，可見能力還是有被轉化成職權。這樣看來，歸根究底，在《聊齋》中，掌管操控自然能力的根源者還是至上神「帝」。

（六）掌管命數

掌管人類命運的能力，指的是神祇操控人類生死長短、福祿多寡、姻緣禍福等人間事務的能力。這原本也是一項超自然力，但在《聊齋》中，這項能力已經被強烈地職權化。擁有這項能力的神祇主要包含了：帝、東嶽、冥王、文昌、孔聖、福神、財星、庫官、月老等等。東嶽、冥王、文昌、孔聖等四位神祇掌握命數的能力，都幾乎完全化為單純的「權力」，與原本超自然的部分抽離了。如前章分析過的，在〈湯公〉中，文昌跟孔聖除了掌握士子生死的「籍錄」之外，並不具有讓人復生的超自然能力，就算消除籍錄上的資料，也得另找菩薩復生。福神、月老等神祇雖然能力表現得很奇妙，但地位不高，可以被其他神祇乃至人類影響，所以這類超自然力的最終擁有者，或許也只剩〈陳錫九〉中的「帝」。祂用也可稱為定數、命運的方式將應允的萬金賞賜交給陳錫九，表現出和冥譴相同的冥冥超自然力。

（七）超物理之力

最後一類的超自然能力或許是神祇最初的面貌，也就是祂們本身的超人表現，這項能力最足以對比出神與凡人的不同。通常這類超人的能力都表現為超越物理性的行為。例如〈雹神〉中寫：

> 天師……又囑：「貴客在坐，文去勿武。」神出至庭中，忽足下生煙，氤氳匝地。俄延逾刻，極力騰起，才高于庭樹；又起，高于樓閣。霹靂一聲，向北飛去，屋宇震動，筵器擺簸。公駭曰：「去乃作雷霆耶！」天師曰：「適戒之，所以遲遲，不然平地一聲，便逝去矣。」
> 〔註59〕

平地飛升又聲若雷霆，表現出很強大的超自然威能。可以看出，雹神夾帶風雷的形象是和祂落雹的職務有關的，這種狀況也出現在前引〈雷曹〉篇中。在該篇的雷曹是被明顯官僚化的雷神，但祂雖然被謫放人間，依舊擁有和掌雷、雨者有關的踏波入浪、潛水救人這種異於常人的能力。不過，同樣是雷神，在卷六〈雷公〉中卻出現了一個與雷曹差別很大形象。文中寫：

〔註59〕卷一〈雹神〉，頁52。

> 亳州民王從簡，其母坐室中，值小雨冥晦，見雷公持鎚振翼而入。
> 大駭，急以器中便溺傾注之。雷公沾穢，若中刀斧，返身疾逃；極
> 力展騰，不得去，顛倒庭際，嗥聲如牛。天上云漸低，漸與檐齊。
> 雲中蕭蕭如馬鳴，與雷公相應。少時，雨暴澍，身上惡濁盡洗，乃
> 作霹靂而去。〔註60〕

本篇中的雷公表現出一種超人怪異的形象，持鎚、有翼、能飛，還作霹靂和烏雲呼應，除了表現出超人能力的形象，也彷彿和他的職務有所關聯。而寫他一中穢物便如中刀斧，「嗥聲如牛」，更加深了他的怪異形象。他的怪異與超自然能力，讓人覺得他對雷的權力，似乎也來自於這超自然的能力，而非來自於一項職權。而在〈雷曹〉中，雷曹雖然也表現出超自然能力的形象，但外貌已不顯得那麼怪異，職權也幾乎和「雷」沒有太大關係，反而集中在下雨之上。在行使職權時，比較近似於官員在執行勤務，其權力也與其超自然的能力在來源上沒有太大的關係。

　　來自歷史、傳說中的神祇，因為生前的個性留存的緣故，其神力也跟生前的身份有關。如卷十二〈桓侯〉用了接近一千三百字的長篇，加上精闢的描繪與精緻的情節推衍，讓每一字、每一句都充分地表達出張桓侯充滿剛猛神力的特殊形象。最特別的是，桓侯的剛猛神力在文中並不由他的言語、外貌或憤怒中表現出來，反而經由一種對比的方式，讓他的剛猛，隱藏在人形與謙和形象之中。該篇寫荊州彭好士之馬因食下仙草，成就仙骨。桓侯欲求該馬，故邀彭到家中，表示想與他換馬的意願，言語十分謙和。後來又請彭赴宴：

> 彭謙謝，不肯遽先。主人捉臂行之。彭覺捉處如被械梏，痛欲折，
> 不敢復爭，遂行。下此者猶相推讓，主人或推之，或挽之，客皆呻
> 吟傾跌，似不能堪，一依主命而行。登堂則陳設炫麗，兩客一筵。
> 彭暗問接坐者：「主人何人？」答云：「此張桓侯也。」彭愕然，不
> 敢復咳。合座寂然。〔註61〕

其中被把握者，皆患臂痛；解衣燭之，膚肉青黑。〔註62〕

　　文前用「氣象剛猛」點出桓侯剛猛的氣質，但最能表現其剛猛者還是他請彭生先行入席，一拉手竟然疼痛欲折的情節。其他的賓客也是一樣，一旦

〔註60〕卷一〈雹神〉，頁814。
〔註61〕卷十二〈桓侯〉，頁1673。
〔註62〕卷十二〈桓侯〉，頁1674。

互相推讓，主人或推或拉，眾客皆不堪呻吟，甚至膚肉青黑，只好順著主人的意思，表現出桓侯的神力剛猛，與凡人大大不同。

這種超物理的超自然力表現得最強大者莫過於關聖。祂的神力是可以明顯對照出來的。和妖魔對照，祂表現出伏魔降妖無往不利的形象，像〈牛同人〉中兩次綁狐，和〈西湖主〉裡討伐蚩尤。和人對照，祂在〈董公子〉裡不僅顯出連人帶床砍成兩半的神武，還表現出幫人復活再生的神力。

二、神祇官僚化形象與超自然力的象徵

從以上的諸多神祇的超自然能力來看，官僚與超自然的形象並不是衝突不可並存的。相反地，這兩個形象可以存在於同一位或同一種神祇的身上。例如冥王是官僚式神祇的代表，但在三十五篇與祂有關的篇章中，〈僧孽〉、〈某公〉、〈李伯言〉、〈閻羅〉、〈酆都御史〉、〈續黃梁〉、〈閻王〉、〈庫將軍〉、〈僧術〉、〈閻羅宴〉、〈鍾生〉、〈郭安〉、〈王十〉、〈元少先生〉等十四篇都為冥王描寫出一些超自然力，其中最主要的就是前述不可見的冥譴之權。所謂官僚神和超自然神，除了先天的職務結構，有時候還是所具超自然力比例多少的問題。或者正確地說，為神者原本都該擁有的超自然力，因為人間官僚形象的滲入，變得有高有低了。

官僚化與超自然兩種形象的巧妙混合，也正是《聊齋》文筆的獨到之處。書中眾多神祇模仿人世官僚的意味雖然濃厚，但是這些神祇故事並不會淪落到人神不分，寡淡無味的諷刺或描寫，相反地，異史氏最擅長的就是從「史」中寫出「異」，從模仿人世的普遍形象中，對比誇飾地塑造出奇特的神異，或是穿插進他真正寄託的主題來。如前節所述，正因為看不出是神，發現時便更顯驚奇。神祇和人的相同處，正好常常被用來映襯祂們彼此間的不同處。官僚化形象，正是神祇與人類相同的部分。

觀察官僚化形象與超自然力在兩種神祇中的比例運作，可以發現蒲氏描寫神祇的一個傾向：超自然力強大的神，多為純善之神，反之官僚化的神有善有惡，但為惡之神，必定是官僚化極深的神。這種狀況讓《聊齋》神祇世界和人間一樣，會出現善神與惡神對立的局面。實際上，這種對立表面上看去可以說是超自然形象與官僚形象的對立，但正確地說應該是善與惡的對立、神與人的對立。

官僚化形象在《聊齋》裡扮演的角色，是人間與神境的中間過渡。就好

像官僚神奠基於官僚「職權」所擁有的「權能」，實際上是由某種超自然力轉化過來的一樣，官僚化神祇中的惡性，正是來自官僚制度所來自的人間，代表了人欲滲入神境的結果。

在卷十二〈公孫夏〉裡，某在公孫夏的幫助下用賄賂取得城隍的職位，於是四處取得文書，帶著美妾僕役，輿馬成群地上路。到這裡城隍的形象和人間買官小人是完全一模一樣的。正確地說，此刻故事還停留在人的世界。直到關聖出場，文中不僅寫祂外貌與世傳關帝像不同，甚至「目長近於耳際」那樣的怪異懾人，整篇文章這才正式進入「神」的世界、超自然的世界，亦是一種純善的理想世界。

因此關聖一出場，諸多人馬乃至擔任城隍的某，都一併現出了鬼的本質。不再是模仿人世的外貌，而是變得「人小徑尺，馬大如狸」這樣不是人類所擁有的原形。這或許也正象徵著關聖即將在稍後消除他們身上來自於人間的邪惡成分。從蒲松齡在〈公孫夏〉本文之後所寫的「異史氏曰」來看，更能夠瞭解他對神所抱持的態度：

> 異史氏曰：「嗟夫！市儈固不足南面哉！冥中既有線索，恐夫子馬蹤所不及到，作威福者正不勝誅耳。吾鄉郭華野先生傳有一事，與此頗類，亦人中之神也。先生以清鯁受主知，再起總制荊楚。行李蕭然，惟四五人從之，衣履皆敝陋，途中人皆不知為貴官也。適有新令赴任，道與相值。駝車二十余乘，前驅數十騎，騶從百計。先生亦不知其何官，時先之，時后之，時以數騎雜其伍。彼前馬者怒其擾，輒呵卻之。先生亦不顧瞻。亡何，至一巨鎮，兩俱休止。乃使人潛訪之，則一國學生，加納赴任湖南者也。乃遣一價召之使來。令聞呼駭疑；及詰官閥，始知為先生，悚懼無以為地，冠帶匍伏而前。先生問：『汝即某縣縣尹耶？』答曰：『然。』先生曰：『蕞爾一邑，何能養如許騶從？履任，則一方涂炭矣！不可使殃民社，可即旋歸，勿前矣。』令叩首曰：『下官尚有文憑。』先生即令取憑，審驗已，曰：『此亦細事，代若繳之可耳。』令伏拜而出，歸途不知何以為情，而先生行矣。世有未蒞任而已受考成者，實所創聞。蓋先生奇人，故信其有此快事耳。」〔註63〕

他在「異史氏曰」中記述的這件事，跟〈公孫夏〉的正文幾乎一模一樣，只

是正文中的國學生某被關聖從鬼神的世界逐回人間，所以他被「逐出門外。四顧車馬盡空」。原本帶去異界的資斧美眷，也在這神人世界的轉換間被消滅。「異史氏曰」中的國學生就比較幸運，不過官位被當場削卻罷了。蒲松齡以爲冥中貪污亂象或許是因爲世上作威福者太多，一時難以剷除殆盡的緣故，可見這惡性乃是從人間延伸到陰間的，不是眞正的天道神性，而是人欲。

但可以看得出，蒲松齡仍信仰一種天道神性的存在，甚至於，他用這種惡劣人性襯托對天道神性的肯定和堅信。他在引文中將華野先生比做「人中之神」，表示他認爲先生懲罰邪惡的根源乃來自於天上，更表示他心中相信有一種天道純善或絕對正義存在於世上。如果說神來自於人、鬼，以及神祇世界模仿人世用具、職權的設定決定了眾神的善惡混具，那麼神祇超自然的一面就來自於一個天道的根源，這種根源構成與形上天融合的至善至上之神「帝」的形象，而這種形象的積極執行力又體現在菩薩、關聖等神祇擁有的超自然力上。

「人中之神」代表的意義，就是當人秉持著根源於天道的善，他就是眞正的神，是與神祇相等的存在。這正揭示出《聊齋》分辨神與人、神境與人間的標準，是在於善惡，而不是空間或靈魂肉體這類物質型態。

也因此，在文中眞正具有超自然神力的神祇往往是純粹的善神，即使是被分類爲官僚神的冥王，在擁有神異冥譴能力的篇章裡，身爲故事主角的那幾位冥王仍具有很強正義形象。這種時刻，他們雖然仍具有官僚形象，卻是純正的神，是官僚「神」，而不是人間官僚，就算有些是由活人代任的冥王也是如此。但如同〈李伯言〉、〈閻羅薨〉中所寫，當人類展現私心時，這種神力便立刻消失，甚至反噬。在〈席方平〉裡冥王、城隍、郡司遭二郎神罷免，〈公孫夏〉中買得城隍職缺的國學生某被關聖趕回人境，也是這種現象的驗證。

所以在《聊齋》中，超自然力象徵的就是神祇的眞正本質，是來自於形上天中天道純善的善良力量，非善神是無法擁有的。這種超自然力量在神祇官僚體系中體現成職權、權力，理論上可以爲任何擔任該職位的神祇使用。與官僚體系象徵的公正、制度等善良面結合時，這種官僚權力便是善的，是屬「神」的；但與來自人間的官僚體系裡不可抹滅的人欲結合時，這種官僚權力就是惡的，是屬「人」的。

第三節　神祇與德報

　　雖然模仿人世的官僚化形象決定了神祇世界的善惡混具，但實際上，在書中心存惡念的神祇卻總是遭到處罰。就如同天道循環不爽，但善惡依舊存在於人心一念之間一樣，這種現象恰恰好就是到蒲松齡的寄託所在，也是他筆下神祇故事的中心，一個十分重要的創作意旨。這種意旨就是將善與神、天視為同一概念，從而肯定人類善良堅強意志的天人感應價值觀。

　　這種價值觀的內涵將在後節詳述，本節先探討此一價值觀在《聊齋》中的基本表現，亦即「德」與「報」這兩個觀念。

　　《聊齋》諸多神祇的行為有種明顯的傾向，那就是獎善罰惡。但除此之外，他們首先表現出以德行為判斷善惡中心的傾向。

　　神祇們所重視的德行，可以從祂們化救難刑戮為獎善罰惡的行為看出來。這兩者原本在層次上有些不同：救難刑戮只是單純的行為，其中可以不包含有目的，獎善罰惡卻具備了道德性的目的和評判標準。這樣的目的和標準正是《聊齋》中神祇經常擁有的，也因此諸神的救難刑戮行為變成了獎善罰惡的手段，前後兩者之間難以分開。

　　在郭玉雯《聊齋誌異的幻夢世界》中寫：

> 中國的冥律以因果為其主要精神，所謂「善有善報，惡有惡報，若謂不報，時辰未到」。但是這種公道是包裹在另一層民間觀念中的，那就是互償的觀念。〔註64〕

該書從民間公道的觀點來看，認為冥律中除了善惡，還包含了互償的觀念，例如在〈劉全〉中，侯某只因為「存心方便」就得到許多照顧，包括不用受皂隸的勒索剝削。

　　但深入來看，這種「公道」的背後有著異常瑣碎的道德標準，而所謂「互償」的行為若在神秘世界中討論，可能還有許多的切入的焦點和討論形式。例如前述侯某「存心方便」而醋祭旋風，表現上看來與該魂互償，但也和布施鬼魂被視為功德的習俗有關。所以即便有互償的成分，也很難說只是單純的利益交換。與其說他們只是基於互償原則交換好處，不如說這種存心方便或恩德也被作者視為一種德行而可以得到獎賞回報。畢竟《聊齋》中還沒看到存心不良的利益交換得到好結果的例子。

〔註64〕郭玉雯，《聊齋誌異的幻夢世界》，頁58。

總體觀之，在《聊齋》神祇故事所表現出的那種民間償報式的公道裡，依舊要求從立足點上具有一種道德正義的基礎，儘管這種道德正義是相當瑣碎，甚至包含一些民間信仰的教條在裡面。

一、《聊齋》中神祇所重視的德行標準

從神祇出現的篇章，針對成神條件、神對人的要求等等事件中進行觀察整理，本論文整理出《聊齋》中可以受到神祇眷顧，亦即是神祇心中所重視德行標準者有以下八項：孝德、仁德；功德（或稱有功）、誠篤、樸誠、剛直、布施、恩德。

（一）孝　德

孝德是《聊齋》中相當重要，甚至是最重要的德行標準。卷一〈考城隍〉裡，湯公因「仁孝之心」獲准暫時停止城隍職務，回到陽間侍奉母親直到她壽終，並因此形同多了九年的陽算。

卷二〈張誠〉，張訥為了張誠之死，並想向後母負責，用劈柴的斧頭自刎而死，結果在地獄中發現張誠並不在其中，亦即很可能並沒有死亡。此時菩薩突然入冥司救苦，張訥得以復活。在這裡張訥的復活好像是單純的偶然，但對照他死亡的原因來看，那種孝友之心或許正是他能夠遇上這種幾十年才有一次之事的最大原因。

卷四〈酆都御史〉裡，華公以肉身歸陰，正因為思念老母幼子而潸然淚下時，就獲得了天帝下詔大赦幽冥，於是華公得以回陽。這也是蒲松齡為華公描寫出孝慈之心，讓他受天帝關照的情節顯得合理又適當。

另外在〈陳錫九〉裡，錫九不顧一切尋找父親遺骨的孝心，讓他受到天帝萬金的賞賜。〈席方平〉裡席方平為了父親含冤而死之事，主動入冥為父申冤，勇敢對抗收受賄賂的冥官，最後求得二郎神幫助，不但為父平反，更獲取豐厚的財祿賞賜。〈韓方〉裡，韓方的孝心感動了土地神，讓祂現身指引韓方去除父母邪病的方法。而〈牛同人〉裡為父親遭受狐祟，怒狂上表投訴玉帝的牛生，推測也是因為其孝心才有能感動玉帝與關聖兩神。

（二）仁德、功德、布施

仁德、有功、布施是幾項在表現上相當類似的標準。在前文討論過的諸章裡，〈王六郎〉裡，六郎單純因不忍心找替身的「一念之仁」被提拔為土地

之神。〈雹神〉裡，公聽說雹神將去章丘雨雹，因為「接壤關切」的仁心而代為乞免，最後天師從權指示雹神多落溝渠，少落田中，保住了百姓的莊稼。〈王蘭〉中的鬼仙王蘭行醫救人，被稱為「仁術」，因此受天帝策封為清道使。〈水莽草〉裡祝生因為被水莽鬼所騙，誤喝水莽草茶而死，不僅不願以此道害人，更發願拯救同因水莽草而死者，最後因為有功被封為四瀆牧龍君。〈柳秀才〉裡柳神因感動於宰官憂慮百姓的仁心，洩露了蝗神的行蹤，更以身代受蝗災，免去了百姓的一場災難。〈老龍舡戶〉中也寫朱公為了該案日夜憂煩，城隍想必也是為了他的憂民之心與祝禱虔誠，才現身夢中協助破了懸宕多年的人命案件。〈張老相公〉裡因為除妖而被百姓供奉為水神，禱之輒應的張老相公，也是有功受奉祀成神的一例。

這些德行的共通點就是「助人」，其差異點則是不同程度的心念與行動。例如和仁心相比，有功算是有心念又更進一步有行動的積極行為。在《聊齋》的世界中，雖然只是一念之仁也可以受到神祇的眷顧，但若能基於仁心更進一步地以此心做出「有功於人世」的行為，更是會得到慷慨的賞賜。

例如，王蘭因行醫救人被封為清道使，甚至在遇上麻煩時有神祇幫忙說話。〈水莽草〉裡祝生不僅不願依照水莽鬼的慣例找人代死，更進一步去拯救其他被水莽鬼害死的百姓，便因此有功而被封為四瀆牧龍君。卷二〈某公〉裡的某公則是因為曾經拯救過一人的性命，免去畜生道的刑罰。類似的內容還出現在卷七〈劉姓〉，竟然因為偶然救得一對夫婦而免去了畢生眾多惡行的懲罰。

對於有功者的賞賜，似乎可以看出和獎勵單純仁心者有些微層次上的不同。仁心可以感動鬼神，得到鬼神的幫助與眷顧，像〈韓方〉裡的土地現身。而有功者常常更能得到實質的封賞或寬免。像王六郎身為水鬼，因一念之仁不忍以人代死，可說是消極性地救了一人，雖然以此仁念封神，但也是擔任以仁德為要的一鄉土地小神。和情況十分近似，卻多了主動救人行為的〈水莽草〉祝生相比，祝生獲封四瀆這樣範圍廣大的「牧龍君」高位，可見層次上有些許差別。

布施和有功類似，都是一種主動的行為，但在主觀上不一定有一念之間的仁心，可能只是某種形式上的行為。但即使是形式也仍舊有相當程度的效用。在卷五〈布客〉裡，城隍鬼隸叫布客某捐獻造橋，並以此私自上報城隍，延長了某的壽命，說起來某的心中純粹是為了保命而布施，但也有相對應的效力。卷九〈張不量〉裡張不量就因慷慨布施，讓雹神落雹時都刻意避開他

的田地。卷十〈眞生〉裡，眞生則是因爲誤贈過多黃金給賈導致被削去仙籍，但賈將這些黃金拿來布施，甚至讓眞生將功折罪，恢復了原本被削除的仙籍。

（三）樸誠、誠篤

神祇會獎護樸誠者的觀念僅出現在卷二〈廟鬼〉，文中寫新城王啓後被城隍廟泥鬼所擾，結果被城隍武士所救。武士將女鬼捉去，並怒斥「樸誠者汝何敢擾」。這和前面基於仁心、作爲、成果的功德布施有所不同，象徵著人類本身德行會得到鬼神的眷顧庇佑。

誠篤則和樸誠有些許的類似。誠篤主要說的是因爲對神祇的崇拜、篤信而得到神祇幫助者。例如卷六的〈菱角〉，因爲胡大成之母虔誠侍奉觀音，後來得到觀音幫助，一家團聚。又在卷一〈鷹虎神〉寫：

> 郡城東嶽廟，在南郭，大門左右神高丈餘，俗名鷹虎神，猙獰可畏。
> 廟中道士任姓，每雞鳴，輒起焚頌。有偷兒預匿廊間，伺道士起，
> 潛入寢室，搜刮財物。……南竄許時，方至山下。見一巨丈夫，自
> 山上來，左臂蒼鷹，適與相遇。近視之，面銅青色，依稀似廟門中
> 所習見者。大恐，蹲伏而戰。神詫曰：「盜錢安往！」偷兒亦懼，叩
> 不已，神捄令還入廟，使傾所盜錢，跪守之。〔註65〕

東嶽廟鷹神幫助道士取回被盜的香火錢，卻並沒有加以懲治，只是將小偷交給道士處理，可見其目的不光是爲了懲罰小偷的盜錢行爲，相對還有守護道士的成分。文章開頭寫任姓道士每天雞鳴爲祂焚頌，可見正是因爲這份虔誠，才讓神擔任起守護道士們的職務。

又如卷六〈吳門畫工〉，寫吳門畫工某，最信呂祖。一日在路上偶然認出喬裝爲乞丐的呂祖，上前苦求。

> 吳門一畫工，喜繪呂祖，每想象神會，希幸一遇，虔結在念，靡刻
> 不存。一日，值群丐飲郊郭間，內一人敞衣露肘，而神彩軒豁。心
> 忽動，疑爲呂祖，諦視覺愈確，遂捉其臂曰：「君呂祖也。」……丐
> 者曰：「汝能相識，可謂有緣。然此處非語所，夜間當相見也。」……
> 至夜，果夢呂祖來，曰：「念子志慮專凝，特來一見。但汝骨氣貪吝，
> 不能爲仙。」……淶辰之間，累數萬金。〔註66〕

這是神祇照顧虔誠信徒的重要文章。在本篇中，某虔誠欲見呂祖，呂祖雖然

〔註65〕卷一〈鷹虎神〉，頁103。
〔註66〕卷六〈吳門畫工〉，頁782～783。

一開始並沒有承認自己的身份，但仍因其「志慮恒誠」現身與他一見，更讓某達到巨萬的暴富。某在道德上可以說是不值一提的，就連呂祖都說他的「骨氣貪吝」，可見儘管他沒有惡行，在道德上恐怕不見得有何表現。故知某之所以得到神佑，純然是因為他的虔誠而已。

一般來看，書中虔誠者多稱得上道德良善之人，像〈菱角〉中菩薩所救護的胡大成一家，除卻虔誠是祂們受眷顧的原因之一，也可以看出他們具有相當程度的良善道德，尤其胡大成是因為孝心得到菩薩幫助。但虔誠和良善這兩項標準並非截然不同。像〈吳門畫工〉這樣的狀況，某除了虔誠並不具其他道德基礎，可說直接將虔誠這項要件提出，變成另一項德行標準了。從這裡，也可以看出神祇照顧虔誠者的行為確實可說有相當程度的互償性質。當然，從仙家緣法之說來看，這類賜財傳說，或許也算受財者和呂祖的仙緣。

這樣隨緣隨意或以虔誠為主的賞賜，道德基礎並不那麼穩固，似乎和《聊齋》重視德行的標準不符。但若以民間信仰的角度來看，這確實具有相當程度的實用性：只要心懷虔誠，不需要符合太高的道德標準，也可以得到神祇的眷顧。說起來，老百姓辛苦生活，偶爾作著發財之夢，只要沒害過人，「骨氣貪吝」至少不是罪惡。這樣說來，平凡人虔誠事神未嘗不能視為一種最最基本的德行。這或許也是較符合大多老百姓期待的實況。

卷十一〈齊天大聖〉寫許盛不信大聖，因為曾出言瀆神，導致兄長以為自己的重病乃大聖遷怒所致。後其兄長病死，許盛到大聖祠中責神，夜晚竟被接去面見大聖。文中寫：

> 至夜，夢一人招之去，入大聖祠，仰見大聖有怒色，責之曰：「……汝兄病，乃汝以庸醫夭其壽數，於人何尤？今不少施法力，益令狂妄者引為口實。」……醒而異之，急起啟材視之，兄果已甦，扶出，極感大聖力。盛由此誠褔信奉，更倍於流俗。……後鬻貨而歸，其利倍蓰。自此屢至閩，必禱大聖。他人之禱，時不甚驗；盛所求無不應者。〔註67〕

許盛從不信大聖而出言諷刺到信奉過於常人，大聖也因此從怒顏相向到賞褔賜利、有求必應。前後最重要的差別，就在於前時不敬，後時虔誠而已。當然《聊齋》認為許盛受到神祇護佑的原因，也是因他性格剛直而理當如此，依舊夾雜了以德行為中心的要素，德行與虔誠的效用是不衝突的。

〔註67〕卷十一〈齊天大聖〉，頁 1459～1462。

另外如卷十一〈老龍舡戶〉，城隍協助破案，也是要「潔誠熏沐，致檄城隍之神」。誦佛教經咒也是誠篤的一種表現，雖然念經咒有時又牽涉到積德布施的成分，但不論如何，誠篤都是最重要的條件。經咒有時也會被視爲擁有立即的效用，如卷三〈湯公〉中湯公被巨人帶走，因當場宣佛號而脫出。〈酆都御史〉中的華公受困於酆都地洞，也是因爲誦佛經而得以離開，這些都表現虔誠信仰在《聊齋》中的德行地位與效用。

（四）剛　直

剛直是《聊齋》中一項重要的德行，如前章所探討過的，在〈考城隍〉、〈吳令〉、〈李伯言〉、〈閻羅〉、〈于去惡〉等篇章裡，《聊齋》都直接將剛直性格設定爲擔任城隍、冥王兩項神職的必要條件。因爲這兩種神祇是負責百姓人生事務的官僚神，所以剛直公正的性格就成了必要的條件。而像關聖、張桓侯、二郎神等來自傳說宗教的神祇，也表現出武人特有的剛直公正性格。

這些特點表現出蒲氏對於官員應有形象的寄望。不僅是神祇，《聊齋》以爲剛直之人才能夠得到神明的眷顧，甚至突破人神的界限，凌駕鬼神——或者說有時人正因此成爲了神。例如在卷十一〈齊天大聖〉中：

> 許盛，袞人。從兄成，賈於閩，貨未居積。客言大聖靈著，將禱諸祠。盛未知大聖何神，與兄俱往。……盛曰：「孫悟空乃丘翁之寓言，何遂誠信如此？如其有神，刀搣雷霆，余自受之！」……至夜，盛果病，頭痛大作。或勸詣祠謝，盛不聽。未幾，頭小愈，股又痛，竟夜生巨疽，連足盡腫，寢食俱廢。兄代禱，迄無驗。或言：神譴需自祝。盛卒不信。月餘，瘡漸斂，而又一疽生，其痛倍苦。醫來，以刀割腐肉，血溢盈碗；恐人神其詞，故忍而不呻。〔註68〕

> 而兄又大病……謂神遷怒，責弟不爲代禱。盛曰：「兄弟猶手足。前日肢體糜爛而不之禱；今豈以手足之病，而易吾守乎？」但爲延醫劃藥，而不從其禱。藥下，兄暴斃。盛慘痛結於心腹，買棺殮兄已，投祠指神數之曰：「兄病，謂汝遷怒，使我不能自白。倘爾有神，當令死者復生，余即北面稱弟子，不敢有異詞；不然，當以汝處三清之法，還處汝身，亦以破吾兄地下之惑。」……仰見大聖有怒色，責之曰：「因汝無狀，以菩薩刀穿汝脛股；猶不自悔，噴有煩言。本

〔註68〕卷十一〈齊天大聖〉，頁1459。

宜送拔舌獄，念汝一生剛鯁，故置宥赦。」〔註69〕

異史氏曰：「昔士人過寺，畫琵琶於壁而去；比返，則其靈大著，香火相屬焉。天下事固不必實有其人；人靈之，則既靈焉矣。何以故？人心所聚，而物或託焉耳。若盛之方鯁，固宜得神明之祐，豈眞耳内繡針，毫毛能變；足下觔斗，碧落可升哉！卒爲邪惑，亦其見之不眞也。」〔註70〕

許盛的剛直，表現在他堅持己見，不跟從迷信的態度中。他不僅不相信，更不願意向相信的人屈服。因此即使自己長了痛苦不堪的疽，仍不願聽從大聖信徒的說法到廟裡向大聖賠罪。連兄長發病，他也不願破壞自己的信念替他代禱。最後更和〈吳令〉中的公一樣，爲了證明自己的信念前往大聖祠中直言譴責。但他的剛直並不是平面的，當他幾次親眼見到大聖親自顯靈讓兄長復生與命財星賜利之後，也遵守諾言，比所有信徒更虔誠地膜拜大聖。這樣前後對照下來，許盛的剛直更顯出一份超越性。

這種堅持己見的剛直，是蒲松齡所一貫讚許的。從「異史氏曰」來看，可以知道蒲松齡對於「齊天大聖」的信仰並不苟同，認爲只是「人靈之」，不是眞正的神明。這不代表蒲松齡一概否認神祇存在，相反地，他更認爲世上有「物」、有神明眷顧剛正之人，可見他認爲這種德性本來就有資格讓人接受神明保佑，所以別人祈禱往往不驗，許盛的祈禱卻有求必應。

《聊齋》不以大聖爲神，又花了大量的篇幅描寫出許盛的剛直，這等於是爲許盛的受保佑增添一個合理原因，同時足以代表蒲氏對剛直德行的重視。在《聊齋》中，人類的剛直正氣往往是足以超越自身的界限，甚至凌駕於鬼神之上的。像是在卷六〈小謝〉中，生剛直的性格竟然讓城隍與鬼判都感到驚慌失措，把搶走的秋容送回，更獻上一封措辭低下的信件。在卷二〈吳令〉中吳令某公，更是因爲心念百姓而答責城隍，最後因此被百姓推舉爲另一名城隍神。這些都表現出剛直德行的重要，更代表蒲松齡對剛直性格的重視和寄託。

同樣地，在抨擊官府和神祇最激烈的一篇〈席方平〉裡，文中的抨擊內涵其實還要配合席方平的入冥來看。當他知道父親在陰間被人構陷，當場「慘怛不食，曰：『我父樸訥，今見淩於強鬼；我將赴冥，代伸冤氣矣。』自此不復言，

〔註69〕卷十一〈齊天大聖〉，頁 1460。
〔註70〕卷十一〈齊天大聖〉，頁 1462。

時坐時立，狀類癡，蓋魂已離舍。」〔註71〕這等於是用自己的意識突破人神之界限，闖進了死者的世界，從而求得高位神祇主持的公道。他在冥界四處怒投冥狀，完全就是人間官場腐敗的實況，徹底反映出冥界的人間本質。相對的，他自己讓魂魄離體的描寫也彷彿代表那過人的剛直已將自己拉升到神的境界。席生能自力入冥，正是基於強烈孝心與剛直德行，這種描寫不僅是蒲松齡針對一名書生做的最大期許，更是他對人類堅守道德之心所做的最高禮讚。這樣的形象和讀書人一向重視的「養浩然之氣」或許也有著強烈相關。

從剛直可以成神的標準，與剛直之人凌駕不正之神的情節來看，這份剛直很明顯被蒲松齡視為是與天道、神道德行渾為一體的。假如人成鬼而神讓人間的惡性滲入神境、剛直成神代表天神應有的標準，那剛直之人就正代表天道神道在人間的體現了。

另一方面，也因為這種剛直性格所具備積極改變不正現狀之作用，是始終為蒲松齡所推崇的德行，這點與恩德頗有異曲同工之妙。

（五）恩　德

恩德的觀念和誠篤有一些類似，只不過誠篤指的是信徒對神祇的信仰，讓神祇因此對信徒有所回報，在互償之中包含信仰虔誠的「信德」。恩德則是說人對神有了實際的幫助或恩德，神祇同樣基於報償的原因來給予賞賜或回報。這種報償的心理不僅僅出現在人神之間，人鬼、人物間都很重視這種恩德。舉例來說，在〈陸判〉、〈雷曹〉、〈花姑子〉、〈閻王〉、〈鄱陽神〉、〈八大王〉、〈閻羅宴〉、〈褚生〉、〈司文郎〉、〈神女〉、〈劉全〉、〈桓侯〉等篇，都有寫神祇在各種機緣下受到了人類的幫助，基於一種報償的心態，給予人類幫助與賞賜作為回報；或是鬼物受人幫助，又盡力幫人與神祇溝通而得到同情、寬免，表現出一小德也不忘報的形象。

這種恩德能否被稱為德行，實際上有很大的考量空間。例如《聊齋誌異的幻夢世界》便認為這其中以互償因素為主。但在分析諸篇故事後，筆者以為，很多時候這種恩德確實像〈劉全〉中所說的只根基於一種「存心方便」，不像什麼重大德行，使其中利益交換的意味極濃。但詳細考究起來，像〈神女〉中那樣的存心方便，甚至是能救「神」全家的方便，幾乎可稱得上一種行義了。與其將這種行為看做利益交換，不如說這種「方便」、這種施放利益

〔註71〕卷十〈席方平〉，頁1345。

的行為，實際上也代表人反向對神進行仗義的救難行為。

蒲松齡自稱為異史氏在文後增設「異史氏曰」，似乎頗具史記之風，或許可以用史記的創作意識當檢閱蒲松齡創作理念的切入角度之一。太史公曾說「家貧，財賂不足以自贖，交遊莫救，左右親近不為壹言。身非木石，獨與法吏為伍，深幽囹圄之中，誰可告愬者！」，〔註72〕在這種時候，只要有個人「存心方便」地出手幫助，不就能很輕易地消除他的災厄？太史公便是在這種情感心境中寫出〈游俠列傳〉，延續了數千年俠客傳統。

於是不得不這樣類比：就如同俠客救人不求回報，但對同樣救過自己又不求回報的人更大加欽佩，極力報恩，這種狀況其實也是對自己價值觀的最高肯定。存心方便怎能說不是一種大德？所以人常言「大恩大德」，有時施恩的價值不在所施恩惠的本身，而是那勇於付出的道德。神祇回報恩德的行為亦是如此。在拙論〈論聊齋中之俠〉裡提到：

> 蒲氏眼中之俠，不僅自身恩仇必報，還要替別人報，甚至在評價別人時，也用知報與否作為審查之標準，「報」儼然成為檢視良善者的道德標準之一。〔註73〕

在《聊齋》中，諸神重視「報」的程度並不遜於人俠，或者說，這個「報」字就是作者所關切的重要共通主題。這種期待善惡有報的態度就是神祇獎善罰惡的根源，也是前述「民間公道」的本質。人俠之報是報恩報仇、為義而報的人報，而神祇的獎善罰惡就是天報、就是神報。人類幫助神祇、「存心方便」的恩，回過頭來正可以思考成人實踐了神所重視的，行善惡之「報」的德。所以相對的，恩德被視為德行而受神祇回報不僅極為自然，甚至於，這種行為長遠來看也許能視為與神同源的德行本質。正因為這種「恩德」與「報」的觀念擁有如此關係，所以恩德在文章中受蒲松齡重視的程度絕不比剛直低。

證據之一便是，這種人對神施恩，神因此向人回報的情況，人類所得回報往往是遠大於原本所施的恩惠。這樣說來，神對人所做的回報，絕不能不說是對救難施恩之德行的一種獎賞。

以上分析出的這些德行，在《聊齋》常常扮演一個「行動前提」的角色。首先，神祇們所救助的，所獎勵的，沒有一人不先預設這樣的德行前提在裡

〔註72〕〔漢〕司馬遷，〈報任少卿書〉，收錄於《新譯古文觀止》，三民書局發行。頁265。

〔註73〕見拙論〈論聊齋中之俠〉，將刊載於《東方人文學誌》2007年九月號。

面，表現出「天道無親，常與善人」的理念。雖然神祇和人類一樣，有善有惡，更有私人的慾求，但在這些反面的篇章裡，惡神最後都受到了懲罰，成了另一個角度的德行勸導。

另外，就反面罰惡的篇章來看，也可以歸納出蒲松齡幾項對於惡行的標準，共有七項：一、戒輕薄；二、戒貪；三、戒賭；四、戒淫、色、薄悻；五、戒暴虐；六、戒不忠不義；七、戒酒品差。

可以瞭解，他注重的道德其實都是相當簡單而生活化，沒有太高深的層次，甚至近似於民間教忠教孝的簡單教條。他沒有提出詳細的思想、哲學體系，也不像莎士比亞作品那樣探討太多矛盾細微的人生「狀況題」。在書中，角色面臨的通常不是複雜的人性考驗局面，相對地他們也不迷惘，常常懷抱著信念一路走去，可說類似德行教育的宣導短片。《聊齋》神祇故事的主題可以用一句話來完全包括：「賞善罰惡」。《聊齋》所謂的善，即是前文中所歸納出來簡單的「德」。在寫一篇神祇故事時，即使單純寫一位神祇出手救助了某一位百姓，作者也習慣於為被救助者先安上一個「有德者」的大前提。於是符合善的人們，在書中永遠都會受到神祇眷顧，即使有惡神侵擾，也會有神中之神現身解救，最後獲得豐富獎賞。這也看出一件重要的事，這些神祇故事的主角並不一定是神。正如前節所述，《聊齋》的主題始終圍繞在人間。

這樣的情形正是《聊齋》的寄託所在，在人間，他認為神祇理當是良善的維護與實踐者，雖然神祇本身也是善惡混具，但這是人間陋習侵入的合理結果。所以他推崇剛毅正直之人，因為這些人更進一步說，或許就是剛毅正直之神的人世化身。這些道德化身的神祇是善惡秩序的最高位積極維護者，因此善惡各得其所仍舊是世界的常態，也就是天道的常態。

這樣對善惡各得其所的渴望，便形成貫通《聊齋》神祇故事的一種「報」觀念。報觀念廣泛地存在於蒲松齡的神祇世界裡，並且從各種不同的層面表現出來。例如，表現在宗教思想裡就形成果報的觀念；表現在行為上是民間公道式的報恩報仇或報償報復；表現在冥律和冥譴上則是法律報復主義的展現。這些現象在《聊齋》中是根基於同一個觀念，貫串在文章中來使用的。在前段引文中曾經提到，中國的冥律以因果為主要精神，即所謂的「善有善報，惡有惡報」。其實這不僅是在冥律之中，而是充斥在所有《聊齋》神祇故事中的主題。幾乎在所有的文章中，善惡之報都是其中必備的。

二、報的觀念

如前所述，所謂的報其實可以簡單歸結為「事物應該呈現的狀態」，亦即所謂的「善惡各得其所」、「惡有惡報善有善報」、「因果循環」、「天網恢恢、報應不爽」、「天道無親，常與善人」。神祇就是具有能力改變凡人難以改變之現實，讓這種理想狀態得到實現的存在，而能積極促成這種理想狀態者就是蒲松齡最推崇的人，這些人就是善良積極的至靈神祇、俠客、剛直的讀書人、存心方便施恩於人的平凡人……

《聊齋》神祇世界報觀念的實質表現，可以簡單歸結成下列三種形式：

（一）冥律上的寬假刑罰與定數命籍的更改

在神祇的世界裡，對於善人的「報」可能展現為冥律上的寬假或特例。對於有德者，冥律往往有寬假的狀況。在卷一〈考城隍〉中，關聖讓原本陽壽已盡的宋燾返家侍奉母親。〈湯公〉中讓已死的湯公復生。以及〈鍾生〉中為了母親而放棄科舉的鍾生，後來不但高中，母親更得到冥王延壽一紀。

對於惡者，《聊齋》之神就沒有任何寬假，但即使是惡人也能以一善自贖。在〈劉姓〉裡，因為曾經救助一對夫妻而免除了劉姓的死罪，重新發放回陽。又如〈某公〉中，冥王本來判定某公作惡，宜投生為羊，卻因為「一善」而改判為人。表現出重德更大於重惡的形象。

卷三〈李伯言〉中，擔任冥王的李伯言曾說「法律不能寬假」，這是針對惡人的情況。對於惡人，即使是有私人的情誼也不可，私情不容存在，私利互償的行為更是不被允許。因此在〈李伯言〉中，即使面對鄉里親友，當李伯言心中稍存偏袒之念，殿上監察的火焰便立刻升起。〈閻羅薨〉中收人之託而偏袒徇私的魏姓閻羅，在那之後再也無法回陽。〈席方平〉、〈公孫夏〉中收賄的冥官們，更是被視同為邪惡，受到關聖、二郎等高等神祇的制裁。從這裡也就可以看出基於私利的互償與基於恩德的互償在結局上有多大不同，可見「互償」並非《聊齋》觀念裡最實質的中心。

冥律對於惡人的處罰，是以刑罰為主，強烈表現出以報復主義為中心的狀況。冥律中幾乎沒有「賠償」的觀念，除了〈席方平〉中有削去羊氏的家產，送還給席家的描述外，惡人很少必須、甚至根本沒有機會為他所做惡事對受害者做出賠償。惡人一旦為惡，僅能以善自贖，否則就得乖乖接受嚴厲的酷刑。即使是在〈席方平〉中，文章的焦點也集中在用籍家罰羊氏之貪，

與用奉還財產賞席氏之孝,並非眞的是「賠償」的觀念。

　　冥律之刑罰,分生前和死後。生前之刑,當事人自身似乎難以自知,如〈僧孽〉中盜用香火錢的僧,以及卷五〈閻王〉中寫李久常來到冥王殿內的時候:

> 入,進一層門,見一女子手足釘扉上,近視之其嫂也,大駭。李有嫂,臂生惡疽,不起者年余矣。因自念何得至此。……至殿下,上一人,冠帶如王者,氣象威猛。李跪伏,莫敢仰視。……頓首曰:「適見嫂氏,受此嚴刑,骨肉之情,實愴于懷。乞王憐宥!」王者曰:「此甚悍妒,宜得是罰。三年前,汝兄妾盤腸而產,彼陰以針刺腸上,俾至今臟腑常痛。此豈有人理者!」……李謝而出,則扉上無人矣。
> 歸視嫂,嫂臥榻上,創血殷席。〔註74〕

冥間的刑罰,在陽世以病痛的方式存續,表現出冥王官僚與超自然並存的形象。而冥王批評李嫂非人,宜得此刑的言語,也表現出嚴厲報復主義的一面。

　　生前之刑,是爲冥譴,若罪惡巨大,則要「伏冥誅」了。如〈李司鑒〉中,李司鑒在城隍廟中自殘而死;〈劉姓〉中,劉某因作惡多端,原本直接被帶到冥王面前審判,幸虧他曾救助一對夫妻,才以此善自贖。又如〈董公子〉中的惡僕,也是被關聖一刀兩斷,服膺冥誅。死後之刑則全由冥王負責,如前章中冥王小節所述,也是以酷刑與投生爲畜做爲懲罰的手段,都是強烈的報復主義法律。

　　神祇世界的冥律和果報觀念融合在一起,就表現爲福、祿、壽等命籍的掌控。一般來說,人的壽命福祿是有定數的。如〈庫官〉中:

> 鄒平張華東,……聞靴聲入,則一頒白叟,皀紗黑帶。怪而問之,叟稽首曰:「我庫官也。爲大人典藏有日矣。幸節鉞遙臨,下官釋此重負。」問:「庫存幾何?」答云:「二萬三千五百金。」公慮多金累綴,約歸時盤驗,叟唯唯而退。張至南中,饋遺頗豐。及還,宿驛亭,叟復出謁。及問庫物,曰:「已撥遼東兵餉矣。」深訝其前后之乖。叟曰:「人世祿命,皆有額數,錙銖不能增損。大人此行,應得之數已得矣,又何求?」言已竟去。張乃計其所獲,與庫數適相吻合。方嘆飲啄有定,不可妄求也。〔註75〕

〔註74〕卷五〈閻王〉,頁658～659。
〔註75〕卷四〈庫官〉,頁495。

一旦決定，就無法以人力改變，可以看出定數的限制性。唯一可以改變定數的，只有人的善惡行為，這就是果報的反映。在《聊齋》各篇中，可以掌握這些命籍的神祇總計有帝、財星、福神、東嶽、冥王等諸位。如在〈陳錫九〉一篇中，帝賞賜下萬斤的黃金，但是用奇遇般的方式發放下去。以及〈席方平〉中：

> 宜籍羊氏之家，以償席生之孝。即押赴東岳施行。……自此，家道
> 日豐，三年良沃遍野；而羊氏子孫微矣；樓閣田產盡為席有。即有
> 置其田者，必夢神人叱之曰：「此席家物，汝烏得有之！」初未深信；
> 既而種作，則終年升斗無所獲，于是復鬻于席。席父九十余歲而卒。
> 〔註76〕

由東嶽將貪暴的羊家財富，用命定的方式轉移到了席家之上，這也是基於羊家之惡與席家之孝。在〈阿霞〉也有以不德削減福祿的例子。該篇寫景為了阿霞，竟將數年結髮妻子無端休出，後阿霞不知所蹤，直到數年後兩人遇於途中：

> 女急止之，啟幰紗謂景曰：「負心人何顏相見？」景曰：「卿自負僕，
> 僕何嘗負卿？」女曰：「負夫人甚於負我！結髮者如是而況其他？向
> 以祖德厚，名列桂籍，故委身相從。今以棄妻故，冥中削爾祿秩，
> 今科亞魁王昌即替汝名者也。我已歸鄭姓，無勞復念。」〔註77〕

這樣的果報也是基於強烈的道德標準與懲罰性質，因此蒲松齡在文後也感嘆「天之所報亦慘矣」。〔註78〕

（二）相對性的報償或報復

與恩德相對的就是仇怨，所以《聊齋》之報在善惡之報的本質外，有時仍難免牽涉到私恩私怨的問題。

善人之報也可能是基於報恩、報償的方便性，雖然大多不牽涉到冥律，而是神祇個人的行為，但有時也牽涉到私誼與職守的問題。在《聊齋》裡有很多神祇報德的篇章，例如在〈雷曹〉裡，雷曹為了報一飯之德，數次進入風浪之中救回恩人的貨物，甚至連一枚金釵都不願意讓恩人損失，表現出強烈的報償態度。〈八大王〉中八大王贈送恩人看見隱匿之財寶的能力，使對方暴富。〈閻羅〉、〈閻羅宴〉、〈神女〉等篇，都寫神祇們在受到人類的幫助之後，

〔註76〕卷十〈席方平〉，頁 1347～1348。
〔註77〕卷三〈阿霞〉，頁 423。
〔註78〕卷三〈阿霞〉，頁 425。

用禮遇、贈金等報償來回報對方，這些都與冥律定數無關，是神祇自己的行為。又如〈齊天大聖〉中，針對許盛的前倨後恭，大聖的態度也隨之改變，顯現出強烈的互償形象。

又如〈桓侯〉中：

> 俄主人出，氣象剛猛，巾服都異人世。拱手向客，曰：「今日客莫遠於彭君。」因揖彭，請先行。……桓侯曰：「歲歲叨擾親賓，聊設薄酌，盡此區區之意。值遠客辱臨，亦屬幸遇。僕竊妄有干求，如少存愛戀，即亦不強。」彭起問：「何物？」曰：「尊乘已有仙骨，非塵世所能驅策。欲市馬相易如何？」彭曰：「敬以奉獻，不敢易也。」桓侯曰：「當報以良馬，且將賜以萬金。」彭離席伏謝。桓侯命人曳起之。〔註79〕

桓侯穿戴「巾服」，並非一般熟悉的武將形象。同時寫祂拱手作揖，禮敬遠客，形象相當謙恭有禮。當他向彭生請求贈馬時，表示讓對方自行選擇，說話謙和又不強硬；對於彭生的失馬，還表示因為已成仙馬，凡人無法駕馭，另外買馬相贈如何？用問句表現出尊重與合理的交易意願。就算彭生開口願意直接奉贈，桓侯仍然表示「當報以良馬，且將賜以萬金」，不但顯得有禮，更具有公平回報彭生慷慨、禮敬之德的形象。

雖然神祇對於冥律不能寬假，只能以個人的身份給予回報，但除了賞罰不可徇私之外，有些時候還可依職權或能力，在規範的模糊地帶間給些方便。這可能是為了私誼，例如〈陸判〉中的判官為朱爾旦換上聰穎之心，又拿他的舊心回冥間充數，說來其實略虧職守，但陸判畢竟只是基於讓朱爾旦作文稍微爽快，並沒有讓他用此文心增加福籍之外的祿位；也可能是為了報德，如〈齊天大聖〉中讓許盛從財星手中取得十二分利；〈雷曹〉中替由樂生替自己的家鄉多下了一些雨，基本上都是遊走於職務的守虧之間。不只神祇，祂們屬下的隸役，還有更多方法可以略微取巧。如〈劉全〉裡，因為劉全一時的方便之心，讓他受到城隍手下吏的照料，不僅免受衙役勒索之苦，甚至到死後為他代買小缺。當然這種勒索原本便是惡行，也無所謂職守之虧。〈布客〉中東嶽隸役因為私交，教布客某多多造橋累積功德，並代為上報城隍，延長陽壽，這算是用制度內的途徑，只是平常鮮少有人能得到這種來自陰間的指示。

〔註79〕卷十二〈桓侯〉，頁 1672～1673。

　　神祇或隸役能爲私交與報德給人方便，這也是神祇世界官僚化與人世化的結果。冥冥中掌管人世的超自然能力，被分解爲各級官僚吏役來執行，就爲神祇多了一份發生錯誤的可能，私誼的可接受也在其中產生。但《聊齋》對於這樣狀況，在細微處依舊有些區隔。像〈眞生〉中的狐仙眞生，無意中讓偶然拾去點金石的賈子龍點得一鉆大小的金塊，就被福神奏帝，因爲妄以福祿加人而削去仙籍。這理當不是神與仙之間有什麼差別待遇，而是如前所說，因助神行爲而產生的「恩德」，在《聊齋》之中本身也可以被視爲一種德行，眞生自己不愼讓賈點得黃金，彼此間毫無恩德關係，所以是破壞了福祿定數。同時前述〈陸判〉裡的能換心不能換運就代表私誼恩德並非毫無上限。又，當神祇賜人額外之福祿時，受賜者通常是不自知的。例如大聖使財星賜利，是讓許盛從老叟手中自取棋子，許盛僅取六枚，大聖以爲過少，又代取六枚。到兩方分別時，大聖才說穿適才的棋子，一枚代表一分之利。不僅代表大聖賜利有節，也顯示許盛心中不貪，宜有此賞。同時，雷曹爲樂生乾旱的家鄉行雨；八大王贈送恩人見寶之目；〈神女〉中南岳都理司一家或贈萬金，或贈明珠，這些都沒有發生問題，這樣的情形，也表現出《聊齋》的民間根源。在前章關聖節中曾經提過，一種感情性的義，是更趨近於民間的喜好的。因此爲了職守、道德教條而有德不報，實際上並無法完全得到百姓的認同，在《聊齋》中也明顯反映出這種喜好。這不代表私誼和恩德高於一切，而是說私誼和職守兩者，不見得是矛盾的存在，有時也沒有高低之分，在某些情況下，兩者或許是可以互相妥協的。因此〈神女〉中，米生對於只有一飲之緣的神女之兄疾言厲色，不願意破壞自己的貞介之德與操守，但對於曾在自己最落魄時伸出援手的神女，就不惜全力以赴了。兩條道路的差別，就只在於報德之心而已。當然神女臨危救人，她受米生回報也可說獲得「善報」，但米生潔身自愛，珍惜自己貞介之德不肯徇私，卻又爲了報德不惜毀壞自己的德行，這種態度，也代表忠於感情的折衷行爲，比起硬梆梆的道德完人，在《聊齋》中更受到肯定。神祇的強烈報德態度，也是這種喜好的反映。

　　和賞善報德相對者，神祇們對於不敬的人也是相當的嚴厲。例如卷十一〈齊天大聖〉中「借菩薩刀」懲罰出言不遜的許盛，就起因於他對大聖不敬。另外有〈瞳人語〉中：

> 長安士方棟，頗有才名，而佻脫不持儀節。每陌上見游女，輒輕薄
> 尾綴之。……忽聞女郎呼婢近車側，曰：「爲我垂簾下。何處風狂兒

郎,頻來窺瞻!」婢乃下簾,怒顧生曰:「此芙蓉城七郎子新婦歸寧,非同田舍娘子,放教秀才胡覷!」言已,掬轍土揚生。生瞇目不可開。才一拭視,而車馬已渺。驚疑而返,覺目終不快,倩人啓瞼撥視,則睛上生小翳,經宿益劇,淚簌簌不得止;翳漸大,數日厚如錢;右睛起旋螺。百藥無效,懊悶欲絕。〔註80〕

雖然是方棟輕薄之舉自招其禍,但是方棟作此輕薄行為,由來已久,卻在遇見「芙蓉城七郎子新婦」時才遭到懲罰,雖然可能是這類小事太多無從管起,也代表對輕薄不德的懲罰,但還是能看出鬼神對於切身的不敬有相當程度的報復之舉。因此在「異史氏曰」中寫到:「輕薄者往往自侮,良可笑也。至于瞇目失明,又鬼神之慘報矣」。〔註81〕不過鬼神的私仇發展下去,有時候並不符合蒲松齡的善惡之報觀念。例如卷十二〈周生〉篇中:

周生,淄邑之幕客。令公出,夫人徐,有朝碧霞元君之願,以道遠故,將遣仆費儀代往。使周為祝文。周作駢詞,歷敘平生,頗涉狎謔。……脫稿,示同幕凌生。凌以為褻,戒勿用。弗聽,付仆而去。……未幾,周主卒于署;既而仆亦死;徐夫人產后,亦病卒。……戒之曰:「文字不可不慎也!我不聽凌君言,遂以褻詞致干神怒,遽夭天年;又貽累徐夫人,且殃及焚文之仆,恐冥罰尤不免也!」〔註82〕

只因為周生之祝詞對神不敬,竟讓請周生作祝文的徐夫人,與代焚的僕人也一併受罰死亡,表現出神祇的報復之舉有時又不近人情。不過從這裡又可以看出《聊齋》對神祇的觀念與注重德行根基的一面,他在「異史氏曰」寫:

異史氏曰:「恣情縱筆,輒灑灑自快,此文客之常也。然淫嫚之詞,何敢以告神明哉!狂生無知,冥譴其所應爾。但使賢夫人及千里之僕,駢死而不知其罪,不亦與刑律中分首從者,殊多憤憤耶?冤矣!」

〔註83〕

就異史氏來看,周生對神不敬,受到神罰自是理所當然。夫人與僕之死卻沒有道德的基礎,因此他為之打抱不平。可見在蒲松齡心中,鬼神應該是主持善惡之報者,做事也應該和他篇一樣有相對的道德基礎。但他也認為鬼神並

〔註80〕卷一〈瞳人語〉,頁10。
〔註81〕卷一〈瞳人語〉,頁12。
〔註82〕卷十二〈周生〉,頁1645。
〔註83〕卷十二〈周生〉,頁1646。

非全善不可質疑，而是善惡混具，才會忍不住在記述故事之餘，又爲裡面的角色吶喊「冤矣」了。

綜合上述兩點來看，這種報的觀念在實際表現上完全是基於本節前面歸納出的那些繁雜德行標準，這些標準經常是屬於民間、繁雜無邏輯而富有感情性的。因此《聊齋》之中，所能看到的是對某些條列道德的重視。說實話，這些道德標準並非多麼完美、超越時代，但《聊齋》故事最重大的價值從不是這些標準，而是那種善惡有報的期望，與藏在這種期望中，更深層的價值觀。

德與報這兩種標準所建構出來的創作基調，簡單來說就是：賞善罰惡的善神永遠會適時出現懲罰惡神與惡人，並且救助善人，施放該有的獎賞。善與惡應有的結局，在天地間永遠能夠完成。這種創作基調正是根基於作者的創作意旨和價值觀。

佛、道二教，其教義是出世的，但蒲松齡的態度始終是入世的。他所關注的對象，是人間的百姓，所重視的，也是人間的道德。因此《聊齋》中的神祇，就居住在人民的四周，其中篇幅最多者，也是與百姓生活事務息息相關的東嶽、冥王、城隍諸神。他在聊齋自志中以屈騷自比，又說自己「狂固難辭，癡且不諱」，正代表他在寫作時是有所寄託的。他以「異史氏」自居，自然便是指他在鬼怪神仙故事的異史中寓春秋左傳乃至史記褒貶之意。他自稱癡狂，恐怕也同孔子說「知我者其爲春秋乎，罪我者其爲春秋乎」的意義相同，只是「鳥獸不可以同群」的孔子，始終將他的知音寄託在人類的身上，而蒲松齡卻將他的知音寄託在「青林黑塞間」那群擬人化的神祇與鬼狐身上了。這些神祇和鬼狐，原本是民間百姓神話傳說中的夢中主角，如今一躍而至蒲松齡的筆下舞台粉墨登場，這樣的融合，讓《聊齋》的神祇們表現出熟悉卻又獨特的形象。

蒲松齡透過神祇故事所表現出的價值觀，本論文在進行歸納後，簡單稱之爲「天人感應」。

第四節　天人感應：神祇故事所表述的議題和正向價值觀

官僚化的神與超自然神這兩個實爲一體，但在某種層面上彼此針鋒相對的神祇，決定了《聊齋》創作上的重大特色，或者說，反映了中華文化的某

項重大特質。直接觀察，這兩種神祇表現出作者最為人所稱道的藝術特色：對封建官僚體制的諷刺；但深入來說，他從官僚化神與超自然神這種根本設定上所描繪出的世界，是在闡述善與惡的區別、體制與正義的抗爭、人與神、人與天的對立、官僚與俠的對抗、天道純善與人制割裂的對比。他所表達出的創作意旨是善惡有報的理念、獎善罰惡的夢想、還有對天道神性與絕對正義的肯定。

如前節所述，超自然神與官僚化神，所代表的正是善與惡、神與人的議題。當然這兩者和人間實況一樣，都不是善、惡的絕對代表，也正因為如此，祂們又代表了體制與正義、官僚與俠、天道與人制等等錯綜複雜，又並非極端對立的抗爭議題。

一、對天道純善與人志意念的同時肯定

就如同蒲松齡自承「知我者，其在青林黑塞間乎」，他寫作《聊齋》故事是隱含寄託在其中的。《聊齋》中的神祇故事也是如此，從表面上看，他的寄託不外乎本章第三節所講的教忠教孝，擁戴某些所謂的「封建道德」甚至「迷信道德」，但在背後，從這些故事隱隱能看出他天人思想與道德價值的架構。

本章第一節所述人世化的神祇世界，決定了鬼、神來自於人的根源，這造成了一個影響：由於人間的成分滲入了鬼神世界，因此神祇的特質在先天被注定了是善惡混具。

同時回到第二章第一節所探討的《聊齋》至上神「帝」來看，這統領天地自然人鬼諸神的神祇所象徵的其實是一個「形上的天」，也就是《蒲松齡的宗教世界》所說蒲松齡的「冥冥之天」。〔註84〕這種來自超神論「天命」的天命神學觀念，實際上或許還能再往前推進到另一個根源，那就是天道。

在神祇之上，還有決定天地一切的天，這就是天命神學的概念。那麼所謂「天道無親，唯德是授」，或說「天道無親，常與善人」，這樣的理想體現在神學中，便出現一個屬性純粹良善的形上天。《聊齋》的帝正是體現這種純善形上天性質的神祇。從蒲松齡在故事中安插以獎善罰惡為根本的情節，或者在認為不妥的文後發出評論的狀況來看，蒲氏是相信或期盼在冥冥中有這種天道純善存在的。那麼由帝而下，諸神所展現出排除邪惡、拯救良善的強

〔註84〕顏清洋，《蒲松齡的宗教世界》，頁95。

烈形象與意志，或許就與滲入神境的人間之惡相對，來自於天上天道的根源。

所以他筆下神祇出現了「官僚化」的神與「超自然」的神兩種類型，象徵著善與惡與這兩種價值所體現事物的衝突，這就是《聊齋》神祇故事中最重要的主題。

蒲松齡對善惡議題的處理異常簡單，就是單純的「獎善罰惡」。他的用意從來不是探討善惡之間的細微不同，因為他判別善惡的標準是相當直覺的，就像前節所述，是一些瑣碎繁雜的民間、宗教習俗或道德標準。但他所著力描寫、真正感動人心的從不是他擁護的標準本身，而是那善惡有報、勇往直前實踐良善，天人感應的最終價值。這種價值包含一種強烈、積極、正向的人生態度在其中。

太史公在史記伯夷列傳中針對天道提出疑問：「余甚惑焉。儻所謂天道，是邪非邪？子曰：『道不同，不相為謀。』亦各從其志也。」〔註85〕這是對人類價值的最高肯定，代表人類意志足以超越天命的界限。蒲松齡的天命神學是根基於這種理論而後出發的。他肯定善有善報，但更讚賞擁有堅定意志、具備積極導正善惡力量的人，他筆下最有生氣的人物類型是剛直書生如許盛、席方平者，最受敬仰或推崇的神祇則是救難懲惡的菩薩、關聖、桓侯諸神。這表示他經過傳統的天命定數論，吸收太史公重視人類心志理念的人定論之後，又回歸天命定數，融合出一種天人感應、天道純善的神人觀。這種觀念的表現重點在於「天道純善」，與「人志意念」一脈同源、相輔相成。這就是《聊齋》神祇故事，甚至實際上在其他許多故事亦能見到的「天人感應」價值觀。

二、天道人志與善惡之報的延伸主題

《聊齋》中神祇的「權」跟「能」常常是分不開的，這是因為他的神祇世界幾乎完全是人間官僚世界的翻版，但是少部分的神祇，或者是某些神祇在部分篇章中，依舊會有強大的個人能力，例如英雄神的關聖與張飛等。這正象徵著善與惡的對立，也象徵體制權力與天道能力的對抗，人類則可說是夾在官僚神與超自然神之間的存在。

如本章第二節所說，神祇官僚體系是天道與人欲混合而成的中間產物，是善惡兼具的存在，所以這樣的現象，實際上正好也可以原封不動地搬移到

〔註85〕〔漢〕司馬遷著，洪北江主編，《史記》，樂天出版社印行。頁 2121，2126。

人間。在人間裡，這樣的關係就是官僚、俠客與人民之間的關係，象徵著體制權力與仗義俠力之間的對抗。在拙論〈論聊齋中之俠〉裡分析出《聊齋》俠客的行為要件是獎善罰惡、錙銖必報、施不受報三項，其內在價值則是名德為中、物力為行兩項。文中結論提到：

> 直接分析多篇俠故事，本文歸納出《聊齋》之俠是以「名德」為價值標準，積極「施」助，渴望善惡有「報」，用武力和金錢勞力達成「獎善罰惡」目標的人，由於目的在於矯正善惡，他們也表現出「拒報」的形象。這種形象分成細項，便是「獎善罰惡」、「錙銖必報」、「愛施拒報」三個互為表裡的行為要件。但是他們手段激烈，對方非生即死：要就不在意身份地位，辛苦付出身體勞力，或貢獻大量金錢物資以助人報人；要就以武力一一誅殺，所望必成，實踐自己對正義的標準。他們只在意結果，不重視程序：也就是說他們常摒棄法律訴訟、刑罰等社會體制下約定的標準和方法不用，以一己之評斷和力量行事。〔註86〕

獎善罰惡、錙銖必報、施不受報的行為要件，實際和《聊齋》諸多主持正義的神祇是完全相同的。俠客們「只在意結果，不重視程序」，這個結果就是所謂的「報」。他們的目標是在於善惡之報，也就是實現善惡各得其所的理想狀態，這種目標經常是與體制程序起衝突的，這種衝突正好就是官僚神與超自然神的衝突。在〈于去惡〉篇中，簾官考試的評審之位被遊神耗鬼佔據，導致有才者志不得伸，此時張桓侯突然現身碎裂地榜，這就是超自然神能力強、權位高，可以懲制官僚神的範例之一。俠客們手段激烈，其實根基於民間公道或報觀念中的報復主義，這點與冥律的報復主義也是一脈相承。或許繼承太史公的意旨，蒲松齡對俠客的讚賞是不由分說的，從他設定的行為要件來看，俠客是具有正義立場與光明形象的人類，但他們畢竟是人類，所以在遭受檢驗時，很難不提及他們那與現代法治國理想衝突的形象。法治國所講究的毒樹果實理論是：毒樹所生出的果實亦然有毒。其含意即為使用錯誤手段、程序所達成的結果同樣是錯誤的。〔註87〕俠客藐視經由法律體制約定好的程

〔註86〕 見拙論〈論聊齋中之俠〉，將刊載於《東方人文學誌》2007 年九月號。

〔註87〕 毒樹果實理論是刑事訴訟法「證據排除法則」或「證據禁止」原則的衍伸，代表對用違法手段所取得證據的不信任。雖然有重「因」（美國排除法則）和重「果」（德國權衡法則）的程度區別，毒樹果實理論基本上不僅排除違法取得的證據，連奠基於這種證據上的延伸證據與審判結果都加以排除，是法制

序，用自身擁有的物質武力實踐自身正義，在摒棄人治，服從法制程序的法律人眼中或許是極端荒謬可笑的。

然而，若體制程序所代表正義並不見得是真正的正義，反而俠客所懷抱的正義才是一種純然的正義——絕對的善呢？

這樣的現象恰恰好就是《聊齋》所體現的主題和價值觀。

《聊齋》所嘲諷的現實不僅是「封建的」現實，所譏刺的貪暴不僅是「封建的」貪暴，他並非能完全超越時代，所以他所擁護的道德有些其實也算得上「封建」、「迷信」的道德。他真正想表達的東西，即使用今日的角度看也同樣具有那樣嘲諷譏刺的效果，那是因為他所攻擊的是人類所面臨的根本議題。與其說他攻擊的是封建，不如說他或許是一位用自己的角度去思考善與惡、體制與正義、天道與人欲本質的人。

就如同人類對俠客所懷抱的終極理想被認為不切實際一樣，人類對法制程序所懷抱的終極理想或許在現實層面上將顯得同樣不切實際。法治思想將絕對的善寄託在完善的制度上，人治思想卻是藉由追求終極的人類道德，讓僵硬的制度臻於完美。體制的出現，理論上確實是為了維護人類的正義，但正如同蒲松齡在各種故事中表現出來的現實一樣，人欲滲入讓惡的可能始終存在，而人欲甚至能在操縱國家機器後，使之變成人類有生以來所能遇見最恐怖殘暴的野獸。這種現象就是法家與儒家的衝突，即使在當代最進步的法治國中也無法完全削除，是來自「體制」這種「人為」結構的根本問題。

《聊齋》神祇故事的主題或許從來也不是神。官僚神的惡不來自於神，來自於官僚；官僚的惡不來自於體制，來自於人欲。而讓這種惡特別駭人的原因在於一旦因人欲而失控，這種沒有自主性的體制對人類個體擁有強大的割裂權力。

所以對蒲松齡來說，體制程序確實無法代表真正的正義，這正是現實裡眾多亂象的來源。那麼誰能？

> 《聊齋》對俠的定義，導致「無武之俠」的產生，統計下來，書中
> 出現了一、人俠：有武俠、書生之俠；二、動物之俠，即〈禽俠〉
> 中的大鳥；三、神靈之俠：有狐俠、神龍遊俠兩者。他將俠的範疇
> 擴展到這麼寬廣的領域，反過來看，便能在他書中發現許多與俠故

國摒棄人治，服從法治程序的極重大原則。關於毒樹果實理論，詳見林國賢、李春福合著《刑事訴訟法論》上冊，頁 424～440。

> 事類似的母題：一個「有德」卻「缺乏自衛能力」的書生百姓，受
> 到一個賞識其才德良善，同時又擁有改變現實力量的角色幫忙，這
> 樣的角色可能是人，可能是鬼，可能是狐，可能是神，可能是仙，
> 他們的形象大多與蒲松齡筆下之俠有相似之處，這樣說來，大膽講
> 《聊齋》全書便是一本「俠義」小說，又有何妨！〔註88〕

體制所不能完全代表的正義，俠客能嗎？爲什麼能？連歷經無數演進的法治國原則都無法確保將人欲排除在體制之外，單單秉持一己之善，根據一己意念行事，毫不接受制衡的俠客「憑什麼」能？

姑且不論現實的情況，就如本論文曾經提過，從形上天與帝的形象來看，蒲松齡他是相信有天道純善存在的，這種純善體現爲天上的超自然神，同時也是理論上人類有可能臻至完美的保證。對蒲松齡來說，人爲體制造成太多現實可見的災難，人間所能寄託者只剩下俠與讀書人。讀書人的剛直風骨正是唯一能削除現實中體制之惡，實現體制之善的因子，這種剛直德行在他心中就是與天道純善一脈相承，甚至是連鬼妖都必須畏懼，天神都應該獎助的。俠積極救助良善、懲罰邪惡，則是他心中相對於體制現實，介於現實與虛幻之間的理想人類典型。對他來說，這兩種人類理想典型所秉持的道德就是他相信的最終標準，根源於天道純善的正義。這種正義是講究制衡，但同時也因此受眾多人欲影響的「制度之善」無法完成的。所以他所相信、所期許的人類之善，不是單單一人的善，而是在理論上與天道純善匯通的根本之善、絕對之善。

他對俠「獎善罰惡、錙銖必報、施不受報」與「名德爲中、物力爲行」的內外在定義，說穿了也同樣不過是「德」、「報」二字。德行是俠應該秉持的正義，這種德行來自於他深信的天道純善，而報是積極實現「善惡各得其所」這種理想狀態的行爲。於是如引文所說，根據這種標準，蒲松齡將俠擴張爲「無武之俠」，產生了人俠、動物之俠乃至神靈之俠。

在〈紉針〉與〈王者〉兩篇中異史氏都提到了相關的議題：

> 異史氏曰：神龍中亦有遊俠耶？彰善癉惡，生死皆以雷霆，此「錢
> 塘破陣舞」也。〔註89〕

> 紅線金合，以儆貪婪，良亦快異。然桃源仙人，不事劫掠；即劍客

〔註88〕見拙論〈論聊齋中之俠〉，將刊載於《東方人文學誌》2007 年九月號。
〔註89〕卷十二〈紉針〉，頁 1671。

所集，烏得有城郭衙署哉？嗚呼！是何神歟？〔註90〕
神龍以雷霆獎善罰惡便可以稱俠，那神祇故事中以超自然力獎善罰惡的諸神當然也能稱俠了。〈王者〉中更進一步懷疑雖然劫掠官銀的行為類似俠客，但如何會有城郭衙署？由此推論為他們或許是神。不論是不是神，即便仍是劍客，這樣的行為與蒲松齡心中天神近似是無疑的。如此說來，俠可以通神，神可以稱俠。這種情形代表他將人間善良的根源牽引到神與天上，塑造出一種完美人類德行的形象。所以，《聊齋》全書固然能大膽稱為俠義小說，但或許更能稱為一本「天道異史」。

但必須進一步解釋，在《聊齋》中這種善惡對立並非二元的，就好像人間與天上的根源實際上並非截然可分。體制並非不能為善，只是有可能為惡，清官與冥律在大部分時刻還是擁有實踐正義的功能，畢竟神祇那官僚化的職權，實際上也是脫胎自一種超自然力。只是當這超自然力轉化為人為體制時，人間的人欲惡性便滲入神境中，造成善惡混具的結果。

正直之人正好可以改變這種體制中的人欲惡性。所以人民與讀書人居於官僚神與超自然神、官僚與俠客之間，其堅強剛直的意念是上通天道、下貫人理。這就是所謂「人中之神」的理想形象。但當體制為人欲所用，出現單以一人剛直意念也無法直接扭轉的情況時，那遍及人鬼狐仙之中，不需會武只要存心正義出手相助的俠客，與繼承形上天道的正直神祇，就會以積極的態度與超乎凡人的力量導正這種結局，讓善惡各得其所。

所以反推回去，善惡、神人、官俠、體制與正義這些議題，最終延伸出蒲松齡最想表達的理念，那就是前面說過的天道純善、人志意念互為表裡的「天人感應」價值觀。

三、天人感應的創作價值觀

郭沫若在蒲松齡故居外題聯寫：「寫鬼寫妖高人一等，刺貪刺虐入骨三分」，雖然不知其本意是否如此，但本論文想藉此做一番解釋。《聊齋》一直以來為人所稱道「以鬼妖諷刺反映現實」的傳統，實際上不是單純諷刺某項惡事、某件亂象，而是前述這種思想的體現，能以這種價值觀加以貫串。〈席方平〉中鬼卒不忍執行冥王所施刑罰的橋段，一直為人津津樂道，認為寫得

〔註90〕 卷十一〈王者〉，頁 1491。

最好。但蒲松齡何以能想出這種橋段？就是根基於他認定天道純善、肯定人類意志的積極思想。在他的觀念中，善人得到佑護是理所當然的。所以為何他寫鬼寫妖讓人感到高人一等？是因為他找到鬼妖之上，屬於天道的良善根源。所以他為何刺貪刺虐讓人感到入骨三分？因為他描寫的是貪虐者最不忍、最畏懼見到，與自己貪婪慾望恰好相對的，善良堅強人類的純粹意志。

因此本論文以為，《聊齋》中所謂反映現實、諷貪刺虐的篇章，並不該單一片面地逐一觀察，也不該只強調其諷刺現實的價值。而要以這種價值觀貫串成一整本「異史」來看。蒲松齡的諷刺其實建立在生命哲學與價值觀的闡述上，這也是他作品雖然諷刺之味極重，卻從不流於灰暗晦澀的主因。《聊齋》廣受喜愛的地方在於他諷喻之餘，仍然寫出了百姓最深刻的期望，那就是這世界並非絕望黑暗的，而是用一種光明良善的價值在運轉。所以書中所反映的現實，所譏刺的貪虐，其實不過是根源於人欲的惡的體現。他的譏刺文章不像現代流行的灰澀故事，著力描寫灰暗現實，宣揚一種「惡就是存在」的無力現象。在他每一篇文章中幾乎都有一個正向的主角，即使沒有，也有他自己的議論。他的譏刺不是消極的反映現實，更有積極的價值宣導，哲思體現。與其將這些文章視為單純諷刺現實的譏刺之作，不如更進一步說他最想表現的不僅是諷刺根源於人間的惡，還要提倡根源於天上的天道純善與人志意念。

或許可以初步地這樣說：對蒲松齡來講，善根源於天道，惡來自於人欲。善與惡的根源，一者來自天上，一者來自人間，這樣的狀況在《聊齋》中化為各種零散的實境故事。善與惡的衝突實體化在神境與人間中，就變成神與人的衝突；變成官與民、官與俠的衝突；變成官僚神與超自然神的衝突；變成體制與正義的衝突。這些也是許多《聊齋》精彩故事的母題。

對蒲松齡來說，人定與命定並不是矛盾的兩項標準。因為人類只要篤定堅守善良意志，就能夠匯通天地間的天道純善，得到鬼神俠客的幫助。但更進一步來說，這人俠、鬼神，最初的來源還是人類本身，所以人鬼神天道的關係，最終還是要回歸人間。人俠鬼神所抱持的，也是與人類相同的堅強善良意念，也是根源於天道的善良意念，只是人俠鬼神的能力強大，又願意積極作為而已。人與天、人間與神境終究還是不可分的。

在最後，還是必須引蒲松齡在《聊齋文集》中自己的語言來驗證他在《聊齋》中表現出的這種創作理念。他在〈關帝廟碑記〉和〈會天意序〉中這樣寫：

所以天地之常變，人事之得失，兩相徵驗：一念善，即應景星慶雲；一念惡，即應飛流孛慧；一念喜，即應和風甘雨；一念怒，即應疾雷嚴霜。德之污隆，政之成敗，應若桴鼓，捷如發機。故劭康節之元會數，袁天綱之推背圖，皆可前定而知也。〔註91〕

今夫至靈之謂神。誰神之？人神之也。……其慈悲我者則尸祝之耳。〔註92〕

神祇維持人間秩序的行為總歸來說就是賞善罰惡，那麼在蒲松齡心中，報償報應、善惡賞罰之間的判斷標準究竟應該是什麼？回歸全本《聊齋》第一篇故事，亦即〈考城隍〉中的「有心無心」之論。文中寫「有心為善，雖善不賞；無心為惡，雖惡不罰」，〔註93〕這句話正是《聊齋》開宗明義用來貫串這些觀念的準則。蒲松齡神祇故事所表現出的重德重報傾向，其實就是以心念、以善惡為基礎。一念為善，人便與天感應，與神同一；一念為惡，即使擔任神職也不過是來自於人的一介孤魂。

「人神之」，亦即說神擁有崇高地位是因為他們與人最近，賞善罰惡。這不是神的價值觀，而是人的價值觀。或者該說，在蒲松齡心中這兩者其實是相同的。用同樣的邏輯反推回去，人類的善良意志便可以和鬼神，乃至最終極的天道純善感應，而人類的惡意也會引發相對的結果。對蒲松齡來說，神與人的關係可以互相驗證。

所以說到底，神祇的故事最終還是人間的故事，神祇的空間也是人世的空間，神祇的價值也是人類的價值，神祇的願望就是人類的願望。這些現象都根源自一個純善的天道，人類用堅強善良的意念感通天道就是這些善惡、神人、官俠、體制正義的最終解答。《聊齋》神祇故事和其他各種故事一樣，象徵著蒲松齡和書生、神祇、俠客、天道這些存在相同，積極渴望著人世間的善與惡能找到正確的位置，得到正確的「報」。

這樣看來，人和鬼神、人間和神境確實從根本上就並非是不可劃分的空間。如前面分析過的，觀察他所描寫人類神俠與體制惡神抗爭的篇章，人與鬼神的關係並不是上下絕對，甚至有剛直之人凌駕不正之神的強烈傾向。神人兩者的空間和存在也都沒有很大的差別。或許對蒲松齡來說，真正區分人

〔註91〕聊齋文集〈會天意序〉劉階平，《聊齋文集》選註，頁85。
〔註92〕聊齋文集〈關帝廟碑記〉，路大荒整理，《蒲松齡集》第一冊，頁43。
〔註93〕卷一〈考城隍〉，頁2。

與神、人間與神境的標準或許從來不在於生死、魂魄、人鬼這些物質狀態，而是一念爲善就成神祇，就達神境，一念爲惡便是邪人，便赴苦獄。

而包含這一切善惡混雜的地方，即是人間。

第五章　結　論

　　在本論文第二、第三章中，主要彙整《聊齋》裡諸多重要神祇的形象，並與其他領域裡的相關神祇做一番比較。本論文整理出《聊齋》神祇體系是以帝爲至上神，其下統領一切諸神，包括自然神、職能神、官僚神與其他等類神祇。根據比較，這樣的架構主要較偏向民間信仰，而非有系統的宗教體系。其後諸節針對各種神祇逐一分析，也證明了這種現象。

　　但作者也在其中加進自己的觀念，因此《聊齋》神祇故事又具有相當強烈一貫的主題，並在細微處展現出與民間信仰不同的面貌，從而造就《聊齋》許多爲人稱頌的獨到文學藝術特色。

　　首先，至上神帝的形象飄忽不明、崇高至善，從而與形上天、天命神學、天道這類概念互相連結。這種特色代表蒲松齡對天道純善與絕對正義的信仰。在第四章裡，本論文闡述他所描寫的神祇世界是根基於「人而鬼而神」的進程和「鬼官即神」的觀念，在外型與角色個性上強烈帶有模仿人世的官僚色彩。天道純善與人欲滲入神境的這兩種設定造就他神祇故事中善惡抗爭的一貫主題。

　　從形象來看，《聊齋》的神祇便出現官僚化的神和超自然的神兩種類型，官僚化的神有善有惡，超自然的神則多爲善神。在《聊齋》中，惡神與惡人往往會得到善神的懲罰，善人也必受獎賞，那就是《聊齋》創作的基調與意旨，亦即「賞善罰惡，善惡有報」的德報觀念。

　　官僚神與超自然神的對立根源於前述「人而鬼而神」靈魂系統，導致人欲滲入神境，讓神祇出現爲惡可能。人欲與天道，前者是來自人間的惡之本質，後者是來自神境的善之根源，這兩個因素在神祇官僚體制中合而爲一，

激起強烈的對立衝突。這樣的衝突其實可以代入《聊齋》所反映、譏刺的各種亂象中，貫串起許多類似主題的故事。官僚神、人類、超自然神，其實也可以代換為貪官、百姓、俠客等等。這說到底，其實就是善惡對立、體制與正義抗爭的議題。所以《聊齋》所諷刺所反映的不僅是「某種」「封建」亂象，而是一個普遍的體制問題。更進一步地，他試圖表現出渴望善惡有報，相信人志與天道匯通的積極理想。

被夾在神祇或官俠中間的人類百姓才是蒲松齡最關切的主題。他強調善良意志的重要。如果官僚體制的邪惡面象徵著人欲邪惡，俠客與超自然神象徵天道正義，那麼其中的人類就是上感天道、下貫人理的存在。神來自於人和鬼，人間神境在空間上又是同一，這樣說來人類和俠客神祇的差異其實只在物力神能，若兩方懷抱的意志正義相同，其實也就是同一存在。所以如同作者在〈會天意序〉裡所說，人類一念為善，堅守善良意志，不僅能感動俠客善神幫助，還能凌駕邪惡鬼神，使之畏懼。更進一步說，這是因為當人類擁有這樣的意志時，其實就與俠客神祇無異，可以感通蒼天，直入神境，成為「人中之神」了。

除卻反映現實、諷刺貪暴這類的實際功能，筆者認為上述這種同時肯定人、天、善良價值，將人定、命定合而為一，相信天道純善、人志意念互相感通、同為一體的純善世界觀、價值觀，就是蒲松齡想透過神祇世界傳達的正面價值理念。

參考書目

（依姓名筆劃爲序）

四 劃

1. 王世禎，《中國神話——人物篇》，台北：星光出版社，1985 年。

五 劃

1. 〔漢〕司馬遷著，洪北江主編，《史記》，台北：樂天出版社印行，民國 63 年 2 月。

2. 〔漢〕司馬遷著，〈報任少卿書〉，收錄於《新譯古文觀止》，台北：三民書局，民國 69 年 8 月。

六 劃

1. 朴桂花，《蒲松齡研究論文索引（1980～1995）》，收錄於《蒲松齡研究》1996 年第三期。

2. 邢莉，《觀音信仰》，台北，漢陽出版股份有限公司，1995 年 11 月。

七 劃

1. 〔明〕吳承恩，《西遊記》、台北：聯經出版社，1991 年。

2. 吳洲，《中國宗教學概論》、台北：中華道統，2001 年 1 月。

3. 李靈年，《蒲松齡與聊齋誌異》、瀋陽：遼寧出版社，1993 年。

4. 呂宗力、欒保群編，《中國民間諸神》上冊，台北：臺灣學生書局，民國 80 年 10 月。

八 劃

1. 阿蘭・鄧迪斯編，陳建憲、彭海斌譯，《世界民俗學》、上海：上海文藝出版社，1990 年 7 月。

2. 林國賢、李春福合著，《刑事訴訟法論》上冊、台北：三民書局，2006 年 1 月增修版。

九 劃

1. 〔清〕紀曉嵐,《閱微草堂筆記》、台北:錦繡出版社,民國81年。

十 劃

1. 唐富齡,《文言小說高峰的回歸——聊齋誌異縱橫研究》、武昌:武漢大學出版社,1990年。

2. 馬瑞芳,《聊齋誌異創作論》、山東:山東大學出版社,1990年。

3. 馬書田,《華夏諸神——鬼神卷》、台北:雲龍出版社,2000年1月。

4. 馬書田,《全像中國三百神》,台北:國際村文庫書店,1993年12月。

5. 陳百希,《宗教學》、台北:光啓,1992年。

6. 陳齡書、陳霞主編,《宗教學原理》、北京:宗教文化,1988年。

7. 陳建憲,《玉皇大帝信仰》,台北:漢陽出版,1996年1月。

十一劃

1. 黃華節,《關公的人格與神格》,台北,台灣商務印書館,1995年3月。

2. 張稔穰,《聊齋誌異藝術研究》、山東:山東教育出版社,1995年12月。

3. 許大同,《宗教學》、台北:五洲,1983年。

4. 黃石,《神話研究》、上海:上海文藝出版社,1988年3月。

5. 黃霖,《中國小說研究史》、杭州:浙江古籍出版社,2002年7月。

十二劃

1. 曾永義,《俗文學概論》、台北:三民書局,民92年。

2. 喬瑟夫・坎伯著,李子寧譯,《神話的智慧:時空變遷中的神話》、台北:立緒文化,民國91年1月。

3. 〔清〕無垢道人,《八仙得道》、台北:文化圖書公司,民國83年。

十三劃

1. 雷群明,《蒲松齡與聊齋誌異》、上海:上海古籍出版社,1993年。

2. 愛迪絲・漢米爾頓,《希臘羅馬神話》、台北:志文初版社,1993年。

十四劃

1. 劉守華,《道教與中國民間文學》,文津出版社,民國80年12月。

2. 劉階平,《聊齋文集》選註、台北:台灣中華書局,1975年6月。

3. 趙杏根,《中國百神全書——民間神靈源流》,南海出版公司,1993年4月。

4. 〔清〕蒲松齡,《聊齋誌異:會校會註會評本》、台北:里仁書局,民國80年9月。

5. 〔清〕蒲松齡著，路大荒整理，《蒲松齡集》第一冊、上海：上海古籍出版社，1986 年。

十五劃

1. 魯迅，《魯迅書信集》、北京：人民文學出版社，1976 年。

2. 魯迅，《中國小説史略》，《魯迅小説史論文集：中國小説史略及其他》、台北：里仁書局，民國 89 年 10 月。

十八劃

1. 顏清洋，《蒲松齡的宗教世界》，台北：新化圖書，民國 85 年 9 月。

十九劃

1. 譚達先，《中國民間文學概論》、香港：商務印書館香港分館，1980 年 10 月初版。

2. 羅敬之，《蒲松齡及其聊齋誌異》、台北：國立編譯館，1986 年 2 月。